लोकाराधन

डॉ. ओम् प्रकाश पाण्डेय

notionpress.com

INDIA · SINGAPORE · MALAYSIA

स्नेहं दयां च सौख्यं च यदि वा जानकीमपि।

आराधनाय लोकस्य मुञ्चतो नास्ति मे व्यथा।।

लोक के अनुरञ्जन के लिए स्नेह, दया और सौख्य अधिक क्या (कहें) जानकी को भी छोड़ते हुए मुझे (कोई) पीड़ा नहीं है।

- उत्तररामचरितम्, भवभूति, प्रथम अङ्क, श्लोक सं. 12

पूज्य पिताजी स्व. डा. लालबिहारी पाण्डेय जी (पूर्व विभागाध्यक्ष, पुराणेतिहास विभाग, सं.सं.वि.वि., वाराणसी) को सश्रद्ध समर्पित, जिनके आशीर्वाद से पौराणिक ग्रन्थों का सामान्य ज्ञान प्राप्त कर सका।

मनोगत

जब भी हम वर्तमानकालिक शैक्षिक, राजनीतिक, सामाजिक एवं आर्थिक समस्याओं पर विमर्श करते हैं तब हमारा ध्यान प्रथमतः अपने प्राचीन समृद्ध साहित्य पर जाता है। परन्तु यहाँ यह उल्लेखनीय है कि प्राचीन ही श्रेष्ठ नहीं होता न ही नवीन (पुराणमित्येव न साधु सर्वं...।) विद्वान् लोग उसका पहले परीक्षण करते हैं तदुपरान्त विश्वास, परन्तु मूर्ख जन दूसरों के कथन पर भरोसा कर लेते हैं, स्वविवेक का प्रयोग नहीं करते। समकालीन अधिकांश स्वार्थहितरत मनुष्य को किन उदाहरणों, आख्यानों से सर्वभूत हित हेतु अग्रसर किया जाय, इस उपन्यास लेखन का मूल उद्देश्य है। उपन्यास लिखने के क्रम में मैंने अनेक ग्रन्थों, गुरुजन एवं विद्वानों के मन्तव्यों का आश्रय लिया है। उपन्यास की रचना में उनका प्रत्यक्ष एवं अप्रत्यक्ष प्रभाव परिलक्षित होना स्वाभाविक है, एतदर्थ मैं उन सब का हृदय से आभारी हूँ। मैंने उपन्यास में उल्लिखित अनेक सम्बन्धित ऐतिहासिक स्थलों का भ्रमण किया है, एतदर्थ अपने स्थानीय मित्रों एवं सहयोगियों का भी धन्यवाद करता हूँ जिन्होंने इस उपन्यास की पूर्णता में योगदान दिया है।

साहित्य सृजन हेतु निरन्तर प्रेरित करने के लिए मैं नवगीतकार श्री ओम धीरज जी (अपर आयुक्त, वाराणसी मण्डल से.नि.) एवं कविवर श्री कामेश्वर द्विवेदी जी (प्रधानाचार्य से.नि.) का अभिवादनपूर्वक हृदय से आभारी हूँ। चि. आशुतोष पाण्डेय (एम्सटर्डम, नीदरलैण्ड्स) ने लेखनकार्य के विषय में निरन्तर जिज्ञासा कर उत्साहित किया तो छोटे पुत्र भवतोष पाण्डेय (मुख्य प्रबन्धक, GAIL, औरैया) ने उपन्यास को पुस्तकाकार प्रदान करने में पूर्ण योगदान दिया, अन्यथा नवीन तकनीक से अमित्रवत् व्यवहार वाली पिछली पीढ़ी के हम, इस विधा में स्वयं को शिथिल पाते हैं। अतः इसका श्रेय भवतोष को जाता है, दोनों को आशीर्वाद।

पुस्तक प्रकाशन हेतु नोशन प्रेस का मैं धन्यवाद करता हूँ, जिन्होंने अपने प्रतिष्ठित प्रकाशन से इस उपन्यास को प्रकाशित करने का निर्णय लिया, एतदर्थ इनका हृदय से आभार।

रामनवमी

06.04.2025, वाराणसी

विनयावनत

ओम् प्रकाश पाण्डेय

कथामुख

काशी का निवासी होने के कारण नाव से गंगा जी के मनोरम घाटों का प्रायः अवलोकन करने जाया करता हूँ। एक दिन नाव से नदी किनारे के घाटों का अवलोकन कर रहा था कि मैंने अपने नाविक रामसेवक निषाद से कहा - "रामसेवक आज हम लोग घाटों के अन्तिम छोर पर स्थित मालवीय ब्रिज के उत्तर बिना घाटों वाले किनारे का भ्रमण करेंगे।" रामसेवक ने सहर्ष नौका उधर बढ़ा दी। महिषासुर (भैंसासुर) घाट के बाद राजघाट है। जिसके पास किला था। किले में अनेक खिड़कियां थीं, अतः उसे खिड़किया घाट भी कहते थे। उसके स्थान पर सम्प्रति नवीन राजघाट निर्मित हो गया है। राजघाट के आगे आदिकेशव घाट है। यहाँ पर वरुणा और गंगा का संगम है तथा नगर का प्रारम्भ भी यहीं से माना जाता है। आदिकेशव घाट के दक्षिण राजघाट किले का खण्डहर है। किले के बाह्य भाग में उत्खनन भी हुआ था, जो बनारस (काशी) के इतिहास पर भी प्रकाश डालता है। महमूद गजनी ने इसे 1018 में नष्ट कर दिया था। ब्रिटिश शासक यहाँ अपना निवास बनाकर रहने लगे थे परन्तु

1850 में इस स्थान पर बने बँगलों को अंग्रेजों ने बारूद से नष्ट कर दिया था।

मैं नाव से उतर कर राजघाट किले के ध्वंशावशेष को देख रहा था। रामसेवक मुझे इस घाट के विषय में जानकारी देने लगा। पर्यटकों को नाव से घुमाने के कारण रामसेवक को काशी के समस्त घाटों के इतिहास के विषय में विस्तृत जानकारी है। रामसेवक जी जब अपनी नौका चलाते हैं तो प्रत्येक घाट के ऐतिहासिक एवं पौराणिक महत्त्व का इतना विस्तृत वर्णन करते हैं जिसे सुनकर इतिहासकार भी दंग रह जायँ और बड़े-2 पौराणिक भी दाँतों तले उँगली दबा लें। राजघाट के ध्वंशावशेषों के वर्णन के साथ आदिकेशव घाट की पौराणिकता का धाराप्रवाह वर्णन अनिच्छापूर्वक सुनते हुए मैंने पूछ लिया–"रामसेवक इन घाटों के विषय में तुम्हें इतना सारा ज्ञान कहाँ से प्राप्त हुआ है।" पहले तो रामसेवक ने कहा–"गुरु, मैं भी स्नातक हूँ और स्वाध्याय से जानकारी इकट्ठी कर रखी है।" पुनः मैंने कहा–"कैसे, कुछ जानकारियाँ तो तुम ऐसी देते हो जो किसी भी ऐतिहासिक एवं पौराणिक ग्रन्थ में उल्लिखित नहीं हैं। इसीलिए पूछ रहा हूँ कि ऐसा दुर्लभ ज्ञान तुम्हें किस गुरु से प्राप्त हुआ है।" पहले तो रामसेवक कहता रहा–"गुरु मैं नाव पर काशी के पण्डितों, विद्वानों को घुमाता रहता हूँ उन्हीं से सुन-सुनकर यह जानकारी हुई है।" इस विषय में सबसे अधिक ज्ञान रखने वाले की जिज्ञासा किये जाने पर रामसेवक ने कहा–"दइया गुरु को इन घाटों के इतिहास का पूर्ण ज्ञान है।" मेरे द्वारा उनसे मिलने की जिज्ञासा किये जाने पर रामसेवक ने बताया कि उनकी आयु 75 वर्ष से ऊपर है और वो ब्रह्माघाट में रहते हैं परन्तु अब वे किसी भी बाहरी व्यक्ति से नहीं मिलते हैं। "मेरे द्वारा आग्रह करने पर रामसेवक ने बताया कि उसके मुहल्ले के

निरंजन सरदार उनके यहाँ दूध देने जाते हैं, अगर वो चाहें तो आपको मिलवा सकते हैं। रामसेवक के साथ निरंजन सरदार से मैंने विशेष अनुरोध किया कि वे मुझे दइया गुरु से मिलवायें। निरंजन मुश्किल से मुझे उनके घर ले जाने पर सहमत हुए।"

अगले दिन प्रातः निरंजन के साथ मैं भी दइया गुरु के घर पहुँचा। गुरु ने स्वयं दरवाजा खोला। सरदार से दूध लिया, सरदार ने मेरा परिचय लेखक के रूप में उनसे कराया। दइया गुरु ने अन्यमनस्क भाव से मुझे अन्दर बुलाया। इस अवस्था में भी बलिष्ठ शरीर, दाढ़ी मूँछे श्वेत एवं श्वेत वस्त्र तथा माथे पर त्रिपुण्ड्र धारण किये जाने के कारण आकर्षक व्यक्तित्व के धनी, दइया गुरु फक्कड़ प्रकृति के लग रहे थे। दइया गुरु का वास्तविक नाम सोमेश्वर सारस्वत था। पुराने लोग इन्हें सोमेश जी एवं मुहल्ले वाले दइया गुरु कहते थे। स्वयं के परिचय में उन्होंने बताया कि "इनके पूर्वज पंजाब प्रान्त (सम्प्रति पाकिस्तान) से आकर काशी में बस गये थे। इनके पिताजी अंग्रेजी काल में पुरातत्त्व विभाग में अधिकारी थे। काशी और कई अन्य स्थानों पर हुए उत्खनन में उन्होंने अधिकारी के रूप में उत्खनन कार्य कराया था। अपने पिताजी के साथ ये उत्खनन स्थलों पर जाते रहते थे अतः इन्हें भी पुरातात्त्विक स्थलों के विषय में पर्यास जानकारी थी। इनके बड़े से मकान के मध्य तल में पुस्तकालय तथा पाण्डुलिपियों का संग्रह था। उन्हीं के अध्ययन से दइया गुरु उत्तर भारत के प्रमुख पुरातात्त्विक महत्त्व के स्थलों के विषय में विशिष्ट ज्ञान रखते थे।"

"हाँ तो किस घाट के विषय में जानकारी चाहते हो गुरु"– दइया गुरु ने गुरु गम्भीर स्वर में मुझसे पूछा।

मेरे द्वारा राजघाट (ध्वंश मात्र) के विषय में जिज्ञासा किये जाने पर दइया गुरु ने कहा–"राजघाट एवं रानीघाट, इसके निर्माण एवं ध्वंश की कथा बड़ी विस्तृत है। इसकी कथा अगर सुननी है तो सायंकाल आओ, मैं अवकाश के क्षणों में विस्तार से बता सकता हूँ। इसमें कई दिन लग सकते हैं। स्वयं के स्वस्थचित्त रहने पर ही इस विषय में चर्चा कर सकता हूँ अन्यथा की दशा में आपको वापस भी जाना पड़ सकता है।" मैंने कहा–"आपको जब समय हो बताइये, मैं उसी समय उपस्थित होऊँगा।" दइया गुरु ने प्रत्येक दिन सायंकाल 7 बजे का समय निर्धारित किया।

मैं ससमय उनके यहाँ उपस्थित हुआ। दइया गुरु सायंकालिक स्नान-ध्यान से निवृत्त होकर भंग संग ठन्ढई का पानकर, उसके प्रभाव में आ चुके थे। मेरे पहुँचते ही उन्होंने सहर्ष बैठक में बिठाया और शुरु हो गये। उन्होंने बनारसी शैली में बतलाना शुरु किया–"जानते हो गुरु, काशी के सबसे प्राचीन घाट दशाश्वमेध के बाद राजघाट ही पुराना घाट था। उसके उपरान्त सभी घाट देश के राजाओं, सामन्तों द्वारा निर्मित कराये गये हैं।" मेरे द्वारा बल देकर राजघाट एवं रानी घाट के विषय में पूछे जाने पर दइया गुरु ने राजघाट, काशिराज परिवार, इसके निकट विद्याश्रम तथा सम्पूर्ण काशीप्रान्त विषयक कथाएं, उपकथाएं, अवान्तर कथाएं सुनानी प्रारम्भ कीं। मुझे उनका विषय-वर्णन अत्यन्त रोचक एवं ज्ञानवर्द्धक लगा। ऐतिहासिकता के विषय में जिज्ञासा किये जाने पर उन्होंने कहा–"गुरु! इसका कोई प्रमाण नहीं है। श्रम करने पर कतिपय प्रमाण मिल तो सकते हैं परन्तु मैं जो तुम्हें बता रहा हूँ, यह श्रुत-परम्परा से प्राप्त है। इसे मुझे मेरे पिता जी ने सुनाया था। पिता जी को संभवतः उनके पिताजी ने या गुरु ने सुनाया होगा साथ ही इन विस्तृत कथाओं की

अनेक उपकथाएं भी लोक में अलग-अलग रूपों में प्रसिद्ध हैं। अगर इन कथाओं का क्रमण संयोजन किया जाय तो वे मेरे द्वारा कथित कथाओं से मेल खायेंगी–ऐसा मुझे विश्वास है। इसके कई पात्रों से सम्बन्धित स्थानों की जानकारी हेतु मैंने कई बार विन्ध्याटवी का भ्रमण भी किया है”–ऐसा दइया गुरु ने कहा।

मेरे द्वारा उनके वर्णन को रिकार्ड किये जाने के अनुरोध पर उन्होंने यह कहते हुए स्पष्टतः मना कर दिया कि “तुम कैसे लेखक हो गुरु। तुम्हारी धारणा-शक्ति इतनी शिथिल है कि सुने को भूल जाओगे क्या? इसे सुनो और जब तुम्हें अवकाश मिले तो इसे संकलित करना।” बाद में मुझे भान हुआ कि दइया गुरु भंग की तरंग में बोलते-बोलते विषयान्तर कर देते थे तथा प्रायः अकेले रहने के कारण कार्यान्तर भी पड़ जाता था, जो उन्हें मूल विषय के प्रतिपादन से विरत कर देता था। इस प्रकार दइया गुरु के यहाँ प्रत्येक सन्ध्या समय मैं पहुँच जाता। दइया गुरु अपनी शैली (बनारसी) में विस्तृत विवेचना (ऐतिहासिक, पौराणिक एवं जनश्रुति पर आधारित) करते, मैं उन्हें हृदयस्थ करता तथा यथासमय, प्रायः प्रातःकाल, लिपिबद्ध करता। प्रामणिकता की जब भी मैं बात करता दइया गुरु कहते–“अरे गुरु! कोई विश्वास करे ना करे, हमें क्या? हम बनारसी हैं और दुनियाँ बनारस के ठेंगे पर, सुने हो ना? कह कर अट्टहास करते, मुँह में पान दबाते और कुछ मिनटों के लिए मौन धारण कर लेते, फिर कहते, यह जनश्रुति है।” इस तरह हमारी और दइया गुरु की अनेक बैठकें हुईं जिसमें उन्होंने काशी का प्राचीन विद्याश्रम, राजघाट, राजभवन (किला), रानी घाट, दशाश्वमेध घाट, मणिकर्णिका आदि की चर्चाओं के मध्य ही सत्यधन एवं शुभंवदा की चर्चा की, जिसे मैंने इस उपन्यास में मुख्य विषय बना लिया। मैंने दइया गुरु द्वारा प्रतिपादित

विषयों को अपनी धारणा शक्ति से यथासम्भव संयोजित कर लिपिबद्ध किया है।

वास्तव में इस उपन्यास की कहानी,पुरानी है, जो सत्यधन एवं शुभंवदा की मैत्री पर आधृत है। यह कथा अनेक परिवर्तनों के साथ अग्रसरित होती है। अनेक तरंगों में विभक्त इस उपन्यास में ऐतिहासिकता, पौराणिकता एवं वैज्ञानिकता आदि आधुनिक मानकों के अनुसार प्रमाण ढूँढने का प्रयास न किया जाय।

*****

अनुक्रम

अनुक्रम

पहली तरंगः राजभवन

काशी नगर के मध्य से दो क्रोश[1] की दूरी पर राजभवन विनिर्मित था। इसकी परिधि दो क्रोश की थी। इसके चतुर्दिक द्वार थे, मुख्य द्वार पूर्वाभिमुख था, जो पतित पावनी गंगा जी की ओर खुलता था। राजभवन के तीन ओर परिघा थी जिसमें पानी भरा रहता था। मुख्य-द्वार से प्रवेश करते ही दाहिने भाग में राजकीय कार्यालय था, जिसमें अनेक कक्ष थे जो उच्चाधिकारियों एवं अधिकारियों के लिए आवंटित थे। यहाँ शासन विषयक पत्रों का आदान-प्रदान, नीति विषयक पत्रों का निर्गमन, सन्धि-विग्रह आदि कार्यों के अधिकार पत्र, पत्रालेख तैयार किये जाते थे। उसके पृष्ठ भाग में सहयोगी कर्मचारियों एवं अनुचरों के निवास थे। इस कार्यालय भवन से साम, दाम, दण्ड और भेद पर आधृत राजनीति का संचालन किया जाता था, जिसके सूत्रधार प्रान्त के महामात्य होते थे।

कार्यालय के पीछे अश्वशाला, गोशाला तथा हस्तीशाला थी। कार्यालय के पार्श्व में संगीतशाला थी, जिसमें मृदंग, सितार,

---

1 एक क्रोश = लगभग 3.12 किलोमीटर

वीणा, रुद्रवीणा तथा तानपूरा आदि संगीत उपकरण रखे रहते थे, यहीं पर विशिष्ट संगीतशास्त्रियों के आवास भी थे। मुख्य द्वार के ठीक समक्ष आयुधशाला थी, जिसमें अनेक प्रकार के शस्त्रास्त्र रखे हुए थे, आयुधशाला से सम्बद्ध आरक्षी आवास थे।

महामात्य, प्रधान न्यायाधिपति, प्रधान सेनापति, प्रधान कोषाधिकारी आदि अन्य अति विशिष्टजन के आवास तथा कार्यालय क्रमशः यहीं बने थे। यहाँ से वे अपने-अपने कार्य सम्पादित करते थे। अति विशिष्टजन के कार्यालय एवं आवास से अतिरिक्त एक विशाल द्वार बना था जिसमें राजा का महालय निर्मित था। इसमें अनेक दीवार तथा सरणियाँ बनी थीं जो राजपरिवार के अतिरिक्त किसी भी अन्य व्यक्ति के लिए अज्ञात थीं। इसी में राजा का मोहन-गृह (भूलभुलैया) बना था जिसमें राजा निवास करते थे। दीवारों के मध्य गुस सुरंगे तथा गुस मार्ग बने हुए थे। आपत्तिकाल में राजा कभी भी किसी गुस मार्ग से राजभवन से बाहर निकल सकते थे।

राजमहल के पीछे कक्ष्याभाग में रानी-निवास (रनिवास) बना था जिसके साथ छोटे-2 उद्यान तथा सरोवर निर्मित थे, उसके बाह्यभाग में राजकुमारों तथा राजकुमारियों के लिए पृथक्-2 छोटे-2 भवन निर्मित थे। महालय के समक्ष-भाग में हरी घास तथा फूलों से सजे उपवन थे। उसके बाद मंत्री-सभा स्थान, राज-दरबार, युवक राजकुमारों, समाहर्ता, सन्निधाता आदि के कक्ष निर्मित थे।

तत्समय काशी प्रान्त के राजसिंहासन पर महाराजश्री वैभवादित्य आरूढ़ थे।

*****

दूसरी तरंग: काशी विद्याश्रम

काशी के राजभवन से उत्तर दिशा में मात्र दो क्रोश की दूरी से ही काशी विद्याश्रम की सीमा प्रारम्भ हो जाती थी। उत्तर में गोमती एवं गंगा के संगम तक, पूर्व में गंगा नदी, पश्चिम में 3 क्रोश की दूरी पर स्थित मुख्य मार्ग पर चारों दिशाओं में निर्मित चार द्वारों द्वारा सुरक्षित अत्यन्त रमणीय, सुन्दर, स्वच्छ, चतुर्दिक वनाच्छादित काशी विद्याश्रम था। इसके अन्तर्गत अनेक भवन बने हुए थे जिसमें विशाल मुख्य भवन तथा मुख्य भवन के बाह्य भाग में अनेक विभागों के भवन निर्मित थे जिनमें 10 सहस्र छात्र, छात्राएं निवासित रहते हुए निरन्तर अध्ययनशील रहते थे। इस आश्रम के संरक्षक परमाचार्य होते थे जो सभी आचार्यों एवं प्रधान आचार्य तथा छात्रों के मध्य समन्वय स्थापित कराते थे। आचार्य अपने-2 विषयों के पारंगत विद्वान् होते थे जिनमें समन्वय का कार्य प्रधान आचार्य करते थे।

आश्रम के ही एक पृथक् भाग में छात्राएं भी अध्ययन करती थीं इनकी सुरक्षा, संरक्षा एवं समन्वय का कार्य आचार्याणी करती थीं। छात्राओं एवं छात्रों के मध्य तत्कालीन शिक्षा-व्यवस्था में कोई विभेद नहीं था। यद्यपि छात्राओं एवं छात्रों को

रहने एवं अध्ययन की पृथक्-पृथक् व्यवस्था थी परन्तु दोनों को समभाव से शिक्षा प्रदान की जाती थी।

तत्कालीन आश्रमपद के परमाचार्य के पद को आचार्य सोमशर्मन् अलंकृत कर रहे थे। इसी प्रकार प्रधान आचार्य के पद पर आचार्य सौगत एवं प्रधान आचार्याणी गौतमी थीं। यद्यपि यह आश्रम मूलरूप से एक था परन्तु विषयों के आचार्य एवं उनके शिक्षण भवन अलग-2 थे। प्रधान आचार्य एवं आचार्याणी का निवास भी इसी आश्रम में अवस्थित था, प्रधान आचार्य सौगत एवं आचार्याणी गौतमी पति–पत्नी थे। आचार्य एवं आचार्याणी के छात्र पृथक्-पृथक् छात्रावासों में आवासित थे। उनके मध्य नाम मात्र की सामान्य सीमा निर्धारित थी, जिसका उल्लंघन वे नहीं करते थे। आचार्य एवं आचार्याणी की कुटिया परस्पर संलग्न थी।

आश्रम में समस्त विद्याओं का ज्ञान सुयोग्य विद्वानों द्वारा छात्रों को प्रदान किया जाता था। यहाँ के छात्र देश के विभिन्न प्रान्तों के विशिष्ट पदों यथा–महामात्य, सेनाधिपति, प्रधान न्यायाधिपति, कोषाधिकारी आदि पदों को समलंकृत करते थे। यद्यपि प्रधान आचार्य के लिए सभी छात्र प्रिय थे परन्तु उन छात्रों के मध्य सत्यधन, आचार्य का प्रिय शिष्य था जिसके पिता काशी प्रान्त के महामात्य रह चुके थे और एक युद्ध में स्वर्ग को प्राप्त कर चुके थे, सत्यधन की माता भी गोलोक गमन कर चुकी थीं।

*****

तीसरी तरंग: सत्यधन-शुभंवदा

———❖———

विद्याश्रम में गुरुमाता गौतमी का आवास था। आवास सभी छात्र-छात्राओं के लिए खुला रहता था। बाल्यावस्था के छात्र-छात्राएं प्रायः परस्पर विवाद किये रहते थे। गुरुमाता उनके विवाद मातृवत् स्नेह से सुलझाती रहतीं थीं। कभी प्रेम से, स्नेह से तथा कभी कठोर वचनों से छात्रों को पुरस्कृत एवं दण्डित किया करती थीं। गुरुमाता के आदेश एवं निर्णय सभी छात्र-छात्राओं को अनुपालनीय तथा अकाट्य थे। उनके वचनों से सभी सन्तुष्ट रहते, आदेश को प्रसन्नतापूर्वक शिरोधार्य करते, उनके निर्णय के बाद किन्तु, परन्तु कुछ भी शेष नहीं रहता। सभी छात्र अपने विवाद विस्मृत कर प्रसन्नतापूर्वक अध्ययन या क्रीडा में लग जाते। गुरुमाता के सन्निकट गुरुमाता की पुत्री सुचरिता, काशीनरेश के स्वर्गीय पूर्व महामात्य का पुत्र सत्यधन, अवध प्रान्त के सामन्त की पुत्री शुभंवदा रहती थी।

ऐसे ही स्वस्थ एवं मनोरम वातावरण में एक दिन शुभंवदा ने गुरुमाता के समक्ष रोते हुए निवेदन किया–"माताश्री! माताश्री!"

"क्या हुआ पुत्री"–गुरुमाता ने पूछा।

19

"माताश्री सत्यधन ने स्मृतिशेष मेरी माताश्री के अभिज्ञान स्वर्ण निर्मित कर्णपुष्प कहीं छुपा दिये हैं।"

"नहीं, पुत्री सत्यधन ऐसा नहीं कर सकता।"

"नहीं, माते! मैंने अपने कक्ष में जहाँ कर्णपुष्प रखे थे, अब वे वहाँ नहीं हैं, उस कक्ष में मेरे एवं मेरी सखी के अतिरिक्त मात्र सत्यधन ही वहाँ गया था और तुरन्त वापस आ गया था, अतः निश्चित रूप से इसने ही कहीं छुपाये होंगे।"

"सत्यधन!" माताश्री ने उच्च स्वर में पुकारा।

"जी माताश्री", सत्यधन ने कहा।

"क्या तुमने शुभंवदा के कर्णपुष्प छुपाये हैं?"

"नहीं माताश्री, मैं कर्णपुष्पों का क्या करुँगा? इसके उपादान मेरे किसी काम के नहीं हैं, यदि इसे चाहिए तो मैं प्रत्यग्र पुष्पों से अभी कई कर्णपुष्प बना सकता हूँ। क्यों शुभे, आवश्यकता है क्या?"–सत्यधन ने पूछा।

"देख रही हैं माताश्री, इसे परिहास सूझ रहा है, और मेरे प्राण निकले जा रहे हैं?"–शुभंवदा ने कहा।

"देख पुत्र! यदि तुमने इसके कर्णपुष्प लिए हैं तो तत्काल वापस कर दे, अन्यथा मैं तुझे दण्डित करुँगी"–गुरुमाता ने कहा।

"मुझे इसके कर्णपुष्प का क्या करना? अपनी कोई भी कमी यह मेरे ऊपर आरोपित कर देती है, पता नहीं कब से और क्यों? मुझसे बद्धवैर है यह।"

"ठीक है सत्यधन, जब तक इसके कर्णपुष्प प्राप्त नहीं हो जाते तब तक तुम मेरे कक्ष में प्रवेश नहीं करोगे, बाहर ही रहोगे"–गुरुमाता ने कहा।

"ठीक है माते! इसके कर्णपुष्प तो शीघ्र मिल ही जायेंगे, मैं जानता हूँ। जैसे यह अपना मस्तिष्क अपने कक्ष में छोड़ कर चलती है उसी प्रकार कर्णपुष्प भी कहीं छोड़ आयी होगी, वो तो मिल ही जायेंगे।"

"इसी बीच सत्यधन ने शुभंवदा की बाँह पकड़ कर एक ओर ले जाते हुए कहा–आओ शुभे तुम्हारे कान में एक बात बताऊँ। मेरे साथ चलो। माताश्री ने आज अपूप (पूए) बनाये हैं। मेरे लिए अतिरिक्त रख छोड़े होंगे। अपने भाग में से आधे मैं तुम्हें दे दूँगा"–सत्यधन ने कहा।

"अरे, मेरे कर्णपुष्प खो गये हैं और तुम्हें पूए खाने की पड़ी है। जाओ मैं नही जाती"–शुभंवदा ने कहा।

"तुम्हें नही जाना, कोई वार्ता नहीं, मैं जाता हूँ"–सत्यधन ने कहा।

कुछ क्षण के उपरान्त माताश्री, माताश्री चिल्लाते हुए शुभंवदा ने आचार्याणी के कक्ष में प्रवेश किया और कहा–"मेरे कर्णपुष्प मिल गये, माताश्री, मैं उन्हें स्नान गृह में भूल आयी थी।"

"शुभंवदा वास्तव में तुम सत्यधन से वैर रखती हो, तुम्हारे कारण मैंने उसे इतने कठोर वचन कहे, अपने कक्ष में आने का प्रतिषेध किया। जाओ उसे बुला कर लाओ, उससे तुम अपने व्यवहार के लिए खेद व्यक्त करो। तुम्हें ज्ञात है वो कहाँ है?"

"मैं अनुमान लगा सकती हूँ माते। वो आपकी पाकशाला में ही होगा।"

"चलो चलकर देखते हैं"–गुरूमाता ने कहा।

माताश्री एवं शुभंवदा पाकशाला में प्रवेश करती हैं तो देखती हैं कि सत्यधन पूए खा रहा है। माताश्री ने कहा–"वत्स! मैंने तुम्हें इतने कठोर वचन कहे और तुम हो कि स्वादपूर्वक पूए खा रहे हो।"

माताश्री मैं जानता था–"मैंने नहीं छुपाये हैं। मेरे अतिरिक्त इसके कक्ष में कोई अन्य गया नहीं तो फिर इसके कर्णपुष्प मिलने ही थे, और आपने मुझे अपने कक्ष में आने का निषेध किया था, पाकशाला का नहीं।" सस्मित सत्यधन ने कहा।

"मुझे अपने व्यवहार पर खेद है, सत्यधन"–शुभंवदा ने कहा।

"तू तो यह खेद व्यक्त करना बन्द कर दे, ऐसे कार्य करना तो तेरा नित्य का कार्य है, कितनी बार खेद व्यक्त करेगी, अशुभंवदा।"

"सुना माते, मुझे सत्यधन क्या कह रहा है।"

"जाने दे पुत्री, छोड़ इस प्रकरण को" और सत्यधन मेरे वत्स! मैं तुमसे अत्यन्त प्रसन्न हूँ साथ ही मैं तुम्हें आशीर्वाद देती हूँ कि तेरा सत्य के प्रति ऐसा अटल विश्वास आजीवन बना रहे। तू अपने नाम को चरितार्थ करे। ईश्वर तुम्हारा कल्याण करे"–आचार्याणी गौतमी ने कहा।

*****

चौथी तरंग: समावर्तन

विद्याश्रम में समावर्तन का आयोजन है। आश्रम के मध्य स्थित प्रांगण में विशाल मंच निर्मित है। जिन विद्यार्थियों ने अपनी औपचारिक शिक्षा समाप्त कर ली है, वे इस संस्कार के उपरान्त आश्रम से मुक्त होकर अपने-अपने गृह वापस चले जायेंगे। स्नातकों के तीन श्रेणी के छात्र यहाँ उपस्थित हैं जिन्होंने विद्याध्ययन को पूर्ण कर लिया है वे विद्या-स्नातक, जिन्होंने व्रत को पूर्ण किया व्रत-स्नातक तथा जिन्होंने विद्या एवं व्रत दोनों को पूर्ण किये, वे विद्याव्रत स्नातक की उपाधियाँ प्राप्त कर गृहस्थ-आश्रम में प्रवेश करने वाले हैं। कतिपय विद्यार्थी आजीवन विद्याध्ययन का व्रत लेने वाले नैष्ठिक भी हैं। विद्यार्थियों ने अपने-अपने विषय के प्रधान अचार्यों से विद्यार्थी जीवन की समाप्ति की अनुमति हेतु प्रार्थना कर यथोपलब्ध, यथासाध्य दक्षिणा गुरूओं को प्रदान की। गुरू को प्रणाम कर सभी विद्यार्थियों ने वैदिक अग्नि को आहुति प्रदान किया। तदुपरान्त आठ दिग्भागों के सूचक जल से पूर्ण आठ कलशों से स्नान के उपरान्त ब्रह्मचारियों ने अपनी मेखला, मृगचर्म, दण्डादि का परित्याग किया। गुरू से षड्घर्य

रूप में मधुपर्क प्राप्त कर समाज में उच्च सम्मान प्राप्ति के अधिकारी हुए।

अन्त में आश्रम के परमाचार्य ने औपनिषदिक मंत्रों (यथा– सत्य बोलो, धर्म का आचरण करो, स्वाध्याय में प्रमाद मत करो आदि) के साथ ही छात्रों को वैयक्तिक उन्नति करते हुए समष्टि के विकास में सदैव तत्पर रहने का समावर्तन उपदेश दिया। समावर्तन के समय सभी विद्यार्थियों एवं आचार्यों के मध्य यह जानने की उत्कण्ठा थी कि परमाचार्य किन दो विद्यार्थियों को श्रेष्ठ स्नातक घोषित करते हैं। परमाचार्य ने उपदेश के अनन्तर अपनी गुरु-गम्भीर वाणी में कहा–"हमारे आश्रम के सभी विद्यार्थी हमारे प्रिय हैं, हम उनके लिए समान भाव रखते हैं, अध्ययन के अपने विषय-क्षेत्र में अनेक विद्यार्थियों ने स्वस्थ प्रतिस्पर्धा रखते हुए अपने अन्तर्निहित श्रेष्ठ ज्ञान का प्रदर्शन किया है परन्तु जैसी परम्परा है, आश्रम के विद्यार्थियों में से दो श्रेष्ठ विद्यार्थियों का चयन शलाका, शास्त्रार्थ एवं व्यासादि परीक्षा-विधियों से परीक्षा कर आचार्यगण उनकी श्रेष्ठता सुनिश्चित करते हैं। इस वर्ष सर्वश्रेष्ठ स्नातक के रूप में हमारे आश्रम की परीक्षा-समिति ने सत्यधन को चुना है। अतः सत्यधन इस वर्ष आश्रम के सर्वश्रेष्ठ स्नातक घोषित किये जाते हैं।" ऐसा सुनते ही प्रांगण में उपस्थित सभी स्नातकों तथा आचार्यों ने करतल-ध्वनि से इस घोषणा का स्वागत किया। करतल-ध्वनि के बन्द होते ही परमाचार्य ने पुनः कहा इसके साथ ही शुभंवदा ने स्नातकों के मध्य द्वितीय स्थान प्राप्त किया है यह सुनते ही पुनः करतल ध्वनि से प्रांगण गूँज उठा। परमाचार्य ने आगे कहा–"सत्यधन एवं शुभंवदा में श्रेष्ठ कौन है यह सुनिश्चित किया जाना समिति के लिए अत्यन्त दुष्कर था परन्तु आचार्यों ने अत्यल्प अन्तर से सत्यधन को सर्वश्रेष्ठ स्नातक तथा शुभंवदा को द्वितीय स्थान

प्राप्त करने की संस्तुति की है। हमारे सभी स्नातकों का आश्रम की ओर से वर्धापन (बधाई) हो सत्यधन एवं शुभंवदा का विशेष प्रतिनन्दन। इसके साथ ही मैं एक विशेष घोषणा यहाँ मंच से करता हूँ कि आश्रम में शिक्षा प्राप्त सभी स्नातकों को आश्रम के समस्त आचार्य गुरू-दक्षिणा के भार से मुक्त करते हैं। सम्प्रति सभी स्नातक अपने-अपने कार्यक्षेत्र में जाने के लिए स्वतन्त्र हैं। हमारा सभी स्नातकों से यह आग्रह है कि वे अपने-अपने क्षेत्र में यशस्वी बनें, विद्याश्रम में प्राप्त ज्ञानरूपी प्रकाश को चतुर्दिक द्योतित करें” इसके साथ ही परमाचार्य ने समावर्तन-संस्कार कार्यक्रम की समाप्ति की घोषणा की।

इस प्रकार सभी स्नातक अपने-अपने स्थान से अभिवादनपूर्वक उठ कर परस्पर वार्ता करने लगे, तभी शुभंवदा की दृष्टि सत्यधन पर पड़ी। शुभंवदा ने स्मिति- पूर्वक कहा–“सर्वश्रेष्ठ स्नातक को बधाई हो।”

“आपको भी बधाई”–सत्यधन ने कहा।

“द्वितीय स्थान प्राप्त करने की?”

“स्थान नहीं”–योग्यता की। आप मुझसे किसी भी क्षेत्र में न्यून तो नही हैं वरन् कतिपय विषयों में श्रेष्ठ भी हैं।”

“आप के कहने से तो मैं प्रथम हो नहीं सकती ना?”

“आश्रम के वरिष्ठ आचार्यों की समिति ने आपको सर्वश्रेष्ठ स्नातक घोषित किया है, तो आप हैं। सभी लोग प्रथम का स्मरण रखते हैं।”

“ऐसा नहीं है। यहाँ के सभी स्नातक परस्पर का स्मरण रखते हैं।”

"आगे क्या करने का विनिश्चय किया है शुभे, आपने"– सत्यधन ने पूछा।

"मैं तो प्रातः काल अपने गृह को प्रस्थान करूँगी। वहाँ से गृहस्थाश्रम में प्रवेश करना है।"

"और आप, सत्यधन?"

"मैं कहाँ जाऊँगा ? मेरा आश्रम के अतिरिक्त कोई आश्रय ही नहीं है। गुरू माता के चरणों में रहूँगा, उनकी सेवा करूँगा। यदि परमाचार्य की कृपा रही तो जैसी आश्रम की परम्परा है प्रथम एवं द्वितीय स्थान प्राप्त स्नातकों को शिक्षा प्रदान करने हेतु आश्रम में आचार्य पद पर नियुक्त कर लेते हैं। यदि परमाचार्य ने चाहा तो विद्याध्ययन एवं अध्यापन के साथ ही लोकाराधन, जन-सेवा, मानव-उत्थान के लिए जीवन समर्पित करूँगा। शुभे, यदि चाहें तो आप भी आश्रम की परम्परानुसार आचार्याणी का पदभार ग्रहण कर सकती हैं", सत्यधन ने कहा।

"नहीं सत्यधन, सम्प्रति मैं तो अपने गृह जाना चाहती हूँ, वहाँ जाकर ही कुछ निश्चित करूँगी।"

"अच्छा, जैसी आप की इच्छा",–सत्यधन ने कहा।

इसी प्रकार की वार्तापूर्वक सभी स्नातक भविष्य की योजनाओं की चर्चा करते हुए, अपने आश्रय स्थलों की सूचना का परस्पर आदान-प्रदान करते हुए अपने-अपने गन्तव्य को चले गये।

*****

पांचवीं तरंगः महामात्य सत्यधन

समय का चक्र स्वयं की निश्चित गति से गतिमान रहा। परिवर्तन यदि सामान्य हो तो समय की गति का भान ही नहीं होता है, यदि सुखकर हो तो किञ्चित् भी नहीं। इसी भाँति आश्रम में, राजभवन में, काशी नगर एवं प्रांत में सुखद परिवर्तन होते रहे, कालचक्र चलता रहा। विगत एक युग (द्वादश वर्ष) में आश्रम की स्नातक अवध प्रान्त के सामन्त की पुत्री शुभंवदा का काशिराज वैभवादित्य ने पत्नी रूप में वरण कर लिया था, जिससे उनका दस वर्षीय पुत्र रूद्रादित्य था जो आश्रम में शिक्षा ग्रहण कर रहा था। स्नातक सत्यधन आश्रम में अध्यापक से आचार्य पद पर पदासीन हो चुके थे। आश्रम के स्नातकों का राजभवन तथा नगर में प्राधान्य स्पष्टतः परिलक्षित हो रहा था।

एक युग अतीत हो गया। महारानी शुभंवदा एवं महाराजश्री वैभवादित्य में एक दिन गोपनीय मंत्रणा हुई और दूसरे दिन महारानी पूर्वाह्न में आश्रम के लिए प्रस्थान कर गयीं। आश्रम के निवासियों का प्रातःकालीन समय विद्यार्थियों के अध्ययन, आचार्यों के अध्यापन, वानप्रस्थियों एवं तपस्वियों के अग्नि-होत्र का होता है। इसमें किसी तरह का व्यवधान न हो इसलिए

महारानी ने आश्रम के पृष्ठभागीय मार्ग, जो अभयारण्य की ओर से आता था, से आश्रम में प्रवेश किया। महारानी के रथ के आगे चलने वाले खड्गहस्त अश्वारोही अंगरक्षकों में से एक ने आकर सूचित किया–

"महारानी किसी ने पशुपाद-बन्ध बाण चला कर अश्वों के पैरों को शिथिल कर दिया है जिसके कारण अश्व आगे नहीं बढ़ पा रहे हैं और देवि! आश्चर्य यह है कि किसी भी अश्व के पाँव में सामान्य व्रण तक नहीं हुआ है।"

"यह तो अत्यन्त कुशल शर-सन्धानक का कार्य हो सकता है। इस प्रकार बाण चलाने की कला परमाचार्य के प्रिय शिष्य आचार्य सत्यधन के पास है। सम्भव है उन्होंने इस विद्या में निष्णात अपने कतिपय अन्य शिष्य भी तैयार किये हों"– शुभंवदा ने कहा।

उसी समय एक ब्रह्मचारी बालक धनुष एवं बाण लिये वहाँ उपस्थित हुआ। आते ही ब्रह्मचारी ने अंगरक्षक को सम्बोधित करते हुए कहा–"आप को ज्ञात है अथवा नहीं, यह आश्रम पद है। यहाँ बिना परमाचार्य की अनुमति के कोई अपरिचित पुरूष अपने बाह्य आडम्बरों के साथ प्रवेश नहीं कर सकता।"

"बाह्य आडम्बर? इससे तुम्हारा क्या अभिप्राय है ब्रह्मचारी"– अंगरक्षक ने पूछा।

"अश्व, अस्त्र, शस्त्र इत्यादि वस्तुएं आडम्बर नहीं तो और क्या हैं? आपको ज्ञात होना चाहिए, ये सारी चीजें आश्रम की बाह्य सीमा में छोड़कर, आप परमाचार्य की अनुमति से ही आश्रम में प्रवेश कर सकतें हैं।"

"अगर प्रवेश करने वाले महाराजश्री अथवा महारानी हों, तो क्या? उन्हें भी अनुमति की आवश्यकता होगी, वत्स?"

"आपात् कालिक स्थिति के विषय में तो मैं नहीं जानता परन्तु सामान्य परिस्थिति में सभी को अनुमति की आवश्यकता होती है।"

"यदि अनुमति न ली जाय तो" (प्रधान अंगरक्षक को बालक की बातों से आनन्दानुभूति हो रही थी)?

- "तो आचार्य सत्यधन के शिष्य, आप का रास्ता अवरुद्ध करने के लिए कटिबद्ध मिलेंगे, अन्यथा की स्थिति में युद्ध करने से भी पीछे नहीं हटेंगे।"

तभी आचार्य सत्यधन ने उच्च स्वर में पुकारा, "वत्स, रूद्रादित्य अभ्यास छोड़ कर तुम किससे वार्ता कर रहे हो?"

आचार्य सत्यधन के स्वर को पहचान कर प्रधान अंगरक्षक ने कहा–"आचार्य मैं हूँ 'शक्तिभद्र'। महारानी शुभंवदा आश्रम में प्रवेश कर चुकी हैं परन्तु आप के शिष्य ने उनका मार्ग अवरूद्ध कर रखा है।"

प्रधान अंगरक्षक के स्वर से परिचित आचार्य ने त्वरापूर्वक उपस्थित होकर अंगरक्षक का स्वागत करते हुए पूछा–"कहाँ हैं महारानी?"

अंगरक्षक शक्तिभद्र ने अवगत कराया–"महारानी शीघ्र आने वाली हैं। आचार्य आपको बधाई हो, अल्प काल में ही आपने उत्तम शिष्य तैयार कर दिये हैं।"

“शक्तिभद्र आपको स्मरण है, हम सभी इसी आश्रम में युद्ध-कला का अभ्यास करते थे”–सत्यधन ने कहा।

“निश्चित रूप से स्मरण है, आचार्य सत्यधन।”

“महारानी के आगमन का प्रयोजन क्या है?” “आप को कुछ ज्ञात है”, आचार्य ने अंगरक्षक से प्रश्न किया।

“नहीं मुझे कुछ भी ज्ञात नहीं है, आज प्रातः महारानी ने महाराजश्री से कुछ वार्ता की और मुझे आश्रम चलने का आदेश दिया।”

“महाराजश्री कुशल से तो हैं? वे स्वयं नहीं आये?” आचार्य ने पूछा।

“अनुमानतः किसी गोपन वार्ता हेतु महारानी परमाचार्य के पास आयी हैं, वैसे उनके पुत्र भी तो इसी आश्रम में शिक्षा ग्रहण करते हैं ना?”–अंगरक्षक ने पूछा।

“आप को स्मरण होगा आचार्य, महारानी ने भी आचार्याणी के आश्रम में ही शिक्षा ग्रहण की हैं। महारानी अपने सतीर्थों का विशेष ध्यान रखती हैं।”

उसी समय महारानी अपने विशेष रथ से वहाँ पहुँची, पहुँचते ही उन्होंने अंगरक्षक से प्रश्न किया–“मध्य मार्ग में आप लोग रुक क्यों गये?”

“महारानी आचार्य सत्यधन के एक शिष्य ने हमारा मार्ग अवरुद्ध कर दिया है, इस शिष्य को पशुपाद-बन्ध बाण चलाने में आचार्य की भाँति महारत प्राप्त है”–अंगरक्षक ने अवगत कराया।

"अच्छा कौन है वह शिष्य? मेरे समक्ष उसे उपस्थित किया जाय, यदि आचार्य सत्यधन हों तो उन्हें भी ससम्मान ले आया जाय।"

अंगरक्षक, आचार्य सत्यधन एवं उनके शिष्य को ससम्मान महारानी के समक्ष ले आया। शिष्य ने महारानी को देखते ही कहा–"माताश्री अभिवादन करता हूँ।" कतिपय लोगों को ही ज्ञात था कि वह कुशल शिष्य महारानी शुभंवदा का पुत्र रूद्रादित्य है।

महारानी ने पुत्र से पूछा–"वत्स! तुमने हमारा मार्ग क्यों अवरुद्ध कर दिया?"

"माताश्री आप तो बड़े गर्व से कहा करती हैं कि आप की शिक्षा राज प्रासाद में नहीं वरन् परमाचार्य के आश्रम में हुई है परन्तु आप स्वयं आश्रम के नियमों का उल्लंघन करने लगीं। आप को ज्ञात है यह वन्य क्षेत्र, हम शिक्षार्थियों के अभ्यास के लिए आरक्षित है, फिर भी आप अपने रक्षकों के साथ बिना परमाचार्य की अनुमति एवं पूर्व सूचना के चली आयीं"–शिष्य ने उत्तर दिया।

"आचार्य सत्यधन के शिष्य हो, इसीलिए इतने वाचाल हो, मैं परमाचार्य से अनुरोध कर किसी अन्य गुरु से तुम्हें शिक्षा दिलवाने का प्रबन्ध करूँगी।"

"माताश्री, आप मेरे गुरु का अनादर कर रही हैं, यह उचित नहीं है। आप अवगत हैं, यहाँ शिष्य वैषयिक अभिरुचियों के आधार पर गुरु का स्वयं चयन करते हैं और मैने आचार्य का चयन स्वयं किया है। आप से अनुरोध है आप पुनः मेरे गुरु का अनादर नहीं करेंगी।"

"तुम्हें पता नहीं है पुत्र! मैं तुम्हारे आचार्य को उस काल से जानती हूँ जब ये माताश्री आचार्याणी की पाकशाला से बिना अनुमति के पुए खा जाया करते थे। जाओ तुम अपना अभ्यास करो, मैं परमाचार्य के मुख्य आश्रम में जा रही हूँ।"

आचार्य सत्यधन ने अपने शिष्यों को महारानी के स्वागत हेतु पुष्प-स्तबक बनाने का आदेश दिया। शिष्यों द्वारा प्रत्यग्र पुष्पों से विनिर्मित स्तबक को प्रदान करते हुए आचार्य ने कहा—"महारानी का परमाचार्य के विद्याश्रम में स्वागत है।"

"इस स्वागत से कृतार्थ हुई"—महारानी ने कहा।

स्वागतोपरान्त आचार्य सत्यधन ने पूछा—"अच्छा शुभे! परमाचार्य के आश्रम में आने का प्रयोजन क्या है?"

"अच्छा आपको मेरा नाम स्मरण है"—शुभंवदा ने कहा।

"क्यों? आपका नाम मैं विस्मृत कर दूँगा, ऐसा कैसे सोच लिया, महारानी ने।"

"मैंने ऐसा इस लिए सोच लिया कि यदि आपको मेरे नाम का स्मरण है तो काशिराज का राजभवन भी आपके स्मृति-पटल पर अवश्य होगा। यदि राजभवन याद है तो उसी प्रासाद में शुभंवदा रहती है, उसका स्मरण तो आपको कभी नहीं आया, और आज जब मैं प्रत्यक्ष हूँ तो कितनी आत्मीयता से शुभे! कह कर सम्बोधित कर रहे हैं। मुझे ऐसी प्रदर्शनीय आत्मीयता की आवश्यकता नहीं है, आप इसे सञ्चित रखिए, आप के कार्य आयेगी।"

"क्या बताऊँ?"

"बतायेंगे क्या? यही कहेंगे न कि मुझे अवकाश नहीं मिलता, आश्रम का गुरुतर भार आप के ऊपर है। तो महोदय! आप यह भी अवगत हो लीजिए कि यहाँ सभी अपने-अपने दायित्वों के निर्वहन में व्यस्त हैं, किसी को अवकाश नहीं है।"

"सुना है"–

"क्या सुना है, यही न कि मैं महारानी हूँ मुझसे मिलने के लिए कई अवरोध पार करने पड़ते है, पूर्वानुमति लेनी पड़ती है, अपना परिचय देना पड़ता है और आप तो ठहरे चौर, कापटिक अपना परिचय कैसे दे सकते हैं? अरे महाशय, परमाचार्य के आश्रम से आये सभी आचार्य राजभवन में विशिष्ट श्रेणी में परिगणित हैं, आप को वहाँ तद्वत व्यवहार प्राप्त होता, परन्तु आप को तो आना ही नहीं है–कोई वार्ता नहीं, हम भी वहाँ प्रसन्नचित हैं।"

"उपालम्भ छोड़िये, चलिए मैं आप को परमाचार्य से मिलवा देता हूँ"–सत्यधन ने कहा।

"नहीं, आपको कष्ट करने की आवश्यकता नहीं है। मैं यहाँ के प्रत्येक मार्ग से परिचित हूँ।"

"कुछ मार्गों में परिवर्तन हुआ है, कतिपय नवीन मार्ग बन गये हैं, आप को कठिनाई हो सकती है।"–आचार्य सत्यधन ने कहा।

"नहीं होगी। मैं गोपन वार्ता हेतु परमाचार्य के समीप जा रही हूँ, चली जाऊँगी। परमाचार्य तो अभी भी मुख्य भवन के पार्श्व में स्थित प्रथम कुटीर में ही निवास करते हैं?"

"हाँ, आप को ज्ञात है।"

"हमारे हितैषी आश्रम में अब भी हैं, जो यहाँ के परिवर्तनों की प्रत्येक स्थिति से हमें अवगत कराते रहते हैं। आप अपने शिष्यों को अभ्यास कराइये।"

"कोई वार्ता नहीं, आप जा सकती हैं"-आचार्य सत्यधन ने कहा।

महारानी शुभंवदा का परमाचार्य ने मधुपर्क प्रदान कर स्वागत किया। महारानी ने आचार्य का व्यस्तपाणि अभिवादन किया। परमाचार्य ने शुभंवदा को 'आयुष्मती भव', 'पतिप्रिया भव' का आशीर्वाद दिया।

तदुपरान्त परमाचार्य ने शुभंवदा से प्रश्न किया–"महाराजश्री प्रसन्न तो हैं? महारानी।"

"हाँ, आप का आशीर्वाद है।"

"समस्त राजपरिवार तो सकुशल है?"

"जी हाँ समस्त सदस्य सुखी हैं।"

"राज्य के कोष में वृद्धि तो हो रही है, सैन्य बल अनुशासित तो है, राज्य की सीमाओं पर शान्ति है न? मन्त्रिपरिषद् में महाराजश्री का बहुमत तो है, सन्निधाता (राजकोष का मन्त्री), विश्वास पात्र बना है न, समाहर्ता (माल विभाग का मन्त्री), नायक (सैनिकों का प्रधान अधिकारी), पौर (मुख्य नगर का प्रधान शासक) कामार्तिक (खानों का प्रधान अधिकारी), राज्यान्त पाल (सीमा प्रान्तों का प्रधान अधिकारी), आदि राज्याधिकारी महाराजश्री के वशी तो हैं?"–परमाचार्य ने पूछा।

"परमाचार्य आपके आशीर्वाद से सब कुछ अनुकूल चल रहा है"–महारानी ने कहा।

"आश्रम में आने का कोई विशेष प्रयोजन है? महारानी"–परमाचार्य ने प्रश्न किया?

"विशेष प्रयोजन से ही आयी हूँ।"

"बिना संकोच कहो पुत्री।"

महारानी ने कहना प्रारम्भ किया–"राज्य के महामात्य अब वृद्ध हो गये हैं, उन्होंने स्वयं ही कई बार राजकार्य से अपने को मुक्त करने का अनुरोध महाराजश्री से किया है। महाराजश्री उनके अनुभव एवं योग्यता के कारण उन्हें पदमुक्त नहीं कर रहे थे परन्तु अब महामात्य वास्तव में शिथिल शरीर हो गये हैं। अतः राज्य को एक नये महामात्य की आवश्यकता है। महाराजश्री एवम् उनकी मन्त्रिपरिषद् ने एक गोपन प्रस्ताव पारित किया है।"

"वह प्रस्ताव क्या है पुत्री?"

"महाराजश्री एवं उनकी मन्त्रिपरिषद् चाहती है कि आचार्य सत्यधन राज्य के महामात्य पद के गुरुतर भार का निर्वहन करें। आचार्य सत्यधन, बिना आपके आदेश के इस कार्य हेतु सहमति प्रदान नहीं करेंगे।"

"पुत्री! सत्यधन एवं तुम दोनों सहाध्यायी रहे हो, क्या तुमने उनसे इस विषय में विचार-विनिमय किया है।"

"नहीं परमाचार्य। आप की अनुमति के उपरान्त ही मैं उनसे वार्ता कर सकती हूँ।"

"पुत्री यदि मैं राजकार्य, लोकहित एवं राष्ट्रहित हेतु सहमति प्रदान कर दूँ, तो भी तुम्हें आचार्याणी से अनुमति की आवश्यकता होगी, तुम तो अवगत हो, आचार्याणी का स्नेह सत्यधन के प्रति कितना है? मैं नहीं समझता कि सामान्य परिस्थिति में वे अनुमति प्रदान करेंगी। मैं यह बात उनसे कहने का साहस नहीं कर सकता। जब से उनके एक मात्र पुत्र आचार्य वीरेश्वर दक्षिण के राज्य कर्णाटक के महामात्य पद पर नियुक्त हुए हैं, आचार्याणी को लगता है यह पदभार मैंने ही उन्हें दिलवाया है। जबकि श्री वीरेश्वर स्वयं लोकहित हेतु वहाँ गये हैं। आश्रम में उनकी अनुपस्थिति आचार्याणी को बहुत कष्ट देती है जिसकी पूर्ति सत्यधन करते हैं। तुम तो जानती हो पुत्री, सत्यधन आचार्याणी का कितना ध्यान रखते हैं। आचार्याणी का सत्यधन के प्रति स्नेह सर्वविदित है।"

"मैं जानती हूँ–परमाचार्य, पर आचार्याणी इस हेतु कैसे अनुमति देंगी, इसका उपाय आप ही बतलाने की कृपा करें।"

"पुत्री! आचार्याणी राज्य-हित एवं लोकहित के कारण ही तैयार हो सकती हैं, सत्यधन भी लोकाराधन हेतु अपना सर्वस्व समर्पित करने को तैयार रहते हैं। अतः पुत्री! मात्र लोकाराधन के नाम पर ही सत्यधन को तैयार किया जा सकता है। प्रथमतः तुम आचार्याणी से जाकर स्वयं निवेदन करो तदुपरान्त सत्यधन से सीमान्त प्रान्तों में उठ रही लोकघातक शक्तियों, विद्रोहियों तथा पार्श्व प्रदेश के राजाओं द्वारा आक्रमण की आशंका का उल्लेख करो, तब स्यात् सत्यधन तैयार हो जाएं।"

"ठीक है परमाचार्य, आपके निर्देशानुसार ही आचार्याणी से निवेदन करूँगी"–शुभंवदा ने कहा।

महारानी शुभंवदा के आश्रम में आगमन की सूचना शिष्यों द्वारा आचार्याणी को दी गयी। अति प्रसन्न महारानी की पदवी से समलंकृता शुभंवदा को हृदय से लगा कर आचार्याणी ने प्रसन्नता व्यक्त की, साथ ही समस्त राष्ट्र के विभिन्न राज्यों में अति विशिष्ट पदों पर पदासीन आश्रम के शिष्यों की गणना भी कर डाली। उन्हीं की श्रेणी में शुभंवदा को रखते हुए उनसे आश्रम में आगमन का प्रयोजन भी पूछा, शुभंवदा ने अति कुशल राजनय की भाँति परमाचार्य के निर्देशों को अपने कथन में सम्मिलित करते हुए कहा–"आचार्याणी वृद्ध महामात्य राजकार्य से विरत होने हेतु बहुशः अनुरोध कर चुके हैं। राज्य की सीमाएं सम्प्रति सुरक्षित नहीं हैं, राज्य के सीमावर्ती क्षेत्रों में स्थित अनेक सामन्त परस्पर युद्ध हेतु तत्पर रहते हैं। पूर्वी सीमा पर पाटलिपुत्र राज्य के राजपरिवार की कुदृष्टि लगी है। दक्षिणी सीमा पर दुर्दान्त दस्यु सिर उठा रहे हैं। अतः मन्त्रिपरिषद् एवं महाराजश्री की इच्छानुसार आचार्य सत्यधन यदि राज्य के महामात्य पद का भार ग्रहण कर लें तो इन अनिष्टकारी तत्त्वों से मुक्ति मिल सकती है तथा राज्य सुरक्षित हो सकता है। इस हेतु परमाचार्य की सहमति प्रास है, आपकी सहमति आवश्यक है। पूरा आश्रम इस विषय से अवगत है कि बिना आपकी आज्ञा के आचार्य सत्यधन कभी भी आश्रम छोड़ने हेतु सहमत नहीं होंगे। अतः आपसे अनुरोध है कि आप राज्य-हित एवं राष्ट्रहित के दृष्टिगत आचार्य सत्यधन को राज्य की सेवा हेतु निर्देश देने की कृपा करें। यह अनुमति समय-सीमाबद्ध वार्षिक, द्वयवार्षिक, पञ्चवार्षिक हो सकती है"–

आचार्याणी कतिपय क्षण मौन रहीं फिर कहा–"पुत्री राज्य के संवर्द्धन हेतु आश्रम का प्रत्येक व्यक्ति सदैव तत्पर रहता है। सत्यधन इससे पृथक् नहीं है। सत्यधन के चले जाने से मुझे

विशेष कठिनाई होगी परन्तु व्यक्तिगत परेशानियों का कोई अर्थ नहीं है। तुम सत्यधन से एक बार चर्चा कर लो तदुपरान्त मैं भी उसे आदेशित करूँगी।"

"आचार्याणी, आप अवगत हैं–सत्यधन अध्ययन काल में भी मुझसे प्रतिकूल व्यवहार करते थे, मेरे पक्ष का प्रतिषेध, अपने तार्किक उत्तरों से हमेशा कर देते थे। मेरा प्रत्यक्ष अनुरोध वे कथञ्चित् ही स्वीकार करें"–महारानी ने कहा।

"पुत्री तू अभी भी बाल्यावस्था की बातों को लिए बैठी है। अरे अब तुम दोनों प्रौढ़ हो गये हो। सत्यधन अब आश्रम के आचार्य हो गये हैं। आश्रम के सभी विभागों को समन्वित करते हुए, इस गुरुतर भार का सफलतापूर्वक निर्वहन कर रहे हैं। तथापि यदि तुम कहती हो तो मैं उनको अभी बुलवाती हूँ। ध्यान रखना पुत्री, उनके समक्ष लोकाराधन एवं लोकहित की ही वार्ता करना, राज्य के आसन्न संकटों का उल्लेख करना, शायद तभी वह सहमत हो सकते हैं।"

आचार्याणी के बुलावे पर सत्यधन ने उनके समक्ष उपस्थित हो, अभिवादन के उपरान्त "क्या आज्ञा है माते?"–कहा।

आचार्याणी ने शुभंवदा से हुई चर्चा को विस्तार से सत्यधन को अवगत कराया जैसी कि आशा थी सत्यधन ने प्रथमतः मना कर दिया परन्तु आचार्याणी के निर्देश की अवहेलना सत्यधन नहीं कर सकते थे। इस हेतु सहमति प्रदान करते हुए शुभंवदा से कहा - "शुभे! आपने यह अच्छा नहीं किया। मुझे मातोश्री की सेवा से विरत कर दिया। वैसे भी

आप तो मुझसे बाल्यावस्था से ही बद्धवैर हैं। यहाँ पर मैं सुखी था।"

"आपके कहने का अभिप्राय क्या है ? आचार्य। क्या मैं आपको सुखी नहीं देखना चाहती हूँ। माताश्री आप इन्हें समझाइये, अब मैं मात्र शुभंवदा नहीं, महारानी भी हूँ, मुझसे वार्ता करते समय शिष्टाचार का पालन करें।"

"अच्छा तो महारानी जी"–सत्यधन ने व्यंग्यात्मक भाव से कहा।

विवाद बढ़ता देखकर आचार्याणी ने कहा–"अरे तुम दोनों परस्पर समक्ष होने पर बाल्यावस्था में चले गये, अब गम्भीर रहना सीखो। जाओ वत्स यथाशीघ्र महामात्य का पदभार ग्रहण करो, राज्य तथा राष्ट्र के संवर्द्धन हेतु कठोर निर्णय लेते हुए राज्य की उन्नति करो।"

"शुभे तुम्हारा अग्रिम कार्यक्रम क्या है?"–आचार्याणी ने पूछा।

"माताश्री अभी मैं राजभवन वापस जाऊँगी, आचार्य की सहमति से महाराजश्री को अवगत कराऊँगी साथ ही महामात्य के स्वागत की तैयारी हेतु निर्देश भी देना है।"

आचार्य सत्यधन महामात्य पद स्वीकरने पर आपको बधाई हो। महामात्य.....? व्यञ्जनापूर्वक शुभंवदा ने धीरे से कहा, जिसे मात्र सत्यधन ने सुना।

"माताश्री, आपने सुना, शुभंवदा ने क्या कहा?"

"मैंने कुछ भी नहीं सुना। जाओ मेरा आशीर्वाद तुम दोनों के साथ है। तुम दोनों मिलकर राज्य को उन्नति प्रदान करोगे, ऐसा मेरा दृढ़ विश्वास है"–आचार्याणी ने कहा।

इस प्रकार दूसरे दिन आचार्य सत्यधन ने काशी प्रान्त के महामात्य का पद भार ग्रहण कर लिया।

*****

छठवीं तरंगः वसन्तोत्सव

उत्सव प्रधान नगर 'काशी'। काशी में मनाये जाने वाले उत्सवों में वसन्तोत्सव मुख्य था। लोक-प्रसिद्धि है कि ब्रह्मा के मुख से वसन्त पञ्चमी के दिन ही ज्ञान एवं विद्या की अधिष्ठात्री देवी माँ सरस्वती प्रकट हुई थीं। अतः ज्ञान के समुपासक अपनी आराध्या माँ सरस्वती की इस दिन विधि-विधान से पूजा करते हैं। माघ शुक्ल पञ्चमी से प्रारम्भ होकर मास पर्यन्त चलने वाला यह उत्सव था। पौष महीने में अत्यन्त शीत के उपरान्त माघ शुक्ल पक्ष के प्रारम्भ में सूर्य की रश्मियों में उष्णता आनी प्रारम्भ हो जाती है। जिसके कारण शिथिल मनुष्य विशेष ऊर्जा का अनुभव करने लगता है। वसन्त नित-नूतनता एवं परिवर्तनों का उत्सव है।

काशी में वसन्त पञ्चमी के दिन से प्रारम्भ, 'वसन्तोत्सव' के उपलक्ष्य में प्रत्येक तिथि पर कोई न कोई चित्ताकर्षक कार्यक्रम आयोजित होते रहते थे। संगीतज्ञ अपने वाद्य-यन्त्रों की पूजा वसन्त पञ्चमी के दिन करके नगर के विभिन्न देव-स्थानों पर अपनी कला का प्रदर्शन भक्तिपूर्वक देव-प्रतिमाओं के समक्ष कर, स्वयं गौरवान्वित होते थे।

विभिन्न सम्प्रदायों के प्रधान अपने-अपने सिद्धान्तों को मान्यता दिलवाने हेतु, अपने मतों को प्रतिष्ठित किये जाने के लिए पूर्व एवं उत्तर पक्ष रखते हुए शास्त्रार्थ का आयोजन वसन्तोत्सव में करते थे।

संगीत एवं कला से सम्बन्धित आयोजनों की बहुलता वसन्तोत्सव में विशेष रूप से होती थी। माघ की विभिन्न तिथियों में बहुशः स्थानों पर आयोजित कार्यक्रमों में विद्वज्जनों के साथ दर्शक के रूप में सामान्य जन भी उत्साहपूर्वक भाग लेते थे। वसन्तोत्सव के प्रारम्भ का काशी के नागरिक उत्सुकतापूर्वक प्रतीक्षा करते थे।

विभिन्न आयोजनों के क्रम में 'नर्तकी विद्युत्प्रभा' का भी एक कार्यक्रम आयोजित था।

*****

सातवीं तरंगः राजनर्तकी 'विद्युत्प्रभा'

पञ्चवटी के मुक्ताकाशीय रंगमंच पर राजनर्तकी विद्युत्प्रभा का नृत्य प्रस्तावित था। नृत्यांगना 'विद्युत्प्रभा' यद्यपि निवासिनी काशी नगर की ही थी परन्तु इसने उत्कल प्रान्त में स्थित सूर्यमन्दिर के प्रधान नृत्याचार्य से नृत्य की शिक्षा ग्रहण कर उत्कल प्रदेशीय नृत्य में महारत प्राप्त कर ली थी। वहाँ के तत्कालीन प्रधान नृत्याचार्य ने विद्युत्प्रभा को अपनी सबसे योग्य शिष्या घोषित किया था। इसी विद्युत्प्रभा का नृत्य आज पंचवटी में होना था। इस कार्यक्रम को प्रान्त के सभी जनपदों में प्रचारित किया गया था। जिससे जनता में अपार हर्ष एवं नृत्य देखने की उत्कण्ठा चरम पर थी। विद्युत्प्रभा के नृत्य को देखने के लिए महाराजश्री वैभवादित्य, महारानी शुभंवदा, महामात्य सत्यधन, प्रधान सेनापति, कोषाध्यक्ष, गुप्तचर आदि राजभवन के सभी अति विशिष्टजन के साथ ही काशी महानगर के गणमान्य व्यक्ति, श्रेष्ठि तथा सामान्य नागरिक भी आमन्त्रित थे।

रात्रि के प्रथम प्रहर में सुसज्जित रंगमंच के दक्षिण भाग में राजभवन के अतिविशिष्ट जन तथा वामभाग में नगर के विशिष्ट जन एवं रंगमंच के सामने के भाग में अपार जन-समूह, भूमि पर स्थान ग्रहण कर चुका था। रंगमंच की यवनिका उठने के साथ ही अस्थायी निर्मित श्रृंगार-गृह से निकलकर, आपादमस्तक आभूषणों से सज्जित विद्युत्प्रभा ने रंगमंच पर प्रवेश किया, उसके रूप-लावण्य को देखकर आबालवृद्ध हर्षातिरेक से करतल-ध्वनि करने लगे। नृत्याचार्य ने सामान्य परिचयपूर्वक विद्युत्प्रभा को नृत्य का आदेश दिया।

प्रारम्भ में विशाल रंगमंच के मध्य विराजमान भगवान् नटराज एवं भगवान् जगन्नाथ के चल विग्रहों को नृत्यपूर्वक पुष्पाञ्जलि समर्पित करते हुए प्रणामपूर्वक 'जय जगन्नाथ, जय विश्वनाथ' के उद्घोष के साथ विद्युत्प्रभा एवं उसके सहयोगी (जो राधामाधव के स्वरूप में सज्जित थे) ने नृत्य प्रारम्भ किया। पखावज, मृदंग आदि सहयोगी वाद्य यन्त्रों के साथ नृत्यांगना ने नृत्य की जो अद्भुत छटा प्रस्तुत की वह मनोहर, मनोरम एवं अविस्मरणीय रही। रात्रि जैसे-जैसे बढ़ती रही विद्युत्प्रभा का नृत्य अपने चरम पर बढ़ता रहा। समस्त दर्शक मन्त्रमुग्ध से नृत्य का आनन्द ले रहे थे परन्तु महामात्य सत्यधन का ध्यान नृत्य पर न्यून था, वो पुनः पुनश्च मंच के पार्श्व में जाते और पुनः अपने स्थान पर आकर बैठ जाते। महामात्य को आशंका थी कि मंच एवं क्षेत्र की व्यवस्था हेतु विभिन्न केन्द्रों से आरक्षियों को यहीं बुला लिया गया है जिससे नगर क्षेत्र में चौर एवं ग्रामीण क्षेत्र में दस्यु इस अवसर का लाभ उठाने की कुचेष्टा अवश्य करेंगे। इस हेतु वे प्रत्येक एकार्द्ध घड़ी में मंच के पार्श्व में जाकर अपने गुप्तचरों से प्रदेश का समाचार ज्ञात कर रहे थे।

नृत्य अपने चरम पर था, प्रत्यूष होने को आया। जनता मंत्र-बिद्ध सी नृत्य-नाटिका एवं मध्य में विद्युत्प्रभा की एकल प्रस्तुति देख रही थी, तभी एक गुप्तचर ने महामात्य को मंच के पार्श्व में आने का संकेत किया। महामात्य शीघ्र मंच के पार्श्व में गये, वहाँ पर पंचगढ़ में नियुक्त गुप्तचर को देखा, गुप्तचर ने प्रणामपूर्वक अवगत कराया कि पंचगढ़ के नगर श्रेष्ठि धनपाल, जो काशी नगर के बाह्य भाग में स्थित अपने भवन में थे, के यहाँ अर्द्धरात्रि में दस्यु लालचन्द्र ने अपने दशाधिक अश्वारोहियों के साथ आक्रमण कर उनकी सम्पत्ति लूटने के साथ ही उनकी सुरक्षा में नियुक्त एक आरक्षी की हत्या भी कर दी है तथा नगर श्रेष्ठि को अपहृत कर लिया है। दस्यु लालचन्द्र रोहिताश्व के अरण्य में रहता था यहाँ आशंका इस बात की थी कि दस्यु यदि श्रेष्ठि को लेकर अरण्य क्षेत्र में चले गये तो श्रेष्ठि को मुक्त कराना दुष्कर होगा।

महामात्य की आशंका सत्य सिद्ध हुई थी। पंचगढ़ एवं ससगढ़ तक के आरक्षियों को नगर में बुलाया जाना समीचीन नहीं था। इस अवसर का लाभ दस्युओं ने उठाया। महामात्य सत्यधन ने प्रधान आरक्षी के साथ मंच के पार्श्व में एक संक्षिप्त बैठक की और निर्देश दिया कि नगर श्रेष्ठि को मुक्त कराने तथा उनकी धन-सम्पदा को तत्काल वापस कराने की कार्यवाही शीघ्र की जाय।

श्रेष्ठि को मुक्त कराने का दायित्व पञ्चगढ़ के मुख्य आरक्षी को सौंपा गया। मुख्य आरक्षी ने श्रेष्ठि धनपाल को मुक्त कराने हेतु तत्काल अभियान प्रारम्भ कर दिया। शताधिक आरक्षियों के साथ रोहिताश्व अरण्य जाने वाले सभी मार्गों को अवरुद्ध कर दिया गया। रोहिताश्व अरण्य इतना दुर्गम है कि इसे पार पाना

या किसी व्यक्ति को इसमें ढूँढना अत्यन्त दुष्कर कार्य था अतः आवश्यक यह था कि दस्युओं को अरण्य पहुँचने से पूर्व ही घेर लिया जाय। पञ्चगढ़ के मुख्य आरक्षी के ऊपर श्रेष्ठि को मुक्त कराने का दायित्व देने के साथ ही सत्यधन ने मंच के पार्श्व में निषादराज को बुलाकर एक दिन पूर्व की गयी मन्त्रणानुसार उन्हें कार्य करने का निर्देश दिया।

*****

आठवीं तरंगः निषादराज रूपचन्द्र

निषादराज रूपचन्द्र काशी प्रान्त के विशिष्ट जन में स्थान रखते थे। गंगानदी में प्रयागराज की बाह्य सीमा से गाधिपुरी की अन्तिम सीमा तक चलने वाली सभी नौकाओं के वे स्वामी थे। 'कर' के रूप में महाराजश्री को प्रभूत राजस्व इनके द्वारा दिया जाता था। निषादराज की शिक्षा भी आश्रम में ही हुई थी। ये सत्यधन से अवस्थावृद्ध थे। निषादराज सत्यधन का अत्यधिक सम्मान करते थे। सत्यधन इन्हें अपना ज्येष्ठ भ्राता मानते थे तथा ज्येष्ठभ्रातावत् सम्मान देते थे। निषादराज की पत्नी मैत्रेयी आश्रम में ही शिक्षित थीं तथा आचार्याणी की प्रिय शिष्याओं में परिगणित थीं। मैत्रेयी को आचार्य सत्यधन 'भाभीश्री' कहकर सम्बोधित करते थे। मैत्रेयी सत्यधन को देवर के रूप में मान देते हुए उनसे बहुधा परिहास करती थीं।

विद्युत्प्रभा के नृत्य से एक दिन पूर्व महामात्य सत्यधन प्रातः निषादराज के भवन पहुँचे। अनुचरों ने भवन के अन्दर मैत्रेयी को सूचना दी कि 'हावभाव से सामान्य परन्तु उपलक्षणों

से कोई विशिष्ट व्यक्ति' निषादराज को पूछ रहा है। इतना सुनते ही निषादराज की पत्नी मैत्रेयी भवन से बाहर आयीं और उन्होंने सत्यधन को देखा। देखते ही अभिज्ञान करते हुए कहा–"निषादराज तो हैं नहीं। आप अपना कार्य बता दीजिए या सूचना दे दीजिए, मैं उनके आने पर उन्हें अवगत करा दूँगी अथवा यदि आपको उनसे मिलकर जाना हो तो अनुचर आपको स्वागत-कक्ष में बैठा देंगे, तब तक आप कक्ष में बैठकर प्रतीक्षा कीजिए।"

"भाभीश्री–प्रणाम"–सत्यधन ने कहा।

"प्रणाम"–प्रत्यभिवादन कर मैत्रेयी भवन के अन्दर जाने लगी। तभी सत्यधन ने रोकते हुए कहा–"परन्तु मैं तो भाभीश्री आप से ही मिलने आया हूँ। निषादराज को तो ऐसे ही पूछ लिया था और आप हैं कि न स्वागत, न स्वल्पाहार?"

"ओह! तो मेरे घर महामात्य सत्यधन पधारे हैं। अहो भाग्य मेरे। मैं तो स्वयं को मन्द-भाग्य समझती थी, परन्तु आज ज्ञात हुआ कितनी भाग्यमती हूँ मैं।"

"ओह भाभीश्री, आप भी न। बहुत दिन हो गये थे आपके हस्तनिर्मित पक्वान्न खाये हुए, इसलिए चला आया। क्या मैं आपसे मिलने बिना पूर्व सूचना के नहीं आ सकता?"

"बिल्कुल आ सकते हैं। क्यों नहीं आ सकते ? परन्तु इतने दिनों बाद भाभी का स्मरण कैसे आ गया? और मेरे द्वारा निर्मित पक्वान्न का भी। मैंने तो सुनिश्चित किया था कि मैं अब आपसे कभी वार्ता ही नहीं करूँगी।"

"परन्तु मैंने इतना बड़ा अपराध कब कर दिया भाभीश्री? रंचमात्र मैं भी अवगत होऊँ।"

"आप हमारे पार्श्व में स्थित नगर-श्रेष्ठि के आवास-पर विगत माह आये थे परन्तु हमारे भवन पर नहीं पधारे। हमने अनुमानित किया था कि आप हमारे यहाँ भी आयेंगे। निषादराज ने आपके स्वागत की तैयारी भी कर रखी थी परन्तु अनुचरों से ज्ञात हुआ कि आप श्रेष्ठि-भवन से ही लौट गये, तो मुझे दुःख हुआ। मैंने जब निषादराज से अपना रोष व्यक्त किया तो उन्होंने आपका पक्ष लेते हुए आपके पास अवकाश नहीं होने का कारण बताकर मुझे प्रसन्न करने की चेष्टा की परन्तु सत्य तो यह है कि मैं अभी भी आप से रुष्ट हूँ"–मैत्रेयी ने कहा।

"अच्छा ऐसी बात है तो मैं आज सम्पूर्ण दिवस निषादराज-भवन में ही रहूँगा। मध्याह्न भोजन एवं सायंकालिक स्वल्पाहार लेकर ही अपने आवास वापस जाऊँगा। इसी मध्य निषादराज भी आ जायेंगे, उनसे भी भेंट हो जायेगी"–सत्यधन ने कहा।

"अगर आप ऐसा करने वाले हैं तो मुझे अतीव प्रसन्नता होगी, मैंने निषादराज को शीघ्र आने का संकेत अनुचरों से प्रेषित करवा दिया है, वे शीघ्र आ जायेंगे"–मैत्रेयी ने कहा।

इसी मध्य निषादराज ने कक्ष में यह कहते हुए प्रवेश किया कि देवर-भाभी में क्या वार्ता हो रही है ? क्या मैं भी इसमें सम्मिलित हो सकता हूँ?

"अवश्य आइये, आपकी ही प्रतीक्षा हो रही है।"–सत्यधन ने कहा।

सामान्य शिष्टाचार का निर्वहन करते हुए निषादराज ने महामात्य सत्यधन से समाचार पूछा। तदुपरान्त किसी कार्य विशेष से आने विषयक जिज्ञासा भी की। सत्यधन ने कल होने वाले विद्युत्प्रभा के नृत्य की विस्तार से चर्चा निषादराज से की। उन्होंने उन्हें यह भी अवगत कराया कि "व्यवस्था के लिए सुदूर क्षेत्रों से भी आरक्षियों को यहाँ बुलाया गया है अतः क्षेत्र में आरक्षियों की कम संख्या होने पर अराजक तत्त्व उपद्रव कर सकते हैं। पार्श्व-प्रदेश के राजपरिवार द्वारा पालित, पोषित दस्यु भी स्थिति का लाभ लेने की कुचेष्टा कर सकते हैं।"

आगे सत्यधन ने कहा–"आप अपने नाविकों को निर्देशित कर दें कि नगर के घाटों पर संचालित होने वाली मात्र दस नौकाओं को छोड़कर शेष सभी नौकाएं रात्रि में गंगा के उस पार रहेंगी। इस पार रहने वाली नौकाओं में प्रत्येक पर दो-दो नाविक तैयार रहेंगे, जो वास्तव में योद्धा होंगे। नौकाओं के तलभाग में अस्त्र-शस्त्र संरक्षित रहेंगे। रात्रि में नौकाएं उस पार नहीं जायेंगी। यदि कोई बलात् उन्हें उस पार ले जाने हेतु दबाव बनाता है तो नाविक, जो वास्तव में योद्धा होंगे, नावें ले जायेंगे तथा मध्य-धार में अराजक तत्त्वों का अभिज्ञान कर उन्हें बन्दी बना लेंगे, यदि उनके द्वारा योद्धाओं पर प्राणघातक प्रहार किये जाने का उपक्रम बनता है तो योद्धा उनकी हत्या करने में भी संकोच नहीं करेंगे। अराजक तत्त्व अपहरण, हत्या या वैमनस्य फैलाने हेतु किसी भी प्रकार की कार्यवाही कर सकते हैं। अतः इस प्रकरण में पर्याप्त सावधानी की आवश्यकता होगी। आप पूरे अभियान पर सतर्क दृष्टि रखेंगे, तात्कालिक आवश्यकतानुसार कार्य सम्पादित करेंगे। आपको किसी अतिरिक्त राजकीय आदेश की आवश्यकता नहीं है।"

इस मध्य मैत्रेयी वहाँ उपस्थित हुई और पूछा—"क्या मंत्रणा हो रही है!"

सत्यधन ने विषयान्तर करते हुए कहा—"भाभीश्री मैं ज्येष्ठ भ्राता से पञ्चगंगा घाट पर अवस्थित बड़े अखाड़े में आप से हुए मल्लयुद्ध के विषय में पूछ रहा था परन्तु ये बता नहीं रहे हैं कि वास्तव में हुआ क्या था, किसकी जीत हुई थी और कौन परास्त हुआ था?"

"अरे! देवर जी ये क्या बतायेंगे, मैं बताती हूँ।" उस मल्ल प्रतियोगिता में मैंने इन्हें परास्त-प्राय कर दिया था परन्तु निर्णायक इनके गुरु थे, उन्होंने पक्षपात करते हुए प्रतियोगिता बीच में ही रोक कर दोनों को सह विजेता घोषित कर दिया था। उस दिन नागपञ्चमी का पर्व था। प्रान्त के बड़े-2 नामधारी मल्ल उस अखाड़े की प्रतियोगिता में भाग लेने के लिए आये हुए थे। सभी प्रसिद्ध मल्लों को इन्होंने परास्त कर दिया और यह घोषणा कर दी कि जो भी मुझसे मल्ल-युद्ध करना चाहता है वो आकर मुझसे लड़ ले। कोई भी मल्ल तैयार नहीं हुआ। मैं वहीं दर्शक-दीर्घा में मल्लविद्या के विशेष दावों का सूक्ष्मता से निरीक्षण कर रही थी। ये वहाँ उपस्थित कई मल्लों को परास्त कर चुके थे। जब इनसे कुश्ती लड़ने के लिए स्वतः कोई मल्ल तैयार नहीं हुआ तो इन्होंने उपस्थित सभी मल्लों को चुनौती दे डाली। इनका अत्यन्त गर्वित मुख, मुझे अच्छा नहीं लगा, अतः मैं स्वयं इनसे लड़ने के लिए तत्पर हुई। उस समय स्त्री-पुरुष में परस्पर कुश्ती लड़ने का प्रचलन नहीं था परन्तु इनकी खुली चुनौती मुझे स्वीकार थी। निर्णायक मण्डल से मैंने अनुरोध किया या तो ये मुझसे कुश्ती लड़ें या अपनी हार स्वीकार करें।

निर्णायक मण्डल ने नियमों में कतिपय संशोधनों के साथ कुश्ती की अनुमति दी। आधी घड़ी तक कुश्ती चलती रही, सारे दावों को मेरे ऊपर आजमाने के उपरान्त भी ये मुझे परास्त नहीं कर सके। अन्ततः समानता पर कुश्ती छूटी। दोनों को समानरूप से विजेता घोषित किया गया। यद्यपि विजेता दोनों ही थे परन्तु काशीवासियों ने मुझे सिर पर उठाया। करतल ध्वनि से मेरा अभिवादन किया। सभी ने मेरे ऊपर पुष्प-वर्षा की। उपस्थित विशिष्ट जन द्वारा मुझे पारितोषिक प्रदान किये गये।

"फिर तो वह दिन आपके लिए अविस्मरणीय होगा, भाभीश्री"–सत्यधन ने कहा।

"बिल्कुल–अविस्मरणीय है।"

"और भाभीश्री आपके विवाह की क्या कथा है?" सत्यधन ने पूछा।

"उसी दिन सायंकाल ये मेरे घर अभिभावकों के साथ आये। इन्हें अपने घर पर उपस्थित पाकर मैं आश्चर्य-चकित हुई। तभी मुझे एकान्त में पाकर इन्होंने मुझसे विवाह का प्रस्ताव रखा।"

"और आपने सद्यः स्वीकार कर लिया"–सत्यधन ने पूछा।

"अरे देवर जी क्या करती? पूर्वाह्न जो गर्वित शीश लिए घूम रहे थे, वही सायंकाल मान-मर्दित, सिर झुकाये मुझसे विवाह का प्रस्ताव कर रहे थे।"

"और आपने इनकी प्रेम-प्रार्थना स्वीकार कर ली?" सत्यधन ने पूछा।

"प्रेम-प्रार्थना क्या? इनके ऊपर दया भाव रखते हुए स्वीकार किया था, देवर जी।"

"छोड़िये भी आचार्य, क्या आप भी इससे आख्यान सुनने लगे"–निषादराज ने कहा।

"नहीं-नहीं भाभीश्री आप सुनाइये, मैं आनन्दित हो रहा हूँ, यह आख्यान सुनकर। अन्यथा भ्राताश्री तो मुझे यही सुनाते हैं कि इन्होंने मगध, कोशल और न जाने कहाँ-2 के मल्लों से मल्लयुद्ध कर उन्हें परास्त किया है परन्तु अपने पराजित होने का यह आख्यान कभी नहीं सुनाया था।"

"कैसे सुनाते देवर जी। इनके अहं को ठेस जो लगती।"

"हाँ तो भाभीश्री आगे क्या हुआ?" सत्यधन ने पूछा।

"क्या बताऊँ देवर जी उस दिन ये और इनके गुरु ने यह तो माना था कि इनकी और मेरी कुश्ती की प्रतियोगिता हमारे मध्य समान स्तर पर छूटी थी परन्तु काशीवासियों ने माना कि मैं जीतने वाली थी कि प्रतियोगिता बराबरी पर रोक दी गयी। वैसे पूर्वाह्न की जीती हुई मैं इनकी प्रस्तावना पर सायंकाल अपने जीवन की प्रतियोगिता हार गयी। मैं इनसे विवाह करने को सहमत हो गयी।" हमारा इनका विवाह शुभ-मुहूर्त में सम्पन्न हो गया और अब मैं अहर्निश इनकी सेवा में लगी रहती हूँ।

"वैसे भाभीश्री आप कुछ भी कहिये–ज्येष्ठ भ्राता भी वीरोचित गुण सम्पन्न हैं।"

"वीरोचित नहीं, बालोचित कहिये ना। इनका ध्यान मुझे एक बच्चे की तरह रखना पड़ता है। मैं तो परेशान रहती हूँ इनसे।"

इन दोनों की वार्ता सुनते हुए निषादराज मुस्कुराते रहे।

मैत्रेयी जब भी किसी गृह-कार्यवश वहाँ से भवन के अन्तर्भाग में जाती सत्यधन एवं निषादराज के मध्य मन्त्रणा होने लगती। मैत्रेयी के आगमन के संकेत से ये दोनों विषयान्तर कर वार्तालाप करने लगते। मैत्रेयी इसे मात्र सामान्य शिष्टाचार मिलन समझती रही परन्तु इन दोनों की यह गहन-मन्त्रणा वास्तव में प्रान्त की तात्कालिक एवं दीर्घकालीन समस्याओं पर हो रही थी। बीच-2 में अल्पकालिक अन्तराल के मध्य यह बैठक अपराह्न तक चलती रही।

अन्त में महामात्य सत्यधन मैत्रेयी को पुनरागमन का आश्वासन देकर राजभवन लौट आये और यह **'कल की बात'** थी।

महोत्सव में नगर श्रेष्ठि के अपहरण की बात सुनकर सत्यधन ने जहाँ प्रधान आरक्षी को स्थल मार्गों हेतु आदेश दिये, वहीं निषादराज को भी एक दिन पूर्व हुई मन्त्रणा के अनुसार तत्परता से कार्य करने के निर्देश दिये।

श्रेष्ठि के अपहरण का समाचार निषादराज रूपचन्द्र के संज्ञान में ज्यों ही आया निषादराज तत्काल गंगा घाट पहुँचे और सभी नाविकों को पूर्व में दिये गये निर्देशों का पालन करने का आदेश देकर स्वयं एक घाट पर अपने निर्देशों के अनुपालन का अनुश्रवण करने लगे।

उधर नगर के दक्षिण छोर पर स्थित एक घाट पर कतिपय सन्दिग्ध लोगों ने नाव को उस पार ले जाने का नाविक से आग्रह किया। नाविक द्वारा नाव उस पार ले जाने से मना करने पर उन्होंने दुराग्रहपूर्वक नाव ले जानी चाही। व्यक्तियों के सन्देहास्पद हाव-भाव से नाविक सतर्क हो गये तथा समीप के

कुछ अन्य नाविकों को भी नौका-संचालन हेतु बुला लिया। नाव जब मध्य-धार पहुँची तो नाविकों ने नाव पर सवार व्यक्तियों से परिचय पूछा। नाविकों से निडर, दस्युओं ने अपना वास्तविक परिचय दस्यु लालचन्द्र के समूह का सदस्य होना बताया। श्रेष्ठि को भी रुग्ण साथी बता कर ले जा रहे दस्युओं का अभिज्ञान होने पर, नाविकों ने जो वास्तव में योद्धा थे, सामान्य बल प्रयोग कर दस्युओं को बन्दी बना लिया तथा श्रेष्ठि को मुक्त कराया। पुनः किनारे आकर श्रेष्ठि को उनके घर पहुँचाने की व्यवस्था तथा दस्युओं को बन्दीगृह भेज कर इस समाचार से निषादराज को अवगत कराया। निषादराज रूपचन्द्र ने सत्यधन को स्वयं यह सुखद समाचार दिया। महामात्य सत्यधन ने श्रेष्ठि को मुक्त कराये जाने का श्रेय निषादराज रूपचन्द्र को दिया परन्तु स्वयं श्रेय न लेते रूपचन्द्र ने महामात्य की कार्य योजना को श्रेष्ठि की मुक्ति का हेतु बताया। इस तरह परस्पर वार्ता के क्रम में निषादराज ने 'भद्रबाहु' का समाचार सत्यधन से पूछा–"भद्रबाहु से शीघ्र मुलाकात होगी" ऐसा सत्यधन ने कहा और दोनों अपने-अपने गन्तव्य को प्रस्थान कर गये।

*****

नौंवीं तरंगः भद्रबाहु

सत्यधन (महामात्य), भद्रबाहु (प्रधान गुप्तचर), लक्ष्मीनन्दन (नगर-श्रेष्ठि) तथा रूपचन्द्र (निषादराज) इन चारों की मैत्री जगत् प्रसिद्ध थी। चारों ने आश्रम पद में उच्च शिक्षा प्राप्त की थी। एक दूसरे के सुख दुःख के सहभागी, एक दूसरे के लिए प्राण तक देने को तत्पर। भद्रबाहु के पूर्वज मथुरा से आकर काशी में बस गये थे। इनका परिवार चतुर्वेद का ज्ञाता था। भद्रबाहु की शिक्षा-दीक्षा आश्रम में हुई थी। यद्यपि चारों मित्रों की शिक्षा का वर्ष समान नहीं था, वे वरिष्ठ तथा कनिष्ठ थे परन्तु सभी का एक दूसरे के प्रति सम्मान अभूतपूर्व था। जहाँ तीनों मित्र गम्भीर एवं अल्पभाषी थे, वहीं भद्रबाहु चंचल, वाचाल, हास्यकारी वेशभूषा धारण करने वाले, गम्भीर समितियों में भी अपने हास्य से वातावरण को हल्का बनाने वाले, व्यक्तित्व के धनी थे। प्रत्यक्षतः किसी के साथ परिहास करने वाले भद्रबाहु स्वयं का उपहास करने से भी नहीं चूकते थे।

एक दिन भद्रबाहु को लक्ष्मीनन्दन का, नौका-विहार हेतु आमन्त्रण मिला। भद्रबाहु ससमय घाट पर पहुँचे, वहाँ पूर्व से निषादराज एवं लक्ष्मीनन्दन नौका पर उपस्थित थे। उसी

समय महामात्य सत्यधन भी अपने अंगरक्षकों के साथ आते हुए दिखायी दिये। उन्हें देखकर भद्रबाहु ने कहा–"अरे सत्यधन को भी नौका-विहार हेतु आमन्त्रित किया गया है क्या? लक्ष्मीनन्दन।"

लक्ष्मीनन्दन के "हाँ", कहने पर भद्रबाहु ने कहा–"तब तो मुझे नौका से उतार ही दीजिए, मैं तो इनके साथ नहीं जाने वाला।"

समीप आते सत्यधन ने सस्मित कहा–"सत्यधन से इतनी शत्रुता क्यों? भद्रबाहु।"

"शत्रुता तो नहीं है, परन्तु, अब मैत्री भाव भी नहीं है आपसे।"

"मैंने सोचा था कि लक्ष्मीनन्दन के आमंत्रण पर नौका-विहार हेतु चलेंगे तो विशिष्ट व्यंजनों वाला सुस्वादु स्वल्पाहार मिलेगा। रात्रि का भोजन भी इन्हीं के आवास पर करने के उपरान्त ही अपने निवास पर लौटूँगा।"

"परन्तु अब क्या हो गया?" सत्यधन ने पूछा।

"बन्धु! जहाँ सत्यधन रहेंगे, वहाँ तो राज, राजनीति, नीति, समस्या, गुप्तचर, कोष, कोषागार, कराधान इन्हीं बातों पर चर्चा होगी। स्वल्पाहार सामने रखा ही रह जायगा, न ये स्वयं खायेंगे, ना हम लोग। ये महामात्य हैं सब इनकी ओर देखेंगे कि ये विशिष्ट पुरुष प्रारम्भ करें तो अन्य करें, परन्तु इन्हें तो अपने सम्भाषण से और अपने कार्यों से इतर चर्चा का कोई विषय मिलेगा ही नहीं और मेरी अभिरुचि इन विषयों में एकदम नहीं है। अतः मैं नौका-विहार हेतु नहीं जा रहा हूँ।"

"आपकी वाञ्छित सभी वस्तुओं की व्यवस्था है, आप आइये नौका-विहार करेंगे। सत्यधन से अनुरोध है कि कृपया राजनीति आदि गम्भीर विषयों पर चर्चा न करें यहाँ आनन्दपूर्वक नौका-विहार किया जायगा"–लक्ष्मीनन्दन ने कहा।

"भद्रबाहु, किसी भी गम्भीर विषय पर चर्चा नहीं होनी है"–सत्यधन ने आश्वस्त किया।

इस प्रकार भद्रबाहु, सत्यधन एवं लक्ष्मीनन्दन के कहने पर नौका पर पुनः सवार हुए। नौका इन चारों को लेकर मध्य-धार की ओर बढ़ी। इसी मध्य रूपचन्द्र ने कहा–लक्ष्मीनन्दन यह बताइये क्या भद्रबाहु को नियन्त्रित करने का कोई उपाय है?

"भद्रबाहु, यदि नियन्त्रित हो गये या एक स्थान पर आवासित हो गये तो फिर वो भद्रबाहु ही क्या?"–सत्यधन ने कहा।

लक्ष्मीनन्दन ने भी इस पर सहमति जताते हुए कहा–"कितनी बार मैंने इन्हें स्थिर करने हेतु व्यापार में लगाने का प्रयास किया, इनकी वाञ्छित सुविधाएं दी परन्तु जब मैं समझता हूँ कि अब ये कार्यभार सम्भालेंगे तभी किसी दिन समाचार मिलता है कि महाशय तो अज्ञात स्थान चले गये। मैं और मेरे कार्मिक परेशान हो जाते हैं। कुछ दिनों के उपरान्त ज्ञात होता है कि ये सब कुछ त्यागकर पञ्चगढ़ चले गये हैं।"

"यह तो सुनिश्चित है कि इन्हें बन्धन में नहीं रखा जा सकता परन्तु इनका किया क्या जाय?"

"सत्यधन आप को ज्ञात नहीं होगा, कुछ दिन पूर्व मेरी अनुपस्थिति में ये मेरे घर गये थे, मध्याह्न भोजन किया, दक्षिणा में एक स्वर्ण मुद्रा तथा मार्ग-व्यय के ब्याज से

दस रजत मुद्राएं भी पत्नी से पृथक् से लिया"–लक्ष्मीनन्दन ने कहा।

"ओह! ऐसा किया भद्रबाहु आपने"–सत्यधन ने साश्चर्य पूछा।

"अरे बन्धु, इतना ही नहीं आगे सुनिये, पत्नी और पति के मध्य कलह ऊपर से पैदा कर आये।"

"अच्छा, आगे क्या किया?"

"अरे, यह पूछिये क्या नहीं किया? जब ये महाशय भोजनोपरान्त घर से निकल रहे थे तभी मैंने प्रवेश किया। मैंने सुना मेरी पत्नी से ये कह रहे थे देवि! भला बताइये घर में साक्षात् लक्ष्मी की उपेक्षा कर लक्ष्मीनन्दन स्वर्ण, रजत, ताम्र मुद्राओं के उपार्जन एवं गणना में लगे हैं। क्या करेंगे इतना धन संग्रह कर, बताइये भाभीश्री अभी तक आप, मध्याह्न भोजन हेतु उनकी प्रतीक्षा कर रही हैं और उन्हें अपने व्यापार से अवकाश मिले, तब तो घर की सुध लें।"

इतना सुनते ही मेरी पत्नी का क्रोध आकाश तक पहुँच गया और मुझे अपवाच्य बोलने लगीं, पत्नी ने कहा–"भद्रबाहु आप सत्य कह रहे हैं।"

"यही प्रकरण तो हमारे यहाँ भी ये कर आये हैं"–निषादराज रूपचन्द्र ने कहा।

"इस तरह की मिथ्या बातें कर-कर के ये तो पति-पत्नी में दुराव उत्पन्न कर देंगे। अगर ये महाशय हमारे अन्तःपुर में इसी भाँति निर्बाध प्रवेश करते रहे तो घर में हमारा ही प्रवेश निषिद्ध हो जायगा।"

"सत्य कह रहे हैं, रूपचन्द्र"–लक्ष्मीनन्दन ने कहा। आगे से अपने अन्तःपुर के रक्षकों को सतर्क कर देना है कि भद्रबाहु को अन्तःपुर में प्रवेश न करने दें।

रूपचन्द्र ने भी इस व्यवस्था से सहमति जतायी।

"क्यों अपने द्वारपाल की जीविका लेना चाहते हो?" भद्रबाहु ने कहा।

"इसमें जीविका जाने का प्रश्न कहाँ है?"

"है न, यदि भाभीश्री को पता लगा कि द्वार-रक्षक ने मेरा प्रवेश रोका है तो उसकी जीविका तो गयी"–भद्रबाहु ने कहा।

"हमारे द्वारपालों की जीविका हमसे है, हमारी पत्नियों से नहीं। अतः महोदय आप अपनी चिन्ता करें, हमारे सेवकों की नहीं।"

"बिल्कुल आप दोनों सत्य कह रहे हैं परन्तु मुझे तो आप के सेवकों की नहीं अपितु आप दोनों की चिन्ता है, कहीं आप लोगों का ही अन्तःपुर में प्रवेश वर्जित न हो जाय।"

"अच्छा वो कैसे?" दोनों ने एक स्वर से पूछा।

"वो तो मैं समय पर बताऊँगा, वो कैसे?" पर यह सम्भव अवश्य है। क्षण मात्र मौन रह कर भद्रबाहु ने कहना प्रारम्भ किया।

"अच्छा सत्यधन आप को ज्ञात है परसों रात्रि में एक कवि सम्मेलन आयोजित था। आप उसमें आमन्त्रित थे कि नहीं?"– भद्रबाहु ने सत्यधन से पूछा।

सत्यधन ने कहा–"मेरे संज्ञान में तो ऐसा कोई कवि-सम्मेलन आयोजित नहीं था। हो सकता है जब स्थानीय कवियों का कोई संक्षिप्त सम्मेलन हो रहा होता है, तो मुझे पता नहीं चल पाता।"

"परन्तु लक्ष्मीनन्दन एवं रूपचन्द्र तो उसमें सम्मिलित हुए थे, सायंकाल से प्रारम्भ होकर कविता-पाठ मध्य रात्रि तक चला था क्यों? बन्धुवरों"–भद्रबाहु ने कहा।

"हाँ, हाँ कवि सम्मेलन हुआ था मत्स्योदरी सरोवर पर।" लक्ष्मीनन्दन एवं रूपचन्द्र ने एक साथ कहा।

"परन्तु मेरे संज्ञान में एकदम नहीं आया, यह सम्मेलन"– सत्यधन ने कहा।

"आयेगा कैसे सत्यधन, अगर हुआ होता, तब न आता। सत्य तो यह है कि वहाँ नगर-वधू के नृत्य-गीतादि का कार्यक्रम था और ये दोनों महाशय उसमें सम्मिलित हुए, दोनों ने घर पर यही सूचित किया था कि कवि-सम्मेलन में श्रेष्ठ कवियों की कविताएं सुनने जा रहे हैं परन्तु ये तो पहुँच गये वारङ्गना का नृत्य देखने। उस पर जो धनराशि व्यय हुई उसके सर्वाधिक भाग का वहन लक्ष्मीनन्दन ने किया। ऐसे वह कार्यक्रम सम्पन्न कराने में रूपचन्द्र जी का योगदान भी प्रशंसनीय था,–न्यून तो कदापि नहीं।"

"अरे! भद्रबाहु क्या कह रहे हो, हम लोग और वारङ्गना का नृत्य। नहीं, नहीं कदापि नहीं। हम तो दूर से भी न देखें।"

"दूर से क्यों अग्रज? आप दोनों तो प्रथम पंक्ति के विशिष्ट दर्शक थे। मैं तो यह भी बता सकता हूँ आप के पार्श्व में कौन

बैठा था ? कितनी मुद्राएं नगर-वधू पर समर्पित कीं? यही नहीं नगर-वधू का पुनः शीघ्र कार्यक्रम कराने का आश्वासन भी देकर आये हैं, दोनों हमारे विशिष्ट नागरिक।" किञ्चित् क्षण रुक कर भद्रबाहु ने पुनः कहा–"क्या मैं असत्य बोल रहा हूँ? अगर सत्य बोल रहा हूँ तो विचार कीजिए जब दोनों का यह कृत्य भाभीश्री के संज्ञान में आयेगा तो अन्तःपुर में किसका प्रवेश वर्जित होगा, मेरा या आप लोगों का?"

लक्ष्मीनन्दन एवं रूपचन्द्र ने परस्पर एक दूसरे को साश्चर्य देखा, दोनों अवाक् इस कार्यक्रम का ज्ञान भद्रबाहु को कैसे हुआ? यह तो गोपनीय था। कुछ क्षण के उपरान्त संयत होकर लक्ष्मीनन्दन ने कहा–"अरे भद्र, हम तो परिहास कर रहे थे। आप तो हमारे प्रिय हैं ये सब बातें चर्चा की थोड़े हैं, यह तो कभी-2 अवकाश के क्षणों में मनरंजनार्थ सम्मिलित हो लिया जाता है।"

"मैंने कब मना किया आप को अग्रज, आप तो कभी-2 क्या? नियमित सम्मिलित होइये। वैसे कल मैं भाभीश्री के संज्ञान में डाल दूँगा। वो आपकी धर्मपत्नी हैं, उन्हें भी आप द्वारा की जा रही गतिविधियों का ज्ञान तो रहना ही चाहिए।"

"अरे नहीं भद्रबाहु। ऐसा मत करना, वास्तव में मुश्किल हो जायगी। मेरा अनुरोध है इस प्रकरण की चर्चा पद्मालया से मत करना। इसे यहीं समास करते हैं।"

"समास तो कर देंगे, मगर मुझे क्या लाभ होगा?"

"लाभ की बात मत करो भद्र। मैं अपने प्रबन्धक से कह कर तुम्हारी व्यय-राशि द्विगुणित करवा दूँगा। पद्मालया से जो दक्षिणा और द्रव्य लेते हो पूर्ववत् प्राप्त करते रहना।"

"चलिये ठीक है, और आप निषादराज रूपचन्द्र आप का क्या किया जाय। आप के अन्तःपुर प्रवेश का क्या विधान किया जाय।"

"देखो भद्रबाहु मेरी स्थिति तो और भी दुरूह हो जायगी, पत्नी के समक्ष तो चर्चा मत करना। शेष तुम जो चाहते हो तुम्हारी सभी शर्तें मुझे अनुपालनीय है। बस तुम मुझे क्षमा कर दो।"

"ठीक है निषादराज आपको भी मैंने अभयदान दिया परन्तु स्मरण रखिए भविष्य में मुझसे कभी भी वैर भाव रखने की सोचिएगा मत।"

"अरे क्या भद्र, हम तो तुमसे कभी भी वैर भाव की सोच भी नहीं सकते। वैर तो अपने से न्यून-बल वालों से किया जाता है। आप तो इतने प्रच्छन्न अस्त्र–शस्त्र सम्पन्न हैं कि जिसे देख, सुन कर कोई भी अपना शस्त्रास्त्र आपके समक्ष डाल देगा। मेरे पास आप से लड़ने के लिए कोई बल नहीं है, अतः मुझे क्षमा करें, देव।" रूपचन्द्र के इस कथन पर सभी हँसने लगे।

वातावरण पुनः हास-परिहास का बन गया। नौका गंगा जी के मध्य इतस्ततः विचरण करती रही। चारों मित्रों के मध्य विचार-विनिमय भी चलता रहा। जब कभी गम्भीर विषय पर चर्चा प्रारम्भ होती, भद्रबाहु अपने हास्य से वातावरण अत्यन्त सरल बना देते। बीच-2 में स्वल्पाहार भी चलता रहा। महामात्य सत्यधन ने वार्ता, वार्ता में ही लक्ष्मीनन्दन से व्यापार एवं व्यापारियों की समस्याओं का ज्ञान प्राप्त कर लिया। रूपचन्द्र ने भी निषाद समाज की समस्याओं का उल्लेख एवं उनके निदान के उपाय से सत्यधन को अवगत कराया। तीनों मित्रों की चर्चा

में भद्रबाहु मूलतः श्रोता के रूप में रहे। बीच-2 में अपने हास्य से सबको प्रसन्न करते रहे। इस प्रकार रात्रि के प्रथम प्रहर तक नौका-विहार का कार्यक्रम चलता रहा। अन्धकार होने पर नाव किनारे लौट आयी।

सत्यधन एवं भद्रबाहु दोनों एक साथ उतरे तथा घाट की सीढ़ियाँ चढ़ने लगे, साथ ही भद्रबाहु सत्यधन को राज्य के पूर्व दक्षिण क्षेत्र के सामन्त विपिनचन्द्र के विषय में बताते जा रहे थे। सामान्य जन को तो यह लग सकता था कि वे दोनों सीढ़ियाँ चढ़ रहे हैं परन्तु वास्तव में भद्रबाहु प्रान्त की अद्यतन स्थिति से सत्यधन को अवगत कराते जा रहे थे। विपिनचन्द्र पर तत्काल अंकुश लगाने या कार्यवाही किये जाने की अनुशंसा भद्रबाहु कर रहे थे। सीढ़ियाँ चढ़ते हुए दोनों मध्य में बने एक चौतरे पर कुछ क्षण के लिए खड़े होकर मन्त्रणा करते रहे, पुनः सीढ़ियाँ चढ़ने लगे। महज इतनी ही देर में भद्रबाहु ने सत्यधन को प्रान्त की चतुर्दिक स्थिति से संक्षेप में अवगत करा दिया जिसे सुनकर महामात्य सत्यधन अत्यन्त गम्भीर मुद्रा में हो गये। पुनः दोनों घाट के ऊपर पहुँच कर पृथक्-पृथक् मार्ग से अन्धकार में शीघ्रता से विलीन हो गये।

भद्रबाहु वास्तव में सत्यधन द्वारा नियुक्त प्रान्त के गुप्तचरों का गुप्तचर था। यह एक रहस्य था जिसे मात्र सत्यधन और महाराजश्री ही जानते थे। भद्रबाहु को स्वयं को छिपाने में महारत प्राप्त थी। अपने वेश, हास्यकारी वार्ता तथा अन्यान्य उपादानों को धारण करने के कारण जनता के मध्य में पहचाने नहीं जाते थे जबकि वास्तव में वे गुप्तचरों के गुप्तचर थे। इन्हीं की सूचना पर सामन्त विपिनचन्द्र के विरुद्ध कार्यवाही होनी सुनिश्चित थी। महामात्य को सामन्त विपिनचन्द्र की प्रदेश तथा

राजपरिवार विरोधी गतिविधियों की सूचना स्थानीय गुप्तचरों से प्राप्त हो रही थी परन्तु आज भद्रबाहु द्वारा सामन्त के विषय में दी गयी गोपनीय सूचना महामात्य को कार्यवाही किये जाने के लिए प्रमाणित हो गयी थी। घाट के ऊपर आकर तीनों मित्र अलग-2 मार्गों से अपने-2 आवासों पर चले गये परन्तु महामात्य तीव्र गति से राजभवन की ओर बढ़े।

राजभवन पहुँच कर महाराजश्री को सामन्त विपिनचन्द्र द्वारा प्रदेश के प्रतिकूल किये जा रहे कार्यों की जानकारी प्रदान कर सत्यधन रात्रि में ही अपने आवास वापस आ गये।

*****

दशवीं तरंग: दण्ड एवं भेद

नौगढ़ क्षेत्र के उत्तरी निम्न भाग का विस्तृत समतल भूभाग धान्य उत्पादन की दृष्टि से अत्यन्त महत्त्वशाली था। कृषि हेतु प्राकृतिक जल संसाधन थे, अत्यल्प श्रम में अत्यधिक धान्य उत्पन्न होता था, जिससे वहाँ के निवासी समृद्ध थे। इस भूभाग को महाराजश्री ने सामन्त विपिन चन्द्र को लिखित रूप से इस आशय ये प्रदान किया था कि वे वहाँ से 'कर' संग्रह कर राजकोष में नियत समय पर जमा कराते रहेंगे। सामन्त विपिनचन्द्र द्वारा ऐसा किया भी जाता था परन्तु उनके चचेरे भाई-भालचन्द्र द्वारा प्रायः निर्धारित 'कर' ससमय कोष में जमा नहीं किया जाता था। प्रत्येक वर्ष किसी न किसी ब्याज से धनराशि जमा न करना, या निर्धारित राशि से न्यून राशि जमा कराना भालचन्द्र का नियम सा बन गया था। प्रत्येक वर्ष राजकोष में जमा होने वाली धनराशि की न्यूनता से महाराजश्री रुष्ट रहने लगे जबकि सामन्त विपिनचन्द्र एवं भालचन्द्र कृषकों से पूर्ण 'कर' संकलित तो करते परन्तु राजकोष में जमा नहीं करते थे साथ ही कृषकों पर अत्याचार भी करते रहते थे। निर्धारित राशि से अधिक कराधान, बलपूर्वक उनके मूल्यवान

वृक्षों को कटवा देना, वनौषधियों को नष्ट कराना, उनकी फसलों को घोड़े से रौंदवा देना, किसी भी व्यक्ति को अकारण दण्डित करना, सम्पूर्ण क्षेत्र में अपने आतंक से वर्चस्व स्थापित कर अपनी श्रेष्ठता प्रदर्शित करते हुए सामान्य जन को भयाक्रान्त करना, उनका नित्य का कार्य हो गया था।

इसकी सूचना गुप्तचरों से महामात्य को प्राप्त हो रही थी। महामात्य नियमित सूचना महाराजश्री को देते थे तथा यह भी निवेदन करते थे कि इन दोनों का दमन आवश्यक है अन्यथा ये किसी भी दिन प्रान्त के लिये बड़ी समस्या खड़ी कर सकते हैं।

महाराजश्री ने मन्त्रिपरिषद् में यह विषय विचारार्थ प्रस्तुत करने का निर्देश महामात्य को दिया। मन्त्रिपरिषद् की साप्ताहिक बैठक में निर्णय लिया गया कि इस समस्या का समाधान शीघ्र किया जाना उचित होगा साथ ही इसके समाधान हेतु महाराजश्री ने महामात्य को इस अभियान का प्रभारी नियुक्त करते हुये निर्देश दिया कि सैन्याधिकारियों के साथ महामात्य नौगढ़ के उतरी निम्न भाग में एक शिविर स्थापित कर इसके स्थायी समाधान हेतु प्रयास करेंगे।

महाराजश्री से निर्देश प्राप्त कर पचास खड्गधारी अश्वारोहियों तथा दो सौ स्थानीय योद्धाओं के साथ महामात्य सत्यधन ने नौगढ़ के समीप शिविर स्थापित किया। गुप्तचरों से यह सूचना भी प्राप्त हुई थी कि सामन्त ने महाराजश्री द्वारा नियत सीमा से अधिक सैन्यबल भी तैयार कर रखे थे तथा स्थानीय नागरिकों को भी अस्त्र-शस्त्र इस आशय से प्रदान किये थे कि किसी भी आपात्-आक्रमण के समय वे सामन्त का सहयोग करेंगे।

यद्यपि ये सभी सैन्य एवं उनके शस्त्रास्त्र राजपरिवार तथा प्रान्त की जनता तथा सम्पदा की रक्षा में सहयोग प्रदान किये जाने हेतु प्रदान किये गये थे परन्तु सामन्त विपिनचन्द्र एवं उनके अनुज भालचन्द्र द्वारा उन्हें अपने हित में प्रयोग किया जाने लगा। अतः सामन्त के 'अहम्' को समूल नष्ट किया जाना आवश्यक था। इस हेतु महामात्य ने स्वयं शिविर में उपस्थित रहना आवश्यक समझा।

रात्रि के प्रथम प्रहर व्यतीत होते ही सैन्य बल की एक टुकड़ी सामन्त के छोटे भाई भालचन्द्र के भवन पहुँची तथा उन्हें बलात् पकड़ कर महामात्य के समक्ष उपस्थित किया। भालचन्द्र ने अविनय भाव से पूछा–"महामात्य मुझे बलात् यहाँ क्यों ले आया गया है, मेरा दोष क्या है?"

महामात्य ने सामन्त को रज्जुबन्धन से मुक्त करने का आदेश देकर आदरपूर्वक आसन ग्रहण करने को कहा। भालचन्द्र के लिए यह व्यवहार अत्यन्त आश्चर्यकारक था।

महामात्य ने सभी अङ्गरक्षकों एवं सैनिकों को अस्थायी निर्मित कक्ष से बाहर चले जाने का आदेश दिया तथा भालचन्द्र के समीप आसन पर बैठ गये। महामात्य ने अत्यन्त आत्मीयता से कहना प्रारम्भ किया–"भालचन्द्र आपको तो ज्ञात है सामन्त विपिनचन्द्र महाराजश्री की कसौटी पर खरे नहीं उतर रहे हैं, उनके सैनिक उनके अधीन नहीं हैं। यदा-कदा उनकी आज्ञाओं का उल्लंघन करते रहते हैं। कराधान भी क्षेत्र से पर्याप्त नहीं हो रहा है। वनवासी वन को हानि पहुँचा रहे हैं परन्तु सामन्त विपिनचन्द्र इन्हें रोकने में असमर्थ हो रहे हैं। इस भाँति क्षेत्रीय व्यवस्था कैसे चलेगी?"

"महामात्य, आप मुझसे क्या चाहते हैं, इसमें मै क्या कर सकता हूँ"–भालचन्द्र ने पूछा।

"आप अवश्य कर सकते हैं, यदि आप सहमत हों तो हम सामन्त विपिनचन्द्र को पदमुक्त कर आपको सामन्त की पदवी दिलवा सकते हैं, परन्तु"–महामात्य ने कहा।

"परन्तु क्या?" जिज्ञासावश भालचन्द्र ने पूछा।

"परन्तु यह कि यदि आपको सामन्त का पद महाराजश्री प्रदान करेंगे तो आप कराधान द्विगुणित करेंगे, स्वयं के रक्षार्थ सैन्यबल की संख्या आधी करेंगे तथा महाराजश्री के प्रति निष्ठावान सैनिकों की संख्या स्वयं के व्यय पर बढ़ायेंगे। प्रान्त की सेवा में तत्पर सैन्यबल हेतु धान्य की सम्पूर्ति आप करेंगे। यदि इन शर्तों पर आप सहमत हो तो सामन्त पद पर आपकी नियुक्ति हेतु, मैं महाराजश्री से अनुशंसा कर सकता हूँ।"

"द्विगुणित कराधान, सैन्यबल हेतु खाद्य-आपूर्ति प्रभृति अनेक शर्तें, क्या ? दुष्कर नहीं है ? क्या इनकी सम्पूर्ति की जा सकती हैं"–भालचन्द्र ने कहा।

"अवश्य पूर्ति की जा सकती है। सामन्त का पद भी सामान्य नहीं है। विचार कीजिए, नियुक्ति होने के दिन से ही आपके शिर पर सामन्ती उष्णीष, खड्ग, स्वयं के अङ्गरक्षक, सैन्यबल, बहुत कुछ आपके अधीन होगा। मात्र आपको सामन्त विपिनचन्द्र के भवन जाकर उन्हें बिना सैन्यबल प्रयोग के बन्दी बनवाना पड़ेगा।"

"परन्तु वो हमारे अग्रज हैं, महामात्य।"

"मुझे ज्ञात है आपके उनके सम्बन्ध परन्तु वो आप जैसे सक्षम नहीं हैं। यदि आपने निषेध किया तो सैन्यबल से उन्हें सामन्त पद से पदच्युत करा कर, किसी अन्य को सामन्त बना दिया जायेगा। आपके भी समस्त अधिकार जो उनके ब्याज से अभी तक आपको प्राप्त हैं, निरस्त कर दिये जायेंगे, यदि आपने विरोध के स्वर उठाये तो आपको भी कारागृह में डाल दिया जायेगा। अतः स्वस्थ चित्त से विचार कर लीजिए और तत्काल निर्णय लेकर मुझे अवगत कराइये। स्वल्पाहार आ रहा है, स्वल्पाहार ग्रहण-काल में ही आपको निर्णय ले लेना है।"–महामात्य ने कहा।

किञ्चित् क्षण विचार करने के उपरान्त भालचन्द्र ने महामात्य के प्रस्ताव से सहमति व्यक्त की और महामात्य के निर्देश का पालन करने का निश्चय किया। महामात्य एवं भालचन्द्र के मध्य पुनः एकान्त वार्ता हुई और रात्रि में ही सामन्त को बन्दी बनाने की तैयारी की गयी, जिससे किसी भी प्रकार की जन, धन की क्षति न होने पाए।

महामात्य के निर्देशानुसार मध्यरात्रि में जब सामन्त-भवन के द्वाररक्षक निश्चिन्त, शिथिल शरीर, अर्द्ध निद्रा में निमग्न थे उसी समय भालचन्द्र के सहयोगियों ने मुख्य द्वार के कपाट खोल दिये जिससे विशिष्ट रूप से प्रशिक्षित योद्धा भवन के अन्दर प्रवेश कर सामन्त को बन्दी बना लिये तथा शेष सभी योद्धाओं को भालचन्द्र ने सहमत कर समर्पण करा दिया।

सामन्त विपिनचन्द्र को बन्दी बना कर चरणाद्रि (चुनार) दुर्ग भेज दिया गया। भालचन्द्र को महाराजश्री के समक्ष उपस्थित किया गया। भालचन्द्र ने महामात्य द्वारा निर्धारित

सभी अनुबन्धों को मानने में सहमति व्यक्त की तत्पश्चात् महाराजश्री ने उन्हें 'सामन्त' की पदवी प्रदान की।

इस प्रकार महामात्य ने कुशलता से राजनीति के दण्ड एवं भेदनीति से दक्षिण पूर्व में शिर उठा रहे सामन्त को शान्त कर राजकोष में आने वाले कराधान को द्विगुणित किया।

*****

ग्यारहवीं तरंग: प्रधानशिल्पी विश्वबन्धु

❖

शिल्प-विद्या में निष्णात विश्वबन्धु से, आचार्य सौगत की पुत्री सुचरिता का विवाह हुआ था। विश्वबन्धु अहर्निश स्वयं को शिल्प रचना में संलग्न रखते थे। इन्हें अपनी विद्या से अनन्य प्रेम था। सुचरिता जैसी मनोरमा, विदुषी, साहित्य-सृजन में संलग्न रहने वाली पत्नी एवं पुत्र सौमित्र के प्रति अगाध प्रेम रखते हुए भी उन्हें अपनी कला से भक्ति-भाव था। विश्वबन्धु कला में जहाँ अहर्निश निरत रहते हुए अपने गार्हस्थ्य जीवन का सम्यक् निर्वहन करते थे, वहीं सुचरिता साहित्य साधना में संलग्न रह कर अपने पुत्र सौमित्र का पालन करती थी। प्रधान शिल्पी एवं सुचरिता के निवास के समीप महामात्य सत्यधन का आवास था। महामात्य की सेवा में राजकीय कार्मिकों के संलग्न रहने के उपरान्त भी सुचरिता सत्यधन का पूरा ध्यान रखती थी। उनके आवास की प्रत्येक व्यवस्था स्वयं देखकर, सुनिश्चित कर, सन्तुष्ट होती थी।

विश्वबन्धु, राजकीय अति विशिष्ट समिति के मानद सदस्य थे। इस समिति में काशी प्रान्त के अपने-अपने क्षेत्र के विशेषज्ञ अतिविशिष्ट सदस्य के रूप में नामित होते थे। समिति के प्रत्येक सदस्य के पास यह विशेषाधिकार प्राप्त था कि वे एकमात्र अपने विरोध से किसी भी प्रस्ताव को पुनर्विचार हेतु पुनः प्रस्तुत किये जाने हेतु बाध्य कर सकते थे। विश्वबन्धु प्रान्त की इसी विशेषाधिकार समिति के सदस्य थे।

एक दिन सायंकाल विश्वबन्धु अपने आवास पर आये और आते ही पत्नी सुचरिता से बोले–“सुचरिते! अब हम इस प्रान्त में नहीं रहेंगे। चलो दक्षिण के किसी प्रान्त में चलते हैं, वहीं किसी नगर में निवास करेंगे।”

“वार्ता क्या है? आप इतने उद्विग्न क्यों हैं?”–सुचरिता ने पूछा।

“सुचरिते! प्रश्न मेरी उद्विग्नता का नहीं है। इस प्रान्त में अब हमें नहीं रहना है।”

“क्या हुआ? यही तो पूछ रही हूँ। जानते हैं किसी अन्य प्रान्त या नवीन स्थान पर कितनी विषमताएं होती हैं। गृहस्थी कैसे चलती है आपको कुछ ज्ञात भी है। धनोपार्जन कैसे होता है? आप अपनी इस वास्तुकला, मूर्तिकला से कितना उपार्जन करते है? आपको व्यावहारिक ज्ञान तो है नहीं और चले हैं प्रान्त बदलने? स्थान बदलने”–सुचरिता ने कहा।

“सुचरिते तुम मेरे साथ चलोगी ना। फिर मुझे किसी बात की चिन्ता क्या करना?”

“परन्तु मुझे यथार्थ तो बताइये”–सुचरिता ने पूछा।

"आज पूर्वाह्न राजभवन में विशेषाधिकार समिति की बैठक आहूत थी। मैं भी उसमें सम्मिलित होने के लिए गया था, तुम्हें ज्ञात हैं।"

"हाँ मुझे स्मरण है, आगे क्या हुआ बताइये।"

"समिति में सामान्य विषयों, प्रस्तावों पर चर्चा हो रही थी।"

"आपके मन्दिर-निर्माण एवं विशिष्ट अतिथिशाला के प्रस्ताव का क्या हुआ"–सुचरिता ने पूछा।

"तुम्हें कैसे पता, यह तो गोपनीय विषय था। पूर्व में तुम्हें किसने बताया? यह विषय तो पूर्व से मात्र महामात्य सत्यधन को ज्ञात था उन्होंने ही मुझे मन्दिर निर्माण एवं विशिष्ट अतिथिशाला निर्माण का प्रस्ताव लाने के लिए कहा था। तुम्हें सत्यधन ने बताया होगा?"

"हाँ उन्होंने अवगत कराया था। वे कह रहे थे कि आपको किसी बड़ी परियोजना में लगा दिया जाय, नहीं तो ये किसी दिन अन्य प्रान्त को चल देंगे। महादेव के एक मन्दिर निर्माण की आवश्यकता से जनता बहुत दिनों से अवगत करा रही थी। इसके साथ ही एक अन्य अतिथि गृह की आवश्यकता थी। इसीलिए इसका औचित्य पूर्व प्रतिपादित था और प्रस्ताव सर्व सम्मति से पारित हो गया। यही हुआ न समिति की बैठक में"–सुचरिता ने कहा।

"हाँ, निश्चयपूर्वक यही हुआ।"

"फिर आप को कहाँ कष्ट हो गया? वित्त-समिति से अनुमोदित होते ही आप तो मन्दिर एवं अतिथिशाला हेतु

आकल्प तैयार कीजिए, निर्माण-सामग्री, कुशल कारीगरों एवं श्रमिकों की व्यवस्था में संलग्न हो जाइये, बस।"

"सुनो तो सुचरिते! सभी प्रस्ताव प्रायः सर्व-सम्मति से पारित होते जा रहे थे, तभी महामात्य ने ससगढ़ परिक्षेत्र में एक सैन्य प्रशिक्षण-केन्द्र स्थापित किये जाने का प्रस्ताव प्रस्तुत किया। इस प्रस्ताव से प्रायः सभी सदस्य सहमत थे परन्तु महारानी शुभंवदा ने यह कह कर विरोध कर दिया कि नौगढ़ परिक्षेत्र में पूर्व से ही एक सैन्य प्रशिक्षण केन्द्र संचालित है यदि एक अन्य केन्द्र की स्थापना की जाती है तो राजकोष पर वित्तीय व्यय बढ़ेगा, जो उचित नहीं होगा, अतः यह प्रस्ताव औचित्यहीन है। महामात्य ने इस प्रस्ताव का औचित्य सिद्ध करने का प्रयास किया कि पञ्चगढ़ एवं ससगढ़ की पूर्वी सीमाएं क्रमशः मगध एवं उत्कल की सीमाओं से संलग्न हैं जिससे उनकी सुरक्षा में परेशानी होती है यदि सैन्य केन्द्र की स्थापना हो जाती है तो मगध एवं उत्कल प्रान्त तक की सीमाएं सुरक्षित हो जाएंगी।" परन्तु महारानी शुभंवदा, महामात्य के तर्कों से सहमत नहीं हुईं और प्रस्ताव को निरस्त करने की बात कहने लगीं। इस पर महामात्य ने कहा इस प्रस्ताव को निरस्त न किया जाए वरन् इसे पुनर्विचार समिति को पुनः विचारार्थ प्रेषित कर औचित्य सहित विशेषाधिकार समिति के समक्ष 6 माह के अन्दर पुनः प्रस्तुत किया जाय।

"पुनः क्या हुआ?"–सुचरिता ने पूछा।

"पुनः क्या?" महारानी आवेश में आ गयीं और महामात्य सत्यधन को कहा–"आप वित्त की व्यवस्था कहाँ से करेंगे? आप को वित्त कहाँ से आता है? इसका ज्ञान है? वित्त विभाग इस समय अधिक व्यय के कारण कई परियोजनाओं को रोक

रहा है और आप हैं कि राजकोष पर वित्तीय भार डालने हेतु प्रस्ताव ला रहे हैं। यह प्रस्ताव निरस्त करणीय है, समिति इसे निरस्त करे", परन्तु महामात्य ने समिति से अनुरोध किया कि इस प्रस्ताव को पुनर्विचार समिति को पुनः प्रेषित किया जाय, जिस पर अन्य सदस्यों ने अपनी सहमति जतायी। इसी बात से महारानी अत्यन्त क्रोधित हो गयीं। उनका मन्तव्य था कि इस प्रस्ताव को पुनर्विचार समिति को न भेजकर इसे निरस्त किया जाय, परन्तु ऐसा नहीं हो सका। जिससे वे रूष्ट हो गयीं। इसे उन्होंने वैयक्तिक पराजय की भाँति लिया और महामात्य सत्यधन पर अपना क्रोध व्यक्त करने लगीं। उन्होंने कहा—"अभी तो महामात्य आपने इसे पुनर्विचार समिति को प्रेषित कर दिया परन्तु 6 माह उपरान्त जब यह प्रस्ताव आयेगा तो मैं इसका पुनः विरोध करूँगी, इसे कथमपि पारित नहीं होने दूँगी।"

इस पर दोनों में विवाद बढ़ने लगा। महारानी ने तो महामात्य को यह तक कह दिया कि—"आप महामात्य पद की योग्यता ही नहीं रखते हैं।" यह कितनी अपमान जनक बात है सुचरिते। महामात्य सत्यधन की योग्यता पर सन्देह ?

"अच्छा" यह तो अपमानकारक है। आगे महामात्य सत्यधन ने क्या कहा?"—शुभंवदा ने पूछा।

"महामात्य तो शान्तिपूर्वक सुनते रहे बस। किसी भी प्रकार का प्रतिवाद नहीं किया। विवाद बढ़ता देख महाराजश्री ने बैठक स्थगित करने की घोषणा कर दी।"

"और आप इस बात से इतने रूष्ट हो गये कि प्रान्त तक छोड़ने का निर्णय ले लिये। यह तो महारानी एवं महामात्य के मध्य अत्यन्त सामान्य बात है"—सुचरिता ने कहा।

"तुम्हें यह सामान्य बात लग रही है। मुझे तो महामात्य के लिए अत्यन्त अपमानजनक लगी। महारानी ने महामात्य के साथ ऐसा व्यवहार कर, अच्छा नहीं किया। यह समान्य बात नहीं है सुचरिते।"

"हाँ, यह उन दोनों के मध्य सामान्य बात है। मैं इन दोनों को पूर्व से जानती हूँ। सत्यधन का विरोध शुभंवदा न करे, ऐसा हो ही नहीं सकता।"

"उसके आगे क्या हुआ ?"–सुचरिता ने जिज्ञासा की।

आगे विश्वबन्धु ने कहा–"बैठक की समाप्ति के बाद महारानी ने सभी सदस्यों को स्वल्पाहार हेतु अतिथिशाला में आमन्त्रित किया परन्तु महामात्य को प्रत्यक्षतः नहीं।"

ठीक है, इसकी आगे की कथा मुझसे सुनिये–"जब दोनों में विवाद हो रहा था तो पहले महाराजश्री गम्भीर मुद्रा में रहे होंगे, विवाद बढ़ने की स्थिति में बैठक को स्थगित कर दिया होगा। महाराजश्री स्वल्पाहार हेतु जाते समय महामात्य का हाथ पकड़ कर अतिथिशाला ले गये होंगे, वहाँ महारानी शुभंवदा समिति के सभी सदस्यों से पेय एवं अन्य पक्वान्न को ग्रहण करने के लिए विशेष आग्रह कर रही होंगी परन्तु सत्यधन को एक बार भी नहीं पूछा होगा। यही हुआ ना? जो आपको सत्यधन के लिए अपमान कारक लगा। ये बातें इन दोनों के लिए सामान्य हैं।"–सुचरिता ने कहा।

"हाँ, सुचरिते यही हुआ। लेकिन मुझे तो सत्यधन के प्रति शुभंवदा का व्यवहार शोभनीय नहीं लगा। जहाँ प्रतिष्ठा नहीं, वहाँ रहना उचित नहीं लग रहा है। महारानी ने आज महामात्य को अपमानित किया। कल किसी और को करेंगी, किसी अन्य दिन

मुझे भी कर सकती हैं। इस लिए मैं तुम से यह प्रान्त छोड़ने को कह रहा हूँ।"

"वैसे क्या महाराजश्री अन्त तक चुप रहे, उन्होंने कुछ भी नहीं कहा"-सुचरिता ने पूछा।

चुप तो नहीं रहे परन्तु प्रभावी हस्तक्षेप भी नहीं किया, महाराजश्री ने कहा-"महारानी, महामात्य के प्रति आपकी इतनी उग्रता उचित नहीं है। महामात्य यदि सैन्य प्रशिक्षण केन्द्र की स्थापना करना चाहते हैं तो विश्वास रखिए उसमें लोकहित, राज्यहित एवं राष्ट्रहित निश्चित होगा। इन्होंने अपनी युवावस्था के श्रेष्ठ दिन हमारे राज्य की सेवा हेतु समर्पित किये हैं। इनकी निष्ठा के प्रति हम रंचमात्र सन्देह नहीं कर सकते। इनके किसी प्रस्ताव में इनका स्वार्थ नहीं होता। आप इनके निर्णयों पर संशय करना त्याग दीजिए।"

"क्या इनके सभी प्रस्ताव यथावत् स्वीकार कर लिए जाएं?"-शुभंवदा ने प्रश्न किया।

"नहीं, बिल्कुल नहीं। मैंने ऐसा कब कहा, परन्तु इनके प्रति सन्देह करना भी उचित नहीं है। आप इनके प्रस्तावों पर अपने सुझाव रखिए, उस पर विचार-विमर्श समिति करेगी। उसे प्रारम्भ में ही निरस्त करा देना उचित नहीं है। आपने तो महामात्य के प्रस्ताव पर विमर्श का अवसर ही नहीं दिया। क्रोध में व्यय की जाने वाली ऊर्जा का निवेश सकारात्मक कार्यों में कीजिए, महारानी"-महाराजश्री ने कहा। अन्ततः महारानी ने महाराजश्री के आदेश को मौन भाव से स्वीकार किया।

"आप ये सब विषय अपने मन से निकाल दीजिए, विस्मृत कर दीजिए और अपने कार्य में संलग्न हो जाइये।"

"परन्तु सुचरिते!" विश्वबन्धु ने कहा।

"किन्तु, परन्तु कुछ भी नहीं। यदि आप अभी भी सन्तुष्ट नहीं हुए हों तो मेरे साथ सत्यधन के आवास पर चलिए आगे का प्रकरण आप स्वयं देख लीजिए।"

"चलो दुःखी सत्यधन से मिल लेते हैं, शायद उनका सन्ताप कुछ कम हो जाये।"

"न वो दुःखी होंगे, न उन्हें कोई सन्ताप होगा। इस समय वो अपनी आवासीय वाटिका में सौमित्र के साथ कन्दुक-क्रीडा में संलग्न होंगे। विश्वास न हो तो चलकर देख लीजिए"-सुचरिता ने कहा।

तदनन्तर सुचरिता एवं विश्वबन्धु आपने आवास के समीप महामात्य सत्यधन के आवास पर पहुँचे। वहाँ सत्यधन सौमित्र के साथ अत्यन्त प्रसन्न मुद्रा से कन्दुक- क्रीडा ही कर रहे थे। दोनों को देखकर सत्यधन ने अभिवादन पूर्वक इस समय आने का प्रयोजन पूछा।

बिना प्रस्तावना के सुचरिता ने पूछा-"आज विशेषाधिकार समिति की बैठक कैसी रही?"

"बहुत अच्छी रही। जनोपयोगी अनेक प्रस्ताव पारित हुए और आप को शिल्प शिरोमणि ने बताया कि नहीं, इनके मन्दिर निर्माण तथा विशिष्ट अतिथिशाला निर्माण की परियोजना के साथ अन्य कई निर्माण की परियोजनाएँ पारित हुईं। मात्र एक माह में इन्हें इन परियोजनाओं पर कार्य प्रारम्भ करा देना है। इस उपलब्धि पर तो एक रात्रि-भोज का आयोजन होना चाहिए,

जिसे आनन्द पूर्वक मनाया जाय।" आप हमें कब आमन्त्रित कर रहे हैं, शिल्पी महोदय।

"आपका भी कोई प्रस्ताव था"-सुचारिता ने सत्यधन से पूछा।

"हाँ, था तो परन्तु उसे आगामी बैठक के लिए स्थगित कर दिया गया। कोई बात नहीं, आगामी बैठकों में वह भी पारित हो जायगा। उसकी आवश्यकता भविष्य के लिए है।"

"अच्छा, आज आपको शुभंवदा ने बैठक में अपमानित किया था क्या? नामानुरुप सत्य बोलना बन्धु। हम दोनों यही बात जानने के लिए आये हैं। शिल्पी महोदय इस बात से अत्यन्त अप्रसन्न हैं कि महारानी द्वारा आज आपकी योग्यता पर सन्देह किया गया और आप मौन सुनते रहे, कोई प्रतिवाद नहीं किया।"

"अपमान? नहीं तो। ऐसा तो कुछ भी नहीं हुआ। महारानी को मेरी योग्यता पर प्रारम्भ से ही सन्देह है। उनकी बातों को हृदय से लगाने की आवश्यकता नहीं है। राजभवन के मान-अपमान की बातें वहीं छोड़ देनी चाहिए। इसमें अप्रसन्नता की बात कथमपि नहीं है। मेरे द्वारा प्रस्तावित कई जनोपयोगी प्रस्ताव पारित हुए। एक नहीं हुआ तो क्या हुआ ? अरे, शिल्प-शिरोमणि जाइये और अपनी परियोजना की तैयारी कीजिए, यह महाराजश्री की महदाकांक्षी परियोजना है।"

"ठीक है", कह कर विश्वबन्धु अन्यमनस्क भाव से सुचरिता के साथ सत्यधन के आवास से प्रस्थान किये।" मार्ग में सुचरिता ने पूछा-"अब भी आप दुःखी हैं? विश्वबन्धु ने कहा-"हाँ, मैं महामात्य सत्यधन के उत्तर से सन्तुष्ट नहीं हूँ। मेरे हृदय में सत्यधन के प्रति कहे गये महारानी के वाक्य शूल की भाँति

चुभे हैं। महामात्य की योग्यता पर सन्देह? उनके किसी प्रस्ताव का विरोध मेरी समझ से परे है।"

"बिल्कुल आपकी समझ से परे है। आप राजनीति कितनी जानते हैं? राजधर्म क्या होता है? नहीं जानते ना? फिर इन बातों को विस्मृत कर, अपने कार्य में पूर्व की भाँति संलग्न हो जाइये"–सुचरिता ने कहा।

"सत्य है, मैं राजनीति नहीं समझता, राजधर्म नहीं जानता, न ही राजनयों को समझ पाता हूँ। इनके कार्य, इनके व्यवहार, इनके आचरण, इनकी मैत्री, इनका द्वेष सामान्य जन के लिए बोधगम्य नहीं है परन्तु इनके द्वारा सामान्य व्यवहार, शिष्टाचार एवं लोकाचार का निर्वहन तो होना ही चाहिए ना।"

"ठीक है, तो आप समझने की चेष्टा भी मत कीजिए। आप अपनी परियोजना पर ध्यान दीजिए।"

"परन्तु सुचरिते! सत्यधन को शुभंवदा......।"

"पुनः परन्तु। आप इन दोनों को सम्यक् रूप से नहीं जानते। आपको पता है न, दोनों सहाध्यायी हैं, सतीर्थ हैं। विलक्षण प्रतिभा के धनी हैं। दोनों में बुद्धि-वैभव में कौन श्रेष्ठ है? यह शायद परमाचार्य ही सुनिश्चित कर पायें। इन गुणों, विशिष्टताओं के उपरान्त भी दोनों की आश्रम में प्रारम्भिक शिक्षा से चली आ रही प्रतिस्पर्धा भी प्रसिद्ध है। कतिपय विषयों में सत्यधन, शुभंवदा को पीछे छोड़ देते थे, जो शुभंवदा को स्वीकार्य नहीं होता था। यही भाव दोनों में अभी भी चल रहा है।"

"शायद आपको ज्ञात नहीं है जब प्रदेश पर अनेक मुश्किलें पार्श्व प्रदेश के सीमावर्ती राजाओं द्वारा लायी जा रही थीं तो इनके

शमन के लिए महाराजश्री से महामात्य पद पर सत्यधन को नियुक्त किये जाने का प्रस्ताव आग्रह पूर्वक शुभंवदा ने ही रखा था। महाराजश्री सत्यधन की प्रतिभा से पूर्व परिचित थे। अतः उन्होंने विशेषाधिकार समिति में प्रस्ताव लाकर, सर्वसम्मति से महामात्य पद पर सत्यधन को नियुक्त कराये जाने का प्रस्ताव पारित कराया था।"

सत्यधन, जो आश्रम में आचार्य पद पर नियुक्त हो चुके थे, प्रस्ताव पारित होने के उपरान्त भी कथमपि महामात्य पद पर आने के इच्छुक नहीं थे। परमाचार्य एवं आचार्याणी के माध्यम से शुभंवदा सायास, सत्यधन को महामात्य पद पर आसीन करा पायीं थीं। अब आप इनके परस्पर प्रेम एवं मैत्री भाव को समझ गये होंगे। महारानी के अतिरिक्त कोई अन्य व्यक्ति सत्यधन का विरोध करके तो देखे। महारानी ऐसा कभी नहीं होने देंगी। इन दोनों का अनन्य वैर, अनन्य प्रेम तथा अनन्य मैत्री समझ से परे है।"

"ओह ऐसा है",–उच्छ्वासपूर्वक विश्वबन्धु ने कहा और पुत्र सौमित्र के साथ दोनों अपने आवास चले गये।

*****

बारहवीं तरंगः सिद्धाश्रम

काशी से तीस क्रोश की दूरी पर विन्ध्य पर्वत की उपत्यका के अत्यन्त सुरम्य वातावरण में, सिद्धाश्रम नामक मनोरम आश्रम स्थित था। जिसके मध्य वर्ष-पर्यन्त झरने वाला एक निर्झर था। चतुर्दिक् विशाल वृक्षों से आच्छादित आश्रम बाह्य जगत् से एकदम पृथक् प्रतीत होता था। इस आश्रम के विषय में ज्ञान, कतिपय विशिष्ट व्यक्तियों को ही था। आश्रम में वैदिक धर्म के प्रचारक एवं अनुयायी शताधिक ब्रह्मचारी एवं सन्यासी रहते थे। इन्हें यहाँ शास्त्र-ज्ञान के साथ शस्त्रास्त्र संचालन में भी पारंगत किया जाता था। इनका मुख्य कार्य धर्म-ध्वजा को चतुर्दिक फहराना था। इस आश्रम में यज्ञशालाएं, अश्वशालाएं तथा गोशालाएं बनी हुई थीं। इसमें आवासित ब्रह्मचारी एवं सन्यासी यज्ञादिक अनुष्ठान, गोपालन तथा अश्वारोहण आदि कार्य, वैदिक धर्म के प्रचार एवं प्रसारार्थ करते रहते थे। इस हेतु ये अस्त्र-शस्त्रादि का उपयोग भी आत्म-रक्षार्थ करते थे। इस आश्रम के पीठाधीश्वर श्री सिद्धारूढानन्द जी थे। सम्भवतः इन्हीं के नाम पर इस आश्रम का नाम सिद्धाश्रम प्रचलित हो गया। इनकी शिक्षा भी काशी के प्रसिद्ध आश्रम में हुई थी, ये महामात्य

सत्यधन के वरिष्ठ थे। ब्रह्मचर्य के उपरान्त ही सन्यास ग्रहण करने का निर्णय इन्होंने धर्म प्रचार हेतु लिया था। दीर्घकाय, गौरांग, कटि में मात्र कौपीन अधोवस्त्र तथा ऊपर अंगवस्त्रम् धारण किये श्री सिद्धारुढ़ानन्द जी अत्यन्त भव्य व्यक्तित्व के धनी थे। इन्हें सामान्य जन 'स्वामी जी' कह कर सम्बोधित करते थे।

यद्यपि यह आश्रम, जिसे 'तपोवन' के नाम से भी अभिहित किया जाता था वर्षों पूर्व से अस्तित्व में था परन्तु स्वामी जी ने अपने कार्यकाल में इसमें अनेक परिवर्तन कराये। इसकी सीमाओं का चिह्नांकन किया तथा स्थायी बाड लगवायी। कृषि के इतर भूमि पर वृक्षारोपण कराया। इसके प्रांगण में स्थित शिव मन्दिर का जीर्णोद्धार स्वामी जी ने करा कर इसको विशाल स्वरूप प्रदान किया। गर्भगृह में स्फटिक-शिव-लिङ्ग तथा बाह्य भाग में अन्य देवी-देवताओं के विग्रह भी प्रतिष्ठित कराये। शैव एवं वैष्णव धर्म के समन्वय का केन्द्र यह तपोवन था। जिसकी 'श्री वृद्धि' स्वामी जी के समय में अहर्निश हो रही थी। 'लोक-सेवा' का भीष्म-व्रत लेकर स्वामी जी लोकाराधन में संलग्न थे। यह लोक में प्रसिद्ध था कि स्वामी जी का काशी नरेश से विशेष सम्बन्ध है। यद्यपि वे कभी भी नगर में नहीं जाते थे परन्तु राजपरिवार से इन्हें नियमित गोपनीय सन्देशों का आदान-प्रदान होता रहता था। काशी विद्याश्रम के परमाचार्य से शिक्षा ग्रहण करने के कारण महामात्य सत्यधन के सतीर्थ्य थे। महाराजश्री के आदेश पर महामात्य सत्यधन इनके आश्रम की गोपनीय यात्राएं करते रहते थे। इनके ब्रह्मचारी एवं सन्यासी गंगा के तटवर्ती क्षेत्र में छोटे-2 कुटीर बनाकर रहते तथा ग्रामीणों को वैदिक धर्म का उपदेश देते रहते थे। इन कुटीरों में रहने वाले सन्यासियों एवं ब्रह्मचारियों के प्रति सामान्य जन अगाध श्रद्धा

रखते थे। इनकी नैत्यिक आवश्यकताओं की सम्पूर्ति स्थानीय जन आस्थापूर्वक निरन्तर करते रहते थे। कतिपय ब्रह्मचारी प्रत्येक दिवस मधुकरी भिक्षा माँग कर अपना जीवन निर्वाह करते हुए लोकोपासना तथा स्वयं की योग-साधना में संलग्न रहते थे।

गंगा के तटवर्ती क्षेत्रों में निर्मित इन कुटीरों में रहने वाले सन्यासियों, ब्रह्मचारियों की आस्था सिद्धाश्रम में एवं श्रद्धा सिद्धारुढ़ानन्द स्वामी जी में थी। सामाजिक परिवर्तनों का ज्ञान इन्हीं के माध्यम से स्वामी जी तक पहुँचता था। ये सन्यासी किसी भी कुटीर में अधिक काल तक नहीं रहते थे। 'चातुर्मास्य' काल में चार माह का प्रवास, इनके निवास का अधिकतम काल होता था। तपोवन भी विद्याश्रम की भाँति स्वायत्तशासी था। इस क्षेत्र की सुरक्षा का भार इसमें रहने वाले सन्यासियों व ब्रह्मचारियों पर था। काशी प्रान्त के अन्तर्गत आने के कारण किसी भी आपत्ति काल में काशी नरेश पर इसकी संरक्षा का भार था।

इस शान्त, सुरम्य और मनोहर क्षेत्र की एक स्थानीय समस्या भी थी। इस क्षेत्र के बाह्य भाग में दस्युओं के अनेक लघु समूह सक्रिय थे जो स्थानीय निवासियों तथा तपोवन के सन्यासियों पर आघात करते रहते थे। तपोवन के धान्य का अपहरण, वृक्षों को बिना अनुमति काटना, पुष्पादि लता गुल्मों को नष्ट करना, यज्ञादि में व्यवधान डालना, इन दस्युओं का नित्य प्रति का कार्य था। यद्यपि सक्षम होने पर भी सन्यासी इनका हिंसक प्रतिरोध नहीं करते वरन् अपनी हानि उठाते रहते थे, जिसके कारण दस्युओं द्वारा की जाने वाली हानिकारक घटनाएं बढ़ती जा रही थीं। यद्यपि सशस्त्र अश्वारोही सन्यासी

इन्हें दूर वन में खदेड़ आते थे परन्तु ये दस्यु क्रमशः बढ़ते हुए पुनः पुनश्च तपोवन के समीपस्थ वन में अपना अस्थायी निवास बना लेते थे।

स्वामी सिद्धारुढ़ानन्द जी नर्मदा नदी के तट पर मध्य देश में स्थित आश्रम में अपना चातुर्मास समास कर तपोवन में आ चुके थे। सत्यधन के तपोवन में आने की सूचना उन्हें एक सन्यासी ने दी। स्वामी जी ने सत्यधन का स्वागत करने का निर्देश ब्रह्मचारियों को दिया। अपने अंगरक्षकों तथा विश्वस्त सैनिकों के साथ सत्यधन ने तपोवन पहुँच कर सर्वप्रथम स्वामी जी को प्रणिपात किया।

'नारायण', 'नारायण' कहते हुए सत्यधन के आगमन पर स्वामी जी ने अतीव प्रसन्नता व्यक्त की। राजपरिवार तथा विद्याश्रम के समस्त प्रधान व्यक्तियों से परिचित स्वामी जी ने सभी का व्यक्तिगत कुशल पूछा तदुपरान्त सत्यधन से तपोवन आने का 'हेतु' जानना चाहा। सत्यधन द्वारा सबके कुशलपूर्वक होने, स्वयं का अवकाश व्यतीत किये जाने मात्र को यात्रा का कारण बताये जाने पर स्वामी जी द्वारा सन्तोष व्यक्त किया गया तथा आशीर्वाद एवं शुभकामनाएं देते हेतु सत्यधन को तपोवन में सहर्ष निवास करने की अनुमति भी प्रदान की गयी।

सत्यधन द्वारा तपोवन की स्थिति पूछे जाने पर स्वामी जी ने सभी तपस्वियों के सकुशल निवास करने, तपस्या में निरत रहने, धन-धान्यादि की पूर्णता का उल्लेख किया। तपोवन की समस्या के विषय में पृच्छा किये जाने पर स्वामी जी ने सीमान्त दस्युओं द्वारा तपश्चर्या में विघ्न उत्पन्न किये जाने का उल्लेख किया। स्वामी जी ने अवगत कराया कि हमारे सशस्त्र सन्यासी उनके उन्मूलन में सर्वथा समर्थ हैं परन्तु अनावश्यक

हिंसा से विरत रहने के नियम के कारण, वे अपनी शपथ पर दृढ़ हैं। आज की सायंकालिक बैठक में इसके स्थायी निदान की भी चर्चा होनी है। संयोगवशात् आज आप (सत्यधन) भी तपोवन में उपस्थित हैं अतः आप भी इस परिचर्चा में अवश्य सम्मिलित होइये ताकि दुर्दान्त दस्युओं की समस्या के स्थायी समाधान की कार्यवाही की जा सके।

"यथादेश", कह कर सत्यधन संगोष्ठी में भाग लेने की सहमति देकर तपोवन के भ्रमण पर निकल गये।

दस्यु उन्मूलन हेतु आहूत सायंकालिक संगोष्ठी में महामात्य सत्यधन भी सम्मिलित हुए। तपोवन के सभी विभागों से सन्यासी एवं ब्रह्मचारी उपस्थित रहे। किसी ने तपोवन की चारदीवारों को उच्चीकृत करने का सुझाव दिया तो किसी ने दस्युओं के संसाधनों यथा-अश्वों को तपोवन ले आने, किसी ने दस्युओं को भयाक्रान्त करने तथा उनके शस्त्रास्त्रों को नष्ट करने के उपाय सुझाये। अन्त में स्वामी जी ने सत्यधन से उनके विचार जानने चाहे।

सत्यधन ने कहा–"स्वामी जी यदि आप मुझे इस तपोवन एवं अभयारण्य में कार्यवाही किये जाने की स्वतन्त्रता दे दें तो मैं इन दस्युओं को अपने एक सप्ताह के अवकाश काल में ही उन्मूलित कर राजभवन वापस लौटूँगा। ये दस्यु अब मात्र तपोवन को ही हानि नहीं पहुँचा रहे वरन् काशिराज के प्रताप को भी प्रभावित कर रहे हैं। अतः आप से अनुमति एवं स्वतन्त्रता प्राप्त हो जाय तो इनके उन्मूलन की कार्यवाही मेरे द्वारा सुनियोजित ढंग से कर दी जाय।"

"महामात्य आप सुबुद्ध हैं, विद्वान् हैं, धर्म एवं नीति के ज्ञाता हैं। अतः तपोवन के नियमों के अन्तर्गत एवं धर्मनीति का अनुपालन करते हुए इनके उन्मूलन हेतु आप स्वतन्त्र हैं। तपोवन का बाह्य अरण्य, जो तपोवन के अधिकार क्षेत्र में आता है, में भी कार्यवाही किए जाने की अनुमति आप को प्रदान की जाती है। आप द्वारा ध्यातव्य यह होगा, कि यह 'धर्मक्षेत्र' है। यहाँ अत्यन्त विषम परिस्थिति में ही हिंसा के आश्रयण का प्रावधान है, अन्यथा नहीं"–स्वामी जी ने कहा।

इन्हीं परिचर्चाओं के साथ सायंकालिक संगोष्ठी सम्पन्न हुई। उसी रात्रि के द्वितीय प्रहर में सत्यधन, तपोवन की अतिथिशाला में स्थित स्वयं के लिए आरक्षित कक्ष में दस्युओं के उन्मूलन की रणनीति तैयार कर रहे थे। जिसमें उनके अंगरक्षक तथा उनके साथ चलने वाला एक लघु सैन्य समूह भी उपस्थित था। स्थानीय गुप्तचरों की गोपनीय सूचना पर दस्युओं के अस्थायी आवासों पर आक्रमण करने की गोपनीय योजना तैयार कर ली गयी।

प्रत्यूष में जब दस्यु-समूह के अधिकांश सदस्य निद्रा-निमग्न थे तभी उन पर अश्वारोही सैनिकों द्वारा आक्रमण कर दिया गया। अनेक दस्यु मारे गये तथा अनेक घायल हुए, जिन्हें सैनिकों ने बन्दी बना लिया। दस्युओं द्वारा उपार्जित अचल सम्पत्ति वहीं नष्ट कर दी गयी। मुख्य दस्यु बन्दी बना लिया गया। उसे आरक्षियों की अभिरक्षा में काशी प्रान्त के न्यायालय हेतु सशस्त्र बल के साथ काशी भेज दिया गया। इस प्रकार तपोवन के समीपस्थ सभी दस्यु या तो मारे गये या उन्हें बन्दी बना लिया गया। उनके अश्वों को भी पकड़कर राज-सम्पदा घोषित करते हुए प्रधान अश्वशाला में भेज दिया गया। इस

प्रकार महामात्य के नेतृत्व में सिद्धाश्रम में विघ्न डालने वाले दस्युओं का उन्मूलन कर दिया गया।

दस्यु-उन्मूलन की सूचना महामात्य सत्यधन ने स्वामी जी को स्वयं उपस्थित होकर दी। स्वामी जी ने प्रसन्नता व्यक्त करते हुए सत्यधन को शेष अवकाश निश्चिन्त होकर तपोवन में ही व्यतीत करने का आग्रह किया, जिस पर सत्यधन ने अपनी सहमति व्यक्त की।

राज्य को पूर्णतया समर्पित महामात्य यद्यपि प्रकट रूप से राजभवन से अवकाश लेकर एकान्त वास के लिए निकल जाते थे परन्तु वास्तव में वे अपने गुप्तचरों से प्राप्त सूचनाओं के आधार पर सीमा प्रान्त के विभिन्न स्थानों पर गोपनीय रूप से निवास करते हुए स्थानीय एवं तात्कालिक समस्याओं का निदान करते रहते थे। तपोवन क्षेत्र के बाह्यारण्य में अस्थायी रूप से आवासित दस्युओं का उन्मूलन उनकी इसी रणनीति का परिणाम था।

महामात्य ने अपने अवकाश के शेष दिन तपोवन में वैदिक अनुष्ठानों में प्रतिभाग करने, प्रवचन सुनने, शस्त्रास्त्र संचालन के अभ्यास में भाग लेने के साथ ही अन्य चित्ताह्लादक कार्यों में व्यतीत कर, स्वामी जी से अनुमति प्राप्त कर पुनः राजभवन वापस आ गये।

*****

तेरहवीं तरंगः छल, मित्रभेद

"सुचरिते! सुचरिते!" के तीव्र स्वर के साथ महारानी शुभंवदा (अव्यवस्थित वेशभूषा में) ने सुचरिता के घर में प्रवेश किया। किसी अनिष्ट की आशंका, सुचरिता के मन में उत्पन्न हुई।

"सुचरिता, क्या सत्यधन तुम्हारे आवास पर एतत्काल आये थे?"

सुचरिता ने कहा–"नहीं, वो तो अभी नहीं आये थे", शुभंवदा पुनः पूछती है–"तुम सायंकाल से घर पर ही हो ना?"

"हाँ, मैं घर पर ही हूँ। परन्तु बात क्या है?"–सुचरिता ने पूछा।

"बहुत बड़ा अनर्थ हो गया, सुचरिते। अगर सत्यधन को रोका नहीं गया तो एक और अनर्थ हो जायगा। तुम स्पष्ट ज्ञात करो कि सत्यधन यहाँ नहीं आये थे।"

"अच्छा रुको, मैं अपने पुत्र सौमित्र से पूछती हूँ। अगर सत्यधन यहाँ आये होंगे तो बिना उससे मिले नहीं जा सकते,

उनके प्राण सौमित्र में बसते हैं।"–सुचरिता ने कहा। साथ ही अपने पञ्चवर्षीय पुत्र को आवाज दी–"सौमित्र! सौमित्र!"

पास के कक्ष से अर्धसुप्त सौमित्र दौड़ता हुआ सुचरिता के समक्ष उपस्थित हुआ और पूछा–"क्या है माते!"

"बताओ पुत्र, सायंकाल सत्यधन मामा यहाँ आये थे?"

सौमित्र ने कहा–हाँ माते! मामाश्री आये तो थे। वे अत्यन्त त्वरा में थे। आते ही अपने अन्तःकक्ष में गये, खड्ग कटि में बाँधे तथा छोटी सी कटार को अपने अन्तः वस्त्रों में छिपाये, वे जिस समय अपने शस्त्र छिपा कर रख रहे थे, उसी समय मैंने कक्ष में प्रवेश किया तो मुझे देख कर उन्होंने कहा वत्स! मैं कुछ दिवस के लिए बाहर जा रहा हूँ। तुम ससमय अल्पाहार और भोजन करना। माताश्री को परेशान मत करना। मैं शीघ्र ही वापस आऊँगा, हो सका तो प्रातःकाल ही आने का प्रयास करूँगा।

"माताश्री, क्या मैं आपको परेशान करता हूँ"–सौमित्र ने पूछा। "पुत्र आगे बताओ उन्होंने क्या कहा?"–सुचरिता ने पूछा। सौमित्र ने कहा–"एक बात और माते, वे अत्यन्त त्वरा में थे। मैंने उन्हें प्रणाम भी नहीं किया था परन्तु उन्होंने जाते हुए मेरे मस्तक पर हाथ फेरा और 'यशस्वी भव' का आशीर्वाद दिया। तदुपरान्त अपने कक्षों को बिना बन्द किये ही बाहर निकल गये। मैंने गवाक्ष से देखा तो वे बाहर वाटिका में अपने अश्व पर सवार हुए तथा उनके पीछे चार अश्वारोही और भी थे, जो अन्धकार में विलीन हो गये।"

इतना सुनते ही शुभंवदा उच्च स्वर में चिल्लायी–"सुचरिता सुना तुमने, मेरा अनुमान सही है–अनर्थ अवश्यंभावी है।"

सुचरिता कुछ भी नहीं समझ पा रही थी कि वास्तविकता क्या है? उसने पूछा "शुभे। स्पष्ट शब्दों में बताओ वास्तव में क्या घटित हुआ है। मैं कुछ भी समझ नहीं पा रही हूँ।"

"सुचरिते महाराजश्री की हत्या हो गयी है।"–शुभंवदा ने रोते हुए कहा।

"क्या?" अत्यन्त आश्चर्य से सुचरिता ने कहा।

"हाँ सुचरिते, रात्रि के प्रथम प्रहर में विजयगढ़ नरेश ने द्राक्षासव–का पान कर लिया और इतना अधिक किया कि मस्तिष्क पर नियंत्रण खो बैठे। विजयगढ़ नरेश ने अपनी तलवार से महाराजश्री पर प्रहार कर दिया जो प्राणघातक सिद्ध हुआ। जब तक इस प्रकरण का ज्ञान, आरक्षियों को होता उसके पूर्व ही विजयगढ़ नरेश प्रासाद से पलायित हो गये।"

जब यह दुःखद घटना घटी महामात्य सत्यधन नैत्यिक राजकार्य सम्पन्न कर अपने निवास के लिए प्रस्थान कर आधे मार्ग तक ही आये थे कि उन्हें महाराजश्री की हत्या का समाचार, उनके गुप्तचरों ने दिया, वे तत्काल राजभवन लौटे। महाराजश्री के अन्तिम दर्शन के बिना ही अपने अंगरक्षकों को लेकर तीव्रता से कहीं प्रस्थान किये। यह समाचार जब मुझे ज्ञात हुआ तो मैंने सर्वप्रथम महामात्य सत्यधन को पूछा। जिसके उत्तर में आरक्षियों ने बताया कि वो अत्यन्त त्वरा से राजभवन से बाहर चले गये हैं। इतना सुनकर सुचरिता ने पूछा–"यहाँ इतनी बड़ी विपत्ति तुम्हारे एवं राज्य के ऊपर आयी हुई है! और शुभे तुम सत्यधन को ढूढ रही हो। बिना एक क्षण भी व्यतीत किये, तुम तत्काल हमारे साथ राजभवन चलो।"

शुभंवदा ने कहा–"सुचरिते! यदि सत्यधन को नहीं रोका गया तो एक और अनर्थ हो जायेगा।"

"वो क्या?"–सुचरिता ने पूछा।

"सुचरिता, मेरी प्रिय सखी, महाराजश्री की हत्या विजयगढ़ नरेश ने की है। सत्यधन राज्य के महामात्य हैं। महामात्य सत्यधन, कौटिल्य के राजनीति विषयक नियमों का अनुपालन करते हैं और कौटिल्य शत्रु से किसी भी प्रकार के औदार्य का निषेध करते हैं। सत्यधन पूर्व से ही विजयगढ़ नरेश को शत्रु भाव से देखते हैं जिस कारण वे उनकी भी हत्या करवा देंगे या स्वयं कर देंगे।"

"शुभे! विजयगढ़ नरेश ने यदि महाराजश्री की हत्या की है तो उन्हें भी जीवित रहने का अधिकार नहीं है। यदि सत्यधन ऐसा करने को उद्यत हैं तो हो जाने दो जैसा महामात्य करने जा रहे हैं"–सुचरिता ने कहा

"नहीं, सुचरिते नहीं, तुम ऐसा मत कहो। तुम्हें तो ज्ञात है विजयगढ़ नरेश मेरी सखी के पति हैं, मेरी सखी मेरी सहाध्यायिनी भी रही है, जो विधवा हो जायेगी। मैं तो विधवा हो ही गयी उसे विधवा होने से बचाना है सखी। इस हत्या के पीछे कोई बड़ा षड्यन्त्र भी हो सकता है उसे ज्ञात करना भी आवश्यक है। शीघ्र कुछ करना होगा। किसी तरह से महामात्य को रोकना होगा।"

"मगर कैसे शुभे, तुम्हीं बताओ। अब तक तो सत्यधन पञ्चगढ़ पहुँच चुके होंगे। क्या किया जा सकता है ? उन्हें रोकने का कोई उपाय तो नहीं सूझ रहा है। सर्वप्रथम हम राजभवन

चलें, वहाँ चलकर कुछ विश्वस्त अश्वारोहियों को उन्हें रोकने हेतु सन्देश देकर भेजना उचित होगा।"

शुभंवदा को साथ लेकर सुचरिता राजभवन पहुँची, राजभवन में हाहाकार मचा हुआ था। उच्चाधिकार प्राप्त समिति की आपात् बैठक बुलायी गयी। महाराजश्री के औध्वर्देहिक संस्कारों (कार्यो), उत्तराधिकार, प्रतिशोध आदि पर गहन मन्त्रणा हुई। समिति की बैठक में महामात्य की अनुपस्थिति पर सदस्यों ने अत्यन्त अप्रसन्नता व्यक्त की परन्तु प्रधान सेनापति ने महामात्य का पक्ष लेते हुए कहा कि वे किसी विशेष अभियान में लगे होंगे अन्यथा उनके अनुपस्थित होने का प्रश्न ही नहीं उठता।

* * *

और उधर सत्यधन अपने निवास से चार अश्वारोहियों के अतिरिक्त चार-2 अश्वारोहियों वाली चार टुकड़ियों के साथ अत्यन्त तीव्र गति से शोणनद के दक्षिण भाग में अवस्थित उपत्यकाओं एवं अधित्यकाओं के मध्य अत्यन्त घने अरण्य के बीच असमतल मार्ग से होते हुए पञ्चगढ़ पहुँचते हैं। वहीं एक समतल भाग पर रुक कर अपने सहयोगियों से मन्त्रणा कर यह सुनिश्चित करते हैं कि विजयगढ़ नरेश निश्चित रूप से अभी विजयगढ़ के राजभवन नहीं जायेंगे, वे पञ्चगढ़ में ही शरण ले सकते हैं, इसलिये यह आवश्यक है कि पञ्चगढ़ से पूर्व ही मार्ग में उन्हें घेरने का प्रयास हमें करना चाहिए और उसके बाद प्रतिशोध। "हमें शपथ है देवाधिदेव की हम बिना प्रतिशोध के राजभवन वापस नहीं आयेंगे, चाहे हमें देहोत्सर्ग ही क्यों न करना पड़े।"

"ऐसा ही होगा" कहते हुए उनके साथ के सभी अश्वारोही अत्यन्त त्वरा से आगे बढ़े। अगले चतुष्पथ पर एक-एक टुकड़ी जिसमें चार-चार अश्वारोही थे, क्रमशः राजगढ़, पञ्चगढ़ एवं नौगढ़ की ओर प्रस्थान कर गयी। चारों टुकड़ियों के पार्श्व में एक-एक गुप्तचर भी अश्व पर सवार, उन पर दृष्टि रखे हुये थे। गुप्तचर इनकी गतिविधियों की सूचना महामात्य सत्यधन को देने वाले थे।

अश्वारोहियों की चारों टुकड़ियाँ तीव्र गति से अपने निर्धारित लक्ष्य की ओर बढ़ चलीं। टुकड़ी (समूह) संख्या एक ने पञ्चगढ़ के मार्ग पर दृष्टिगत हुए विजयगढ़ नरेश को घेर कर उन पर तथा उनके अंगरक्षकों पर अकस्मात् वार कर दिया। नरेश इस आक्रमण के लिए कथमपि तैयार नहीं थे। अश्वरोहियों ने उनके तथा उनके अंगरक्षकों पर सम्पूर्ण शक्ति से प्रहार किया। नरेश ने भी खड्ग से एक अश्वारोही के ऊपर प्रहार किया, जिससे वह वहीं वीरगति को प्राप्त हो गया। एतत्काल महामात्य के अश्वारोहियों ने नरेश तथा उनके अंगरक्षकों पर समवेत प्रहार किया, जिससे सभी की मृत्यु हो गयी। तदुपरान्त सभी अश्वारोही तत्काल सत्यधन के समीप लौटने हेतु प्रस्थान किये।

इस घटना की सूचना शेष टुकड़ियों को देते हुए गुप्तचर पूर्व निश्चित स्थान पर एक वटवृक्ष के समीप स्थित शिला पर चिन्तित बैठे हुए सत्यधन के समीप आये।

प्रथम गुप्तचर ने अभियान की सफलता की सूचना के साथ ही अपने एक अश्वारोही के वीरगति प्राप्त होने की सूचना भी दी। सभी ने मौन होकर अपने अश्वारोही मित्र की शिव-सायुज्य प्राप्ति के लिए मनसा प्रार्थना की। उसके औध्‍र्वदेहिक कार्यों को

गुसचरों को सम्पन्न करने हेतु निर्देशित कर सभी को लौटने के निर्देश सत्यधन ने दिये।

पुनः सत्यधन ने सभी अश्वारोहियों के साथ मन्त्रणा की, उन्होंने कहा–"यह अभियान अत्यन्त गोपनीय था। इसकी जानकारी राजभवन में किसी को नहीं दी गयी थी न ही इसकी जानकारी किसी भी अन्य व्यक्ति को दी जानी है, हो सकता है इस हेतु हमें दण्डित भी होना पड़े परन्तु इस कार्य को सम्पन्न करने का दायित्व हममें से किसका था, कोई भी स्वीकार नहीं करेगा। "महारानी शुभंवदा राजशास्त्र की विदुषी हैं, उन्हें हम पर सन्देह हो सकता है। उनके द्वारा पूछे जाने पर भी हम इस कृत्य को स्वीकार नहीं करेंगे। राजधर्म के लिए हम असत्य भाषण भी करेंगे। पुनश्च किसी को हमारी वार्ता या निर्देश में सन्देह हो तो उसका निराकरण करा लें। यदि नहीं तो हमे तत्काल प्रस्थान कर प्रत्यूष से पूर्व राजभवन पहुँचना है और ऐसा व्यवहार करना है कि हमें तो कुछ भी ज्ञात नहीं है, हम कुछ भी नहीं जानते। पृच्छा करने पर भी नहीं।"

महामात्य सत्यधन के इस निर्देश के प्रास होते ही सभी अश्वारोही तत्काल काशी नगर के लिए प्रस्थान कर गये। सत्यधन भी गुस मार्ग से अपने आवास पहुँचकर अपनी तलवार तथा कटार को यथास्थान रखते हुए वस्त्र परिवर्तित कर तत्काल राजभवन पहुँचे। राजभवन में महाराज के कक्ष के बाहर महाराज के शव को वैद्यराज द्वारा विशेष लेप लगा कर संरक्षित रखा गया था उनके चतुर्दिक विशिष्ट जन, परिजन तथा सामान्य जन शोक-निमग्न बैठे हुए थे। महामात्य भी शान्तभाव से जाकर भूमि तल पर बैठ गये। मुख्य न्यायाधिपति ने महामात्य के विलम्ब से आने का कारण पूछा तो महामात्य ने बताया "मैं

अपने निवास से बाहर गया हुआ था, जिसके कारण यह अशुभ समाचार विलम्ब से प्राप्त हुआ। समाचार प्राप्त होते ही तत्काल उपस्थित हुआ हूँ।"

राज भवन शोक में डूबा हुआ था। प्रधान पुरोहित अपने सहयोगियों के साथ औध्र्वदेहिक कार्य हेतु व्यवस्था में संलग्न थे। अन्य जन महाराज की हत्या की चर्चा, परिचर्चा में लगे थे यथा- ऐसा जघन्य कार्य कैसे हुआ? महाराजश्री के अगंरक्षक कहाँ थे? उन्होंने प्रतिरोध क्यों नहीं किया? प्रधान अगंरक्षक दोषी हैं। उन्हें क्यों नहीं कारागार में डाल दिया जाय? प्रधान दण्डाधिपति इनके दण्ड का शीघ्र निर्धारण करें। गुप्तचर क्या कर रहे थे? उन्हें विजयगढ़ नरेश के शत्रुभाव का पूर्व में ज्ञान क्यों नहीं था? यदि था, तो क्या उनके द्वारा महामात्य सत्यधन को पूर्व में अवगत कराया गया था अथवा नहीं? इस हत्याकाण्ड का प्रतिशोध कब लिया जायगा? प्रभृति चर्चाएं जनमानस को उद्वेलित कर रही थीं। काशी प्रान्त की जनता मुख्य मार्गों पर उतर कर न्याय की माँग कर रही थी। विजयगढ़ से प्रतिशोध की माँग कर रही थी। विजयगढ़ पर आक्रमण तक की बात कर रही थी। राजपुरोहित के दिशा निर्देशन में महाराजश्री को मुखाग्नि उनके पुत्र रुद्रादित्य ने विशिष्टजन के लिए आरक्षित मणिकर्णिका के विष्णु-पद पर पारम्परिक क्रियाओं को सम्पन्न करते हुए, दी।

उसी दिन अपराह्न के बाद विजयगढ़ नरेश की पञ्चगढ़ के अरण्य में हत्या हो जाने का समाचार काशीवासियों को मिला। काशी प्रान्त के जन सामान्य के लिए यह समाचार किसी बड़ी राजकीय उपलब्धि से न्यून नहीं था परन्तु राजभवन में स्थित शुभंवदा के लिए वज्रपात होने से कम नहीं था। शुभंवदा

की आशंका सत्य सिद्ध हो चुकी थी। उसे पूर्वानुमान था कि सत्यधन प्रतिशोध में शीघ्र ही विजयगढ़ नरेश की हत्या करवा सकते हैं। हत्या के दिन सुचरिता के निवास पर जाने का उसका उद्देश्य महामात्य सत्यधन द्वारा लिए जाने वाले प्रतिशोध को रोका जाना था। विजयगढ़ नरेश उसकी सखी के पति थे। उसकी सखी भी उसी की भाँति विधवा हो गयी थी।

वैधव्य का जीवन कितना दुस्तर होता है, उसे ज्ञात था उसकी माता ने विधवा का जीवन व्यतीत किया था। उसे दुःख इस बात का था कि इस दुर्घटना का पूर्वानुमान होने पर भी वह इसे रोक नहीं पायी थी। दुःख इस बात का भी था कि महामात्य सत्यधन ने राजपरिवार को विश्वास में लिए बिना ही यह कार्य सम्पन्न करा दिया था। हो सकता है सत्यधन ने महामात्य पद के अनुरूप राजधर्म का पालन किया हो परन्तु प्रतिशोध के लिए विमर्श आवश्यक था। सम्भव है यह कोई बड़ा षड्यन्त्र हो। विजयगढ़ नरेश की हत्या के उपरान्त इस रहस्य का कभी उद्घाटन ही न होने पाये। अतः आवश्यक था उन्हें बन्दी बनाया जाता। पूछताछ की जाती, तदुपरान्त न्यायाधिपति द्वारा दण्ड निर्धारित किये जाने पर उन्हें दण्डित किया जाता।

यद्यपि प्रामाणिक रूप से यह निश्चित नहीं था कि विजयगढ़ नरेश की हत्या किसने की थी? किन परिस्थितियों में की गयी? इत्यादि प्रश्न अभी भी अनुत्तरित थे परन्तु शुभंवदा का अनुमान सत्य सिद्ध हो चुका था। हत्या के समय सत्यधन अपने आवास पर नहीं थे, उनके अंगरक्षक, अश्वारोही भी अपने निवास पर नहीं थे। हत्या जैसा "कार्य", किसी कारण विशेष से किया जाता है, इसमें महाराजश्री की हत्या-जैसे कार्य में प्रतिशोध "कारण" विशेष था। इसलिए सारी अनुमिति महामात्य पर ही जाती थी।

महारानी शुभंवदा ने महामात्य सत्यधन से वार्ता कर इसको प्रमाणित करना चाहा। अतएव महारानी ने महामात्य सत्यधन को आदेशयुक्त बुलावा, प्रधान अंगरक्षक के माध्यम से भिजवाया कि उन्हें उनके समक्ष अभिरक्षकों की अभिरक्षा में प्रस्तुत किया जाय। तत्समय मुख्य दण्डाधिकारी भी उपस्थित रहें।

सत्यधन को आदेशयुक्त बुलावा प्राप्त हुआ कि वो पूर्वाह्न दस वादन पर दिवंगत महाराजश्री के सभाकक्ष में मुख्य न्यायाधिकारी के समक्ष उपस्थित हों। उन्हें यह भी अवगत कराया गया कि महारानी स्वयं भी उनसे कुछ पृच्छा कर सकती हैं अतः इस हेतु भी वे मानसिक रूप से तैयार होकर बिना अपने अंगरक्षको के, महाराजश्री के सभाकक्ष में निर्दिष्ट समय पर उपस्थित होना सुनिश्चित करें।

सत्यधन महारानी शुभंवदा के आदेश के अनुपालन में ससमय महाराजश्री के सभाकक्ष में उपस्थित हुए। सभाकक्ष में महारानी मुख्य आसन पर तथा मुख्य न्यायाधिकारी, दण्डाधिकारी उनके दक्षिण भाग की पंक्ति के प्रथम आसन पर विराजमान थे। महामात्य सत्यधन-महारानी एवं मुख्य न्यायाधिपति को प्रणाम कर "आदेश" कह कर सावधान की मुद्रा में नत दृष्टि, नत सिर खड़े हो गये।

सर्वप्रथम मुख्य न्यायाधिपति ने महामात्य से प्रश्न किया– "महामात्य विजयगढ़ नरेश की हत्या के विषय में आप क्या जानते हैं? क्या आपको पता है उनकी हत्या हो गयी है?"

"जी हाँ- मैंने सुना है, पञ्चगढ़ अरण्य के निर्जन मार्ग पर उनकी एवं उनके अंगरक्षकों की हत्या हो गयी है"–महामात्य ने कहा।

"तत्समय आप अपने आवास पर नहीं थे, आप कहाँ थे?" न्यायाधिपति ने पूछा।

राजभवन के समीप के अरण्य में विषेष युद्धाभ्यास हेतु गया था। यह युद्धाभ्यास पूर्व निश्चित पाक्षिक एवं गोपनीय होता है। इसमें मेरे अंगरक्षक तथा कतिपय चयनित विशेष योद्धा उपस्थित रहते हैं, उसी में मैं भी सम्मिलित था।–महामात्य ने कहा।

"आप असत्य भाषण कर रहे हैं"–महारानी शुभंवदा ने कहा। "आपने षड्यन्त्र पूर्वक महाराज विजयगढ़ की हत्या अपने अंगरक्षकों से करवाई है। आपने स्वयं इस अभियान को संचालित किया है। इतना बड़ा निर्णय आप स्वयं कैसे ले सकते हैं, महामात्य। राजपरिवार के किसी सदस्य को आपने विश्वास में नहीं लिया, मुझसे तक परामर्श करना उचित नहीं समझा? मेरी अनुमिति है आपने विजयगढ़ नरेश की हत्या करवाई है। आप हत्या के दोषी हैं।–"महामात्य विजयगढ़ नरेश ने महाराजश्री की हत्या कर दी थी। उसी के प्रतिशोध के लिए आपने विजयगढ़ नरेश की हत्या करवायी। आपको ज्ञात है- प्रतिशोध लेने के लिए भी मन्त्रिपरिषद् एवं राजपरिवार को विश्वास में लेना आवश्यक है। ऐसा आपने कुछ भी नहीं किया। आपने विधि-विरुद्ध कार्य किया है, विधि नियमों का उल्लंघन किया है। विजयगढ़ नरेश से काशिराज परिवार के मैत्री सम्बन्ध थे। महाराजश्री की हत्या के पीछे एक बड़ा षड्यन्त्र भी हो सकता है जिसका पता लगाया जाना चाहिए था परन्तु आपने ऐसा नहीं होने दिया। महाराजश्री की हत्या का अनर्थ हुआ ही था कि आपकी 'त्वरा' के कारण एक और अनर्थ हो गया। न्यायाधिपति इनके लिए दण्ड का निर्धारण, आप द्वारा किया जाना चाहिए।"

“न्यायाधिपति! महोदय, मैं दोषी नही हूँ। मैंने विजयगढ़ नरेश की हत्या नहीं करवायी है, न ही उनकी हत्या के षड्यन्त्र में मेरा किसी प्रकार का सहयोग है। हत्या मेरे द्वारा करवायी, अथवा की गयी है, इसका कोई प्रमाण नहीं है। महारानी केवल अनुमान के आधार पर ‘ऐसा हुआ होगा’ कह रही हैं। अतएव मैं निर्दोष हूँ”–महामात्य ने कहा।

“बिल्कुल अभी आप दोषी नहीं है परन्तु महामात्य स्मरण रखिए यदि आपके ऊपर सप्रमाण दोष सिद्ध हो गया तो आप किले के कारागृह में आजीवन निरुद्ध रहेंगे। उस कारागार के कक्ष में जहाँ भगवान् भास्कर की किरणें तक नहीं जाती हैं। अन्धकार में, अन्धकार पूर्ण जीवन व्यतीत करना पडेगा। कोई कितने भी बड़े पद पर आसीन क्यों न हो यदि उसने विधि-विरुद्ध कार्य किया है तो उसे दण्ड मिलेगा, अवश्य मिलेगा और आप इसके अपवाद नहीं होंगे, आपका यह कार्य निरंकुशता की श्रेणी में आता है”–महारानी ने कहा।

न्यायाधिपति ने रक्षकों को आदेशित किया कि महामात्य को इनके आवास पर निरुद्ध रखा जाय तथा आदेश दिया– “महामात्य बिना अनुमति के आप अपना आवास छोड़कर कहीं बाहर नहीं जायेंगे, न जनपद से न ही प्रदेश से।”

“यथादेश”–सत्यधन ने कहा।

तदुपरान्त न्यायाधिपति के आदेश से ‘न्याय-समिति’ की बैठक सम्पन्न हुई।

*****

चौदहवीं तरंगः मृगया

प्रतिवर्ष महाराजश्री के अनुज महाराज निर्भयादित्य नौगढ़ एवं विजयगढ़ की सीमा पर स्थित सघन वन में दस दिवसीय मृगया हेतु जाते थे। इस वर्ष भी मृगया का कार्यक्रम महाराज ने बनाया। अतः मृगया हेतु समस्त आवश्यक वस्तुएं पूर्व में ही नौगढ़ के वन में एक निश्चित स्थान पर पहुँचा दी गयीं। कतिपय सहायकों तथा अंगरक्षकों के साथ महाराज निर्भयादित्य अश्वारोहण कर नौगढ़ के वन में स्थापित शिविर में पहुँचे। दूसरे दिन प्रातःकाल स्थानीय निवासियों के साथ मिलकर मृगया का कार्यक्रम सुनिश्चित किया गया।

विभिन्न अस्त्र-शस्त्रों से सज्जित अपने सहायकों एवं मृगया में निपुण, धनुष संचालन में पारंगत अरण्य जन तथा भाला-प्रक्षेपण में महारत प्राप्त प्रक्षेपकों के साथ महाराज ने मृगया प्रारम्भ की। जहाँ तक अश्व जा सकते थे वहाँ तक अश्वारोहण कर तदुपरान्त पैदल ही सघन वन में महाराज पहुँचे। स्थानीय निवासियों के समूह द्वारा कोलाहल किये जाने पर शूकर एवं हिरण प्रायः भयवशात् भागते दिख जाते। महाराज के सहायकों ने अनेक वन्य पशुओं का आखेट किया परन्तु महाराज

निर्भयादित्य किसी भी वन्य पशु पर लक्ष्य-सन्धान नहीं कर सके। दिवस के अवसान का समय हो चला था तभी एक हिरण दिखायी पड़ा। महाराज ने उसका अनुगमन किया। मृग अत्यन्त तीव्र गति से भागता हुआ अरण्य में विलीन हो गया। महाराज रिक्तहस्त शिविर में वापस नहीं जाना चाहते थे अतः मृग के पीछे जाने की इच्छा से, स्वयं भी तीव्र गति से भागते हुए सघन वन में प्रवेश कर गये। मृग भी अपनी प्राण रक्षा हेतु तीव्र वेग से इधर-उधर भागता हुआ मृगया हेतु असुरक्षित क्षेत्र में प्रवेश कर गया।

मृगया से पूर्व शिविर में ही स्थानीय निवासियों द्वारा महाराज को यह अवगत कराया गया था कि वन के मध्य में एक व्याघ्र युगल रह रहा है। दोनों अत्यन्त हिंस्र हैं मनुष्य को देखते ही आक्रामक हो जाते हैं। ऐसा सुनकर महाराज ने कहा था–“नौगढ़ के वन में व्याघ्र-व्याघ्री नहीं है प्रत्युत विजयगढ़ के अरण्य में कतिपय व्याघ्र अपने परिवार के साथ निवासित हैं।”

वनवासियों के प्रधान ने भी अवगत कराया था कि “महाराज विजयगढ़ के वन में तो व्याघ्र हैं ही, एक युगल नौगढ़ के वन में भी रह रहा है। सत्य तो यह है कि दोनों विजयगढ़ के वन में ही रहते थे परन्तु विजयगढ़ नरेश ने वनवासियों के द्वारा कई दिनों तक कोलाहल करा कर उन्हें नौगढ़ के वन में खदेड़ दिया है। दोनों व्याघ्र एवं व्याघ्री कई वनवासियों पर हमला कर चुके हैं, कई के तो प्राण भी ले चुके हैं अतः हमें उस क्षेत्र में मृगया हेतु नहीं जाना चाहिए।”

वनवासी प्रधान द्वारा कही गयी बातों को महाराज ने गम्भीरता से नहीं लिया और उनसे यही एक प्रमाद हो गया। महाराज मृग का पीछा करते-करते उसी निषिद्ध क्षेत्र में एकाकी

चलते चले गये। सभी सहायक एवं अनुचर पीछे छूट गये। वन क्षेत्र के अन्दर पुनः वही हिरण दृष्टिगत हुआ। महाराज ने धनुष से बाण चलाया जो मृग को लगा, मृग थोड़ी दूर जाकर गिर पड़ा। एकाकी महाराज मृग के समीप पहुँचे तभी झाड़ी में कुछ आहट हुई। महाराज सतर्क होते उसके पूर्व ही एक व्याघ्र ने उनके ऊपर हमला कर दिया। महाराज ने अपनी तलवार से व्याघ्र के ऊपर भयंकर प्रहार किया जिसके एक वार में ही व्याघ्र भूमि पर गिर पड़ा और अपने प्राण त्याग दिये। तभी पीछे छिपी व्याघ्री ने महाराज पर आक्रमण कर दिया। क्लान्त महाराज निर्भयादित्य उसका प्रतिकार नहीं कर सके और भूमि पर गिर पड़े। व्याघ्री ने अपने पंजों से कई वार महाराज के शरीर पर किये, उन्हें सम्भलने एवं प्रहार करने का अवसर नहीं दिया। महाराज के शरीर से तीव्र रक्तस्राव होने लगा, साथ में कोई सहायक भी नहीं था। घायलावस्था में भी महाराज ने व्याघ्री पर अपने खड्ग से अनेक वार किये, घायल व्याघ्री वन में भाग गयी परन्तु उसके पूर्व वह महाराज के ऊपर प्राण घातक हमला कर चुकी थी। महाराज के प्राण संकट में थे, कोई सहायक नहीं, कोई अनुचर नहीं, रक्तस्राव तेजी से हो रहा था। अन्ततः महाराज को खोजते हुए शेष सहायक पहुँचे तब तक महाराज की स्थित गम्भीर हो चुकी थी। सहायकों ने तत्काल उन्हें मुख्य शिविर पहुँचाया। शिविर में उपस्थित राजवैद्य ने रक्तस्राव रोकने का बहुशः प्रयत्न किया, रक्तस्राव शरीर के आन्तरिक अंगों में भी हो रहा था जिसे रोकने में राजवैद्य असफल रहे। परिणाम स्वरूप महाराज ने शिविर में अपने प्राण त्याग दिये। जब यह समाचार काशीवासियों को मिला तो कुछ ने इसे विधि का विधान माना, तो कुछ ने महाराज की अनवधानता, कतिपय लोगों ने वन्यपशुओं के स्वभाव विषयक महाराज की अज्ञानता,

तो कुछ ने महाराज का स्वयं के बल पर अति विश्वास को दोष दिया। इस प्रकार की चर्चाएं काशीवासियों के मध्य होती रहीं परन्तु महाराज निर्भयादित्य की पत्नी अर्चिष्मती ने इसे व्याघ्री द्वारा किये गये प्रहार को न मानते हुए इसके लिए वास्तविक दोषी विजयगढ़ नरेश को माना। उन्हीं के द्वारा विजयगढ़ वन से भगाये गये व्याघ्र युगल में से एक ने महाराज निर्भयादित्य के प्राण हर लिए थे।

अर्चिष्मती प्रतिशोध की ज्वाला में दिन रात सन्तस रहती थी। अतः वह अवसर की प्रतीक्षा में थी कि उचित अवसर प्राप्त हो और महाराज निर्भयादित्य की हत्या का प्रतिशोध लिया जाय।

*****

पन्द्रहवीं तरंगः मातुल मतंग

महारानी अर्चिष्मती का पितृव्य पुत्र 'मतंग'। यदा-कदा राजभवन आता और कतिपय दिनों में ही कोई न कोई विवाद पैदा कर जाता। जिन किन्हीं दो व्यक्तियों, पार्षदों के साथ कुछ क्षण बैठ जाय तो उनके मध्य द्वैध पैदा कर देना उसके लिए सामान्य बात थी। वह प्रभुत्व सम्पन्न, संस्कारहीन, उच्छृंखल, अविवेकी युवा था। किसी भी स्थान पर वह स्थिर नहीं रहता। कभी यहाँ, तो कभी वहाँ, अपने सगे सम्बन्धियों के यहाँ घूमता रहता था।

दौवारिक से लेकर महामात्य तक किसी के यहाँ जाने एवं वार्ता करने में उसे किञ्चित् भी संकोच नहीं था, न ही प्रतिष्ठा की चिन्ता, न पद का गौरव। सबसे मिलना, वार्ता करना एवं वार्ता के मध्य ऐसी वार्ता कर देना कि सामने वाले के मन में द्वन्द्व पैदा हो जाय। दो मित्रों को प्रतिद्वन्द्वी बना देना उसके लिए अत्यन्त सरल कार्य था। यद्यपि मतंग के इस गुण से सभी परिचित थे, सभी सावधान रहते, तथापि उसके बौद्धिक विवर्त में प्रायः लोग फँस जाते थे। पूरा राजभवन उसे 'मातुल' या 'मामाश्री' कहता था। वही मतंग सायंकाल अर्चिष्मती के कक्ष

में पहुँचा और अर्चिष्मती के चरण स्पर्श कर शान्त भाव से बैठ गया। अर्चिष्मती ने पूछा–"बहुत दिनों बाद आये, मतंग"।

"आपके यहाँ क्या आता, दीदी। आप का यह वैधव्य और आपके अन्य दुःख मुझसे देखे नहीं जाते। आपको देखकर हृदय विदीर्ण हो जाता है"–मतंग ने कहा।

"हाँ", वैधव्य के दुःख का पारावार नहीं है परन्तु क्या कर सकते हैं? 'हरीच्छा' ईश्वर का जो विधान है, उसे कौन टाल सकता है, मतंग"।

"अवश्य दीदी, ललाट पर लिखे को कोई टाल नहीं सकता है परन्तु परिवारीजन द्वारा प्रदत्त दुःखों का समाधान तो किया ही जा सकता है"–मतंग ने कहा।

"अरे नहीं, मतंग परिवारीजन द्वारा मुझे कोई दुःख नहीं दिया जाता, सभी सदस्य मेरा यथोचित आदर एवं सम्मान करते हैं। मुझे किसी से कोई विज्ञापना नहीं है।"

"आप अवगत नहीं करायेंगी तो क्या, इससे आपके दुःख न्यून हो जायेंगे। आप सोच रही हैं, आपके दुःख के कारण मुझे ज्ञात नहीं होंगे। मैं पूर्णतया अवगत हूँ, दीदी"–मतंग ने कहा।

"क्या ज्ञात है तुम्हें"–अर्चिष्मती ने पूछा।

"आपकी उपेक्षा की जाती है। आपको पारिवारिक उत्सवों में सम्मिलित नहीं किया जाता। राजभवन से बाहर आपको जाने नहीं दिया जाता। यह तो कारागार में रखे जाने जैसा है, दीदी"।

"इससे जीवन में क्या अन्तर आना है? जो चला गया उसके लिए नित्य मन दुःखी करने से क्या लाभ? अब तो भगवान् भूत भावन की शरण में हूँ। वो जैसे चाहें, वैसे रखें।"

"आपका कथन सत्य है दीदी। महादेव की इच्छा तो सर्वोपरि है परन्तु जो परिवारीजन आपको सुविचारित दुःख दे रहे हैं, उनका क्या?"

"सुविचारित दुःख?" अर्चिष्मती ने साश्चर्य पूछा।

"हाँ दीदी, आप इतनी सरल हृदया हैं कि समझ ही नहीं पातीं कि राजभवन में आपके प्रति कैसा षड्यन्त्र रचा जाता है।"

"अरे नहीं, मतंग कोई षड्यन्त्र नहीं होता। सभी मेरा सम्मान करते हैं, बड़े स्नेह से रखते हैं। यह तुम्हारे मन का भ्रम है।"

"काश! यह भ्रम ही होता, परन्तु है नहीं, दीदी।" अगर बड़ी दीदी (शुभंवदा) चाहतीं तो आपको किसी भी गढ़ की शासिका बना कर भेज सकती थीं। आप स्वतंत्र रूप से कराधान कर बिना किसी प्रतिबन्ध के आनन्द पूर्वक जीवन व्यतीत करतीं। अभी तो विजयगढ़ से प्राप्त 'कर' में से पूर्व निश्चित राशि ही आपको प्राप्त होती है। आपको जो शासनाधिकार (पत्र) प्राप्त है–उसमें स्पष्ट लिखा है कि–"विजयगढ़ से प्राप्त 'कर' में से ही आपका भाग निश्चित होगा"–मतंग ने कहा।

"ठीक ही तो है, इसमें क्या आपत्ति है"–अर्चिष्मती ने पूछा।

"यही तो आपत्ति है, दीदी। विचार कीजिए, यदि विजयगढ़ नरेश ने किसी कारणवश काशी नरेश को 'कर' देना बन्द कर

दिया तो आपके नैत्यिक एवं मासिक व्यय का क्या होगा? धनराशि कहाँ से प्राप्त होगी?"

"कहीं अन्यत्र से प्राप्त होगी, ऐसा तो नहीं हो सकता कि मेरे द्वारा व्यय की जाने वाली धनराशि मुझे मिले ही नहीं। किसी अन्य मद से इसकी व्यवस्था कोषाध्यक्ष करेंगे। इसमें तुम्हें चिन्तित होने की आवश्यकता नहीं है, मतंग। यह हमारा पारिवारिक प्रकरण है"–अर्चिष्मती ने कहा।

"अवश्य पारिवारिक मामला है, दीदी परन्तु मुझे तो परिवार की नहीं, आपकी चिन्ता है। क्या आपको ज्ञात है कि आपको प्राप्त होने वाली राशि आधी कर दी गयी है। मुझे पूर्ण विश्वास है, आपको इसका ज्ञान नहीं है"–मतंग ने कहा।

"मुझे तो ज्ञात नहीं है कि ऐसा हो रहा है। आय-व्यय का आगणन कोषाधिकारी के पास रहता है उन्होंने मुझसे इसकी चर्चा नहीं की"–अर्चिष्मती ने कहा।

"आपको तो उस दिन ज्ञात होगा दीदी, जिस दिन आप द्वारा व्यय की जाने वाली धनराशि बन्द कर दी जायगी और आप परिवार के अन्य सदस्यों के ऊपर आश्रित हो जायेंगी।"

"देखो मतंग तुम हमारे परिवार के प्रति जो मनोमालिन्य रखे हो, उसे समाप्त करो, जैसा तुम सोचते हो, वैसा कुछ भी नहीं है। मुझे सभी बड़े स्नेह देते हैं और छोटे आदर। अतः तुम अपनी सोच परिवर्तित करो। इस प्रकार के विचार तुम्हारी सीमित सोच के परिचायक हैं। अपने अन्दर उदात्त भाव उत्पन्न करना सीखो"–अर्चिष्मती ने कहा।

"ठीक है दीदी यदि आप इन्हीं विषम परिस्थितियों में प्रसन्न हैं तो अच्छी बात है, मुझे क्या लेना-देना राजभवन से। मुझे कहाँ, यहाँ का राजकुमार या राजा बनना है। मैं तो आपके भविष्य के प्रति चिन्तित रहता हूँ।"

"जो भी हो मतंग तुम मेरी चिन्ता मत किया करो"– अर्चिष्मती ने कहा।

"कैसे न करूँ, दीदी आपकी चिन्ता सदैव बनी रहती है। "अधिकारतः प्रासव्य यदि दयाभाव से प्राप्त हो तो वह त्याज्य है, ग्राह्य नहीं, मेरी सामान्य बुद्धि तो यही कहती है"–मतंग ने कहा।

"सम्भवतः तुम उचित कह रहे हो, मतंग परन्तु वास्तविकता यह नहीं है, जो तुम सोच रहे हो।"

"कोई बात नहीं दीदी, मैंने अपने विचार आपके समक्ष रखे। आगे निर्णय आपको करना है। मैंने अपने कर्तव्य का पालन किया, वैसे आप स्थिर-चित्त होकर मेरी बातों पर विचार कीजिएगा"–मतंग ने कहा और शान्त होकर बैठ गया परन्तु उसने सन्देह का बीज अर्चिष्मती के मस्तिष्क में आरोपित कर दिया था।

"वैसे मतंग मैं कर भी क्या सकती हूँ"–अर्चिष्मती ने कहा।

"आप बहुत कुछ कर सकती हैं, दीदी। मुझे विश्वस्त सूत्रों से ज्ञात हुआ है कि शीघ्र ही विशेषाधिकार समिति की बैठक आहूत की जाने वाली है, उस समिति में आप विशिष्ट सदस्य हैं। आप बैठक के प्रारम्भ में ही विजयगढ़ का विषय चर्चा हेतु रखिए। अनुक्रम को छोड़ते हुए मुख्य चर्चा का विषय इसे ही बनाइये।

हो सकता बड़ी दीदी आपका विरोध करें परन्तु आप उनकी बातों पर रंच मात्र भी ध्यान मत दीजिएगा। विजयगढ़ नरेश को मार्ग पर ले आने हेतु यदि आक्रमण का प्रस्ताव आवश्यक हो तो उसे भी ले आइयेगा।"

"परन्तु मतंग वहाँ महामात्य भी रहेंगे बिना उनके विचार जाने मैं इतने बड़े विषय को कैसे बिना अनुक्रम के चर्चा हेतु प्रस्तावित कर सकती हूँ, यह तो वरिष्ठ सदस्यों का अनादर होगा"–अर्चिष्मती ने कहा।

"अनादर कैसे होगा, आपको विशेषाधिकार प्राप्त है, किसी भी विषय को चर्चा हेतु समिति के समक्ष रख सकती हैं। एक और रहस्य की बात बताऊँ दीदी, महामात्य एवं बड़ी दीदी का मात्र विजयगढ़ को दण्डित किये जाने के प्रश्न पर मतैक्य नहीं हैं। महामात्य विजयगढ़ के प्रति अत्यन्त कठोर भाव रखते हैं जबकि बड़ी दीदी, उदार। महामात्य का वश चला होता तो अब तक विजयगढ़ अपने अस्तित्व की रक्षा के लिए काशी नरेश के समक्ष प्रार्थना कर रहा होता परन्तु बड़ी दीदी महामात्य को, कठोर कार्यवाही हेतु निषेध करती रहती हैं। यही अवसर है दीदी, विजयगढ़ से प्रतिशोध लेने का। महामात्य एवं बड़ी दीदी में द्वैध उत्पन्न करने का। महामात्य आपके प्रस्ताव के पक्ष में होंगे जबकि बड़ी दीदी विरोध में। महामात्य जब बड़ी दीदी के विपक्ष में होंगे तो आपका प्रस्ताव पारित हो जायगा। समिति में वर्चस्व महामात्य का ही है।"

"लेकिन मतंग मुझे यह उचित प्रतीत नहीं हो रहा है। इसका प्रत्यक्ष परिणाम महामात्य एवं दीदी में द्वैध उत्पन्न करना प्रतीत हो रहा है जबकि मैं ऐसा कथमपि नहीं चाहती हूँ। कोई अन्य मार्ग बतलाओ"–अर्चिष्मती ने कहा।

"अन्य कोई मार्ग नहीं है दीदी। संयोगवशात् यह उचित अवसर है विजयगढ़ से प्रतिशोध लेने एवं आपको अपना अधिकार प्राप्त करने का। वैसे अभी कोई त्वरा भी नहीं है, आप स्थिर-चित्त से विचार कर लीजिएगा। पुनः मेरे सुझावों को कार्य रूप में परिणत कीजिएगा। इसमें आप स्वतन्त्र हैं यहाँ आपकी इच्छा प्रधान है"–मतंग ने कहा और इसके साथ ही खड़े होकर अर्चिष्मती का अभिवादन करते हुए अपराह्न अवध लौट जाने की बात कहता हुआ कक्ष से बाहर निकल गया।

द्वारपाल द्वारा 'मामाश्री को प्रणाम' कहे जाने पर प्रत्यभिवादन कर एक कुटिल मुस्कान मुखमण्डल पर लाते हुए तीव्र गति से मतंग राजभवन से बाहर चला गया।

*****

सोलहवीं तरंग: अर्चिष्मती

❖

विशेषाधिकार समिति की एक बैठक राजभवन के सभागार में आहूत की गयी। काशिराज के उत्तराधिकारी महाराजश्री रुद्रादित्य, महारानी शुभंवदा, काशिराज के अनुज स्व० निर्भयादित्य की धर्मपत्नी अर्चिष्मती, महामात्य सत्यधन, प्रधान न्यायाधिपति, प्रधान सेनापति, दण्डाधिकारी, कोषाधिकारी आदि अनेक गणमान्य व्यक्ति समिति के सदस्य थे। समिति की बैठक प्रान्त की राजनीतिक, सांस्कृतिक तथा सामाजिक स्थितियों के विमर्श हेतु आहूत की गयी थी। महामात्य ने सभी सदस्यों का स्वागत किया तदुपरान्त निर्धारित विषयावली के अनुसार चर्चा प्रारम्भ हुई ही थी कि उसके मध्य में हस्तक्षेप करती हुई अर्चिष्मती ने महामात्य से प्रश्न किया–"महामात्य समिति को यह अवगत कराने का कष्ट करें कि विजयगढ़ के विषय में हमारे प्रान्त की क्या नीति है? विजयगढ़ नरेश अरिमर्दन ने महाराजश्री की हत्या की थी वे मेरे पति की हत्या के भी दोषी थे, संयोगवशात् उनकी भी हत्या नौगढ़ के वन में हो गयी। यद्यपि यह अद्यावधि अनिर्णीत है कि उनकी हत्या किसने की? हत्यारोप तो महामात्य पर ही लगा था परन्तु यह प्रमाण

113

सिद्ध नहीं हो सका। जनता के समक्ष यह स्पष्ट क्यों नहीं किया जाता कि विजयगढ़ नरेश की हत्या किसने की? इस रहस्य का उद्घाटन किया जाना चाहिए। इस रहस्य का उद्घाटन नहीं होने तथा दोषी को दण्डित नहीं किये जाने से विजयगढ़ के एतत्कालिक नरेश रिपुदमन एवं उनके पदाधिकारी निरंकुश हो गये हैं, नौगढ़ एवं काशी के नागरिकों के प्रति स्वच्छन्दाचरण कर रहे हैं। इस कारण काशी नरेश एवं प्रान्त की प्रतिष्ठा धूमिल हो रही है। वे पूर्व निश्चित 'कर' भी ससमय कोषागार में जमा नहीं करा रहे हैं।"

अभी अर्चिष्मती बोल ही रही थीं कि महारानी शुभंवदा ने मध्य में रोकते हुए कहा–"अर्चिष्मती विजयगढ़ नरेश की मृत्यु हो गयी है। मरण के उपरान्त सभी वैर समाप्त हो जाते हैं। सम्प्रति उनकी हत्या हो चुकी है। अतः हत्या किसने की? हत्या का हेतु क्या था? इस विषय पर यहाँ चर्चा उचित नहीं है।"

"चर्चा तो यहीं होगी दीदी। यही समिति किसी भी प्रकार के कठिन निर्णय लेने में सक्षम है और रही मरण के उपरान्त वैर समाप्त करने की बात तो ठीक है। विजयगढ़ नरेश ने राजपुरुष की हत्या की थी। उनका लक्ष्य प्रान्त को कमजोर करना तथा विजयगढ़ की उन्नति करना था। विजयगढ़ नरेश की मृत्यु के उपरान्त विजयगढ़ काशी से वैर साध रहा है परन्तु हम उनको कठोर दण्ड न देकर उनके कृत्यों को प्रश्रय दे रहे हैं"।

"लोक में चर्चा है कि विजयगढ़ नरेश की हत्या महामात्य ने प्रतिशोध में करायी थी। महामात्य का यह कृत्य राज्यहित में प्रशंसनीय था परन्तु आपने तो महामात्य को सन्देह मात्र से बन्दी गृह में लगभग डलवा ही दिया था। प्रधान दण्डाधिकारी

से आपने आग्रह किया था कि अपराध सिद्ध होने तक इन्हें बन्दी-गृह में ही रखा जाय। यह तो उत्तम हुआ कि कोई प्रमाण उपलब्ध नहीं हुआ अन्यथा आपने तो महामात्य को कारागृह में रखने की व्यवस्था भी विचारित कर रखी थी।"–अर्चिष्मती ने कहा।

"प्रिय अनुजा मेरे प्रति तुम इतना दुर्भाव रखती हो, मुझे ज्ञात नहीं था। मैंने जो कुछ भी किया था वह प्रान्त एवं राजपरिवार के हित में ही किया था। तुम्हीं सुझाव दो कि विजयगढ़ के प्रति क्या किया जाय? यदि तुम्हारे प्रस्ताव पर सर्व सम्मति बनी तो तद्वत् कार्यवाही भी अवश्य की जायगी"–शुभंवदा ने कहा।

"कार्यवाही तो अवश्य होनी चाहिए। आज मेरा समिति से अनुरोध है कि अन्य विषय को छोड़कर अक्रम से इस विषय पर चर्चा हो और ठोस निर्णय आज ही लिया जाए"–अर्चिष्मती ने कहा।

तदुपरान्त महामात्य ने महाराजश्री से अनुमति प्राप्त कर इसी विषय पर सर्वप्रथम चर्चा किये जाने का अनुरोध सम्मानित सदस्यों से किया।

अर्चिष्मती के प्रस्ताव पर चर्चा प्रारम्भ हुई। प्रस्ताव में विजयगढ़ को कठोर दण्ड, जिसमें आक्रमण भी सम्मिलित था, का प्रावधान था। महारानी शुभंवदा इसके समर्थन में नहीं थीं। युद्ध से होने वाली जन-धन-हानि को देखते हुए महारानी इसका विरोध कर रही थीं परन्तु बहुमत अर्चिष्मती के साथ था। परिणामस्वरूप शुभंवदा को ज्ञात हुआ कि वह विशेषाधिकार समिति में अपना वर्चस्व खो चुकी हैं। उन्हें समिति में अपनी उपस्थिति की प्रासंगिकता पर चिन्तन की आवश्यकता का

अनुभव हुआ। प्रथम बार महामात्य सत्यधन उनके विरोध में खड़े दृष्टिगत हुए।

अन्ततः अर्चिष्मती का प्रस्ताव बहुमत से पारित हो गया। शुभंवदा ने इसे व्यक्तिगत पराजय की भाँति लिया।

* * *

महारानी शुभंवदा ने स्वयं को अब लौकिक प्रपंच से मुक्त करने का निश्चय किया। जीवन का शेष समय वह पारलौकिक चिन्तन, आत्मोन्नति हेतु प्रयास करने, जीवन में संकुचित लक्ष्यों को त्याग कर जीवन के अन्तिम ध्येय को प्राप्त करने हेतु तपश्चर्या का मानसिक व्रत लिया।

सामान्य परिस्थिति में–राजभवन छोड़ना उनके लिए सरल नहीं था। अतः कतिपय मास के उपरान्त आने वाले 'चातुर्मास्य व्रत' के ब्याज से राजभवन त्याग करने का निर्णय लिया।

*****

सत्रहवीं तरंग: विजयगढ़ (दुर्ग)

विजयगढ़ दुर्ग काशी से लगभग साठ क्रोश की दूरी पर दक्षिण-पूर्व में स्थित है। विजयगढ़ दुर्ग कोल राजाओं ने पाचवीं शती में बनवाया था बाद में इस दुर्ग पर चन्देल राजाओं ने अपना आधिपत्य स्थापित कर लिया था। इसे 'आद्यवासी' दुर्ग भी कहते हैं क्योंकि इस पर आदिवासी राजाओं का शासन रहा है। वर्षों तक यह क्षेत्र काशिराज के अधीन भी रहा था परन्तु सीमित सैन्य बल, निश्चित वार्षिक खनन इत्यादि प्रतिबन्धों के साथ इसके शासक स्वतन्त्र थे। काशिराज परिवार से इनके मैत्री सम्बन्ध थे परन्तु विजयगढ़ नरेश अरिमर्दन की हत्या के उपरान्त इनके सम्बन्ध मधुर नहीं रह गये। विजयगढ़ का राजपरिवार, विजयगढ़ राजा की हत्या का दोषी काशिराज परिवार को ही मानता था। महाराज अरिमर्दन की हत्या के उपरान्त वहाँ उनके पुत्र का राज्याभिषेक किया गया। राजकुमार की आयु कम होने के कारण अरिमर्दन के पिता रिपुदमन राज्य का कार्यभार सम्भाले हुए थे।

विजयगढ़ नरेश अरिमर्दन की हत्या के उपरान्त प्रान्त की परिस्थितियाँ सर्वथा परिवर्तित हो गयीं। विजयगढ़ का काशी के

प्रति शत्रुभाव जो प्रच्छन्न था, वह प्रत्यक्ष हो गया। विजयगढ़ का सैन्य बल काशी की सीमा में प्रवेश कर सामान्य नागरिकों को संत्रास देने लगा, कृषकों की फसलों को नष्ट करना, तैयार धान्य को उठा ले जाना, किसी भी नागरिक के न्यून अपराध पर उसे बड़ा दण्ड देना, सामान्य बात हो गयी थी। इनका व्यवहार अत्याचार की श्रेणी का होने लगा था। विजयगढ़ के नागरिक भी राजा की हत्या का प्रतिशोध लेने के लिए बारम्बार दबाव बनाते थे। इनके वैरभाव से काशी प्रान्त को धन एवं जन की निरन्तर हानि हो रही थी। विजयगढ़ की दिनानुदिन बढ़ती ज्यादतियों के दृष्टिगत महाराजश्री ने एक आपात् बैठक बुलायी जिसमें महामात्य सत्यधन ने सेनापति अमित्रजित् को विमर्श के लिए आमंत्रित किया।

महाराजश्री रुद्रादित्य के बुलावे पर महामात्य एवं सेनापति राजभवन पहुँचे। महाराजश्री ने विजयगढ़ की समस्या के स्थायी समाधान के लिए विमर्श प्रारम्भ किया। महामात्य ने कहा—"महाराजश्री विजयगढ़ पर आक्रमण कर देना चाहिए। दुर्ग के निम्न भाग में सैन्य शिविर स्थापित कर उनकी खाद्य-आपूर्ति अवरुद्ध कर दी जाय। यदि वे समर्पण नहीं करते हैं तो विजयगढ़ दुर्ग (पार्वत्य दुर्ग) पर आक्रमण कर राजा को पदच्युत कर किसी अन्य सामन्त को पदाभिषिक्त करा दिया जाना उचित होगा।" परन्तु सेनापति अमित्रजित् का विचार था कि दूत के साथ पहले शासनाधिकार (एक पत्र) भेजा जाय जिसमें विजयगढ़ नरेश रिपुदमन द्वारा किये जा रहे कृत्यों का स्पष्ट उल्लेख हो एवं यदि वे अपने व्यवहार में शीघ्र परिवर्तन नहीं लाते हैं, तो उनके ऊपर आक्रमण किये जाने का उल्लेख भी उस पत्र में आवश्यक रूप से हो।

महामात्य सत्यधन दूत भेजे जाने के पक्ष में नहीं थे, उन्हें आशंका थी कि विजयगढ़ नरेश अरिमर्दन की हत्या से उत्पन्न उनका क्रोध, अभी पूर्णतया शान्त नहीं हुआ है। अतः वे दूत को हानि पहुँचा सकते हैं परन्तु सेनापति व महाराजश्री रूद्रादित्य का मन्तव्य था कि प्रथमतः दूत भेजा जाय। उसके वापस आने तक किसी भी कार्यवाही की आवश्यकता नहीं हैं, हो सकता है शासनाधिकार तथा दूतवार्ता से ही वे शान्त हो जाएं एवं पूर्व स्थिति को स्वीकार कर लें। महाराजश्री के निर्देशानुसार शासनाधिकार (पत्र) तैयार कर दूत को विजयगढ़ भेजा गया।

विजयगढ़ के राजपरिवार द्वारा दूत को यथेष्ट सम्मान नहीं दिया गया। उसके साथ उपेक्षात्मक व्यवहार कर इसे आगन्तुक कक्ष में प्रतीक्षा करने के लिए बैठा दिया गया। अधिक समय व्यतीत होने के उपरान्त भी दूत को विजयगढ़ नरेश से न मिला कर वहाँ के महामात्य के समक्ष प्रस्तुत किया गया। महामात्य द्वारा आगमन का कारण पूछे जाने पर दूत ने काशिराज द्वारा प्रदत्त पत्र प्रस्तुत किया, जिसे महामात्य ने पढ़ा। पत्र में दोनों राज्यों के सुदीर्घ मैत्री सम्बन्धों तथा संलग्न लम्बी सीमाओं का उल्लेख करते हुए दोनों प्रान्तों की सीमाओं पर स्थिति सामान्य किये जाने के अनुरोध के साथ ही पत्र का प्रति लेख प्राप्त करने एवं अन्त में शेष दूत से मौखिक वार्ता सुनने का अनुरोध किया गया था।

"इतना कुछ लिखने के उपरान्त, अभी भी आप को अतिरिक्त कहना शेष है?"–महामात्य ने दूत से पूछा।

"महामात्य, शेष विषय मैं महाराज रिपुदमन को बताऊँगा। मुझे उनके समक्ष उपस्थापित करने का कष्ट करें"–दूत ने कहा।

कुछ अन्तराल के उपरान्त महामात्य ने दूत को विजयगढ़ नरेश के समक्ष उपस्थित किया। दूत ने महाराजश्री को पत्र प्रदान किया।

शासनाधिकार का संक्षेप, महामात्य द्वारा महाराज को पूर्व में ही अवगत करा दिया गया था। शासनाधिकार की अन्तिम पंक्ति में लिखित था कि 'शेष मौखिक रूप से दूत से ज्ञात करें' ऐसा पढ़ कर नरेश ने अनादरपूर्वक कहा–"हाँ तो दूत बताओ पत्रातिरिक्त, किस विषय से तुम मुझे अवगत कराना चाहते हो, पत्र पढ़ने से तो यही प्रतीत हो रहा है कि दोनों प्रान्तों की प्रतिकूल परिस्थितियों के लिए विजयगढ़ ही उत्तरदायी है, साथ ही यह भी संकेतित है कि यदि हमनें पूर्ण सहयोग नहीं किया तो उसके परिणाम का उत्तरदायित्व भी हमारा ही होगा। यथा–सारी त्रुटियाँ हमारे पक्ष से ही हुई हैं। वैसे दूत बताओ आगे काशी नरेश का मन्तव्य क्या है ? यदि हम उनके आदेशानुकूल व्यवहार नहीं करें तो वे क्या करेंगे?"

"नहीं तो वे".... कह कर दूत किञ्चित् क्षण रूका।

"हाँ, हाँ आगे बोलो, नहीं तो क्या?"

"नहीं तो, सशस्त्र बल विजयगढ़ पर आक्रमण कर देंगे।"

"ओह इतना दुस्साहस", महाराज ने उच्च स्वर में कहा।

"दूत, तुम अवध्य हो, नहीं तो मैं तुम्हारे वध का आदेश तत्काल देता, तुम दुर्मुख और वाचाल हो। दूत को तत्काल बन्दी बनाया जाय साथ ही प्रतिलेख काशिराज को भेजा जाय कि हमने उनकी शर्तों को अमान्य करते हुए उनके दूत को बन्दी बना लिया है। यदि काशी नरेश साहस के धनी हों तो

विजयगढ़ पर आक्रमण करें। उनके दुस्साहस का अनुकूल उत्तर दिया जायेगा, वे दिन अतीत हो गये, जब हम उनकी प्रत्येक बात का समर्थन करते थे।"

विजयगढ़ नरेश का आदेश सुनते ही वहाँ उपस्थित आरक्षियों ने दूत को तत्काल बन्दी बना लिया और बन्दीगृह में डाल दिया।

महामात्य सत्यधन को दूत के प्रति अनिष्ट की आशंका पूर्व से ही थी। गुप्तचर द्वारा निश्चित सूचना दिये जाने पर उद्वेलित महामात्य ने दूत के बन्दी बनाये जाने की सूचना तत्काल महाराजश्री को दी। महाराजश्री ने उच्च शक्ति सम्पन्न समिति की बैठक आहूत की। बैठक में समिति द्वारा दूत को तत्काल मुक्त कराये जाने हेतु कार्यवाही किये जाने तथा यदि विजयगढ़ नरेश द्वारा ऐसा नहीं किया जाता है तो तत्काल आक्रमण किये जाने की संस्तुति भी समिति द्वारा की गयी। बिना समय व्यर्थ किये विजयगढ़ को यह संदेश भेजा गया कि तत्काल दूत को मुक्त करें अन्यथा की दशा में आक्रमण से उत्पन्न होने वाली जन-धन हानि हेतु तैयार रहें। ऐसी सूचना मिलते ही विजयगढ़ नरेश ने दूत को मुक्त न किये जाने तथा युद्ध का सामना करने हेतु तैयार हैं, का प्रत्युत्तर काशिराज के पास भेजा।

अब युद्ध अपरिहार्य हो गया था। दश सहस्र सैन्यबल जिसमें अश्वारोही तथा पदाति सैन्य थे, को साथ लेकर काशी के सेनापति अमित्रजित् ने विजयगढ़ हेतु प्रस्थान किया। सेनापति विजयगढ़ पहाड़ी के निम्न भाग में सैन्य-शिविर स्थापित कर यथासमय आक्रमण की प्रतीक्षा करने लगे। प्राथमिक रणनीति थी कि विजयगढ़ दुर्ग की धान्य आपूर्ति तब तक रोकी जाये जब तक ऊपर संग्रहीत धान्य समाप्त न हो जाय। एक मास

की घेराबन्दी के उपरान्त जब धान्य समास होने लगे तथा दुर्ग में स्थित सैन्यबल एवं राजपरिवार को परेशानी होने लगे, तब आक्रमण करना सुनिश्चित किया गया।

काशिराज के सैन्यबल के सापेक्ष विजयगढ़ का सैन्यबल न्यून था। बाह्य भाग से आने वाले विजयगढ़ के सेनानियों को भी काशिराज के सैनिकों ने दुर्ग में जाने से रोक दिया था। विजयगढ़ की सैन्यशक्ति दिन प्रति दिन क्षीण होती जा रही थी। काशी नरेश के सैन्य बल ने आमवस्या की रात्रि में दुर्ग पर आक्रमण कर विजयगढ़ के सैन्यबल को परास्त कर दिया। विजयगढ़ का सैन्य-बल प्रतिरोध तो किया परन्तु वे पराजित हो गये उनके प्रधान सेनापति मारे गये। अन्ततः उनके सैनिकों ने आत्मसमर्पण कर दिया। राजपरिवार के सभी पुरुष सदस्य बन्दी बना लिए गये। विजयगढ़ नरेश को बन्दी बनाकर नौगढ़-दुर्ग में रखा गया।

*****

अट्ठारहवीं तरंग: नौगढ़

काशी के दक्षिण पूर्व में लगभग चालीस क्रोश की दूरी पर नौगढ़-दुर्ग स्थित है, इसका निर्माण काशी नरेश ने करवाया था। नौगढ़ क्षेत्र काशिराज के अधीन था। यह अत्यन्त विशाल समतल, असम एवं पहाड़ी क्षेत्र है। इसका अधिकांश क्षेत्र वनाच्छादित है। इस क्षेत्र की प्रशासनिक व्यवस्था देखने हेतु अनेक सामन्त काशिराज की ओर से नियुक्त थे। इसके सबसे बड़े क्षेत्र पर कोलराज विश्वव्रत का अधिकार था। यह क्षेत्र प्राकृतिक सुषमा, देव निर्झर (देवदरी), राज निर्झर (राजदरी) जैसी अनेक दरियों (गुफाओं), वनौषिधयों एवं मूल्यवान काष्ठादि के लिए जग प्रसिद्ध था।

कोलराज में निष्ठा रखने वाले योद्धा अपनी वीरता के लिए प्रसिद्ध थे, उनके एक आदेश पर प्राणोत्सर्ग करना उनके लिए सामान्य बात थी। काशिराज की सेना में सम्मिलित इस अटवी-बल के योद्धाओं की संख्या सर्वाधिक थी। धनुष-बाण इनके मुख्य अस्त्र थे। इनके विष-बिद्ध बाण किसी भी शत्रु सैनिक के प्राण कुछ क्षणों में हरने में सक्षम थे। बाणों को विष-बिद्ध किये

जाने की प्रक्रिया मात्र इस अटवी-बल के योद्धाओं के पास थी। इस बल में वनवासी सैनिक सम्मिलित थे।

एक बार मगध के सैनिक, सीमान्त क्षेत्र में भ्रमण करते हुए कोलराज को बन्दी बना कर रोहिताश्व दुर्ग ले गये तथा उन्होंने काशी प्रान्त के दक्षिणी पूर्वी सीमा के कई ग्रामों पर अपना आधिपत्य स्थापित कर लिया था। कोलराज का जीवन मगध के सैनिकों के हाथ में था। महामात्य सत्यधन के संज्ञान में आते ही उन्होंने अटवी-बल तथा काशी प्रान्त के सेनापति अमित्रजित् एवं सैन्य बल के साथ रोहिताश्व दुर्ग पर अकस्मात् आक्रमण कर दिया था। जिसमें मगध के बहुसंख्य योद्धा मारे गये थे। महामात्य के कुशल निर्देशन में अपने पक्ष की सामान्य हानि पर सेनापति अमित्रजित् ने कोलराज को मुक्त करा लिया था। तत्समय से कोलराज महामात्य सत्यधन को अपना जीवन प्रदाता मानने लगे थे। उन्होंने शेष जीवन महाराजश्री की सेवा एवं महामात्य के निर्देश पालन में व्यतीत करने का संकल्प किया था।

काशी नरेश जब नौगढ़ की यात्रा पर गये तो विजयगढ़ नरेश रिपुदमन को प्रधान आरक्षी द्वारा उनके समक्ष प्रस्तुत किया गया। काशी नरेश द्वारा सन्धि विषयक वार्ता किये जाने पर विजयगढ़ नरेश ने कहा–"मैं आपका बन्दी हूँ, आप मुझ पर सन्धि की जो भी शर्तें आरोपित करना चाहें कर लें, उनका अनुपालन मेरी विवशता है, परन्तु महाराजश्री आपसे अनुरोध है कि आप के अधिकार प्राप्त सैनिक मेरा राजोचित सम्मान अवश्य करें अन्यथा की दशा में मुझे मृत्यु-दण्ड भी स्वीकार है।"

काशिराज की अनुमति से महामात्य सत्यधन ने सन्धि की शर्तें विजयगढ़ नरेश को पढ़कर सुनायीं। शर्तें निम्नवत् थीं–

1. आप अपना सैन्यबल आधा करेंगे।

2. नौगढ़ के क्षेत्र में आप के लोगों द्वारा किसी भी प्रकार का हस्तक्षेप नहीं किया जायगा।

3. काशी प्रान्त की सीमा का अतिक्रमण नहीं करेंगे।

4. वन-क्षेत्र की उपज से प्राप्त आय का आधा भाग काशी राज्य को प्रेषित करेंगे।

5. शोण नद के बालुका में प्राप्त स्वर्ण कणों से होने वाली आय का आधा भाग काशी नरेश के कोष में जमा करेंगे।

6. स्वतन्त्र अस्तित्व रखते हुए आप अपनी समस्त वार्षिक आय का छठां भाग काशी नरेश को ससमय सम्प्रेषित किया करेंगे।

सन्धि की इन शर्तों को सुनकर महाराज विजयगढ़ ने कहा–"ये असम्मानजनक शर्तें पूर्णतया अमान्य हैं, काशी नरेश। मगर मैं परास्त राजा हूँ, इन शर्तों को मानने के अतिरिक्त मेरे लिए कोई अन्य मार्ग नहीं है अतः आप शर्त के अनुबन्ध को तैयार कीजिए, मैं मुद्रिका पूर्वक हस्ताक्षर करूँगा।"

महाराजश्री काशी नरेश ने महामात्य को तद्वत् कार्य किये जाने का निर्देश दिया। महामात्य ने उपर्युक्त अनुबन्ध पत्र तैयार कराकर महाराज विजयगढ़ के समक्ष हस्ताक्षरार्थ प्रस्तुत किया। विजयगढ़ नरेश ने तत्काल हस्ताक्षर करते हुए कहा–"महामात्य

सत्यधन इस असम्मानजनक अनुबन्ध के मूल में आप हैं, ध्यान रखिए, यह दो राजाओं का पारस्परिक वैर है परन्तु आप पूर्व से ही विजयगढ़ से प्रतिशोध लेने लिए प्रयत्नशील थे। यदि भविष्य में कभी अवसर मिला तो आप द्वारा रचित प्रतिशोध का प्रत्युत्तर भी विजयगढ़ राज द्वारा अवश्य दिया जायगा। यह कालचक्र है, जो सदा गतिशील है। चक्र की अराएं क्रमेण ऊपर नीचे होती रहती हैं, अभी हमारे राज्य के कालचक्र की अराएं निम्न भाग में हैं परन्तु एक न एक दिन ऊपर अवश्य आयेंगी"।

"विजयगढ़ नरेश, मैं तो काशी राज्य का एक सामान्य सेवक हूँ और महाराजश्री काशी नरेश के आदेशों का अनुपालन करने हेतु बाध्य हूँ, मैं महाराजश्री के आदेशों का अनुपालन करता हूँ इसमें मेरा व्यक्तिगत कुछ भी नहीं है"-सत्यधन ने कहा।

"ठीक है महामात्य मैं काल परिवर्तन की प्रतीक्षा करूंगा। एक और इच्छा थी महाराजश्री–मुझे चरणाद्रि दुर्ग (चुनार-किला) के निम्न भाग में बने बन्दी-गृह में रखा जाय ताकि मैं नित्य गंगा स्नान, पूजन एवं तर्पण कर सकूँ"–विजयगढ़ नरेश ने कहा।

महाराजश्री ने तत्काल सहमति व्यक्त कर दी, महाराज विजयगढ़ की प्राथमिक इच्छा भविष्य में गंगा नदी में स्नान के ब्याज से पलायित होने की थी। स्नान, तर्पण तो द्वितीयक थी। यह तथ्य महामात्य को ज्ञात था परन्तु महाराजश्री के आदेश का अनुपालन महामात्य के लिए अनिवार्य था।

अन्ततः विजयगढ़ नरेश को चरणाद्रि दुर्ग के निम्न भाग में निर्मित बन्दी गृह भेज दिया गया। विजयगढ़ की प्रशासनिक व्यवस्था हेतु उनके पौत्र को सिंहासन पर पदासीन करते हुए काशी नरेश के प्रति निष्ठावान् एक सामन्त को संरक्षक बनाते हुए राजकीय व्यवस्था चलाने का निर्देश दिया गया।

*****

ऊन्त्रीसवीं तरंग: आश्रमपद में पुनरागमन

राजभवन में आचार्य सत्यधन को महामात्य पद पर कार्य करते हुए 15 वर्ष कब अतीत हुए, ज्ञात ही नहीं हुआ। राजभवन की नैत्यिक चर्चा और व्यवहार में प्रयुक्त नीति-कूटनीति, षाड्गुण्य (सन्धि, विग्रह, यान, आसन, संश्रय एवं द्वैधीभाव) आदि विषयों के प्रति महामात्य सत्यधन का मन अब विरक्त रहने लगा। यद्यपि उनका अनुभव जन्य ज्ञान अभी भी विस्तार को प्राप्त हो रहा था परन्तु इनके प्रति उदासीनता उन्हें स्वयं परिलक्षित होने लगी थी। एक दिन महामात्य सत्यधन ने विचार किया कि अब उन्हें महामात्य के पद से विरत हो जाना चाहिए। पद-त्याग में दो प्रधान समस्याएं थीं एक तो महाराजश्री रुद्रादित्य का उन्हें पदमुक्त किये जाने हेतु तैयार होना। सम्भवतः यदि महाराजश्री सहमत हो भी गये तो महारानी शुभंवदा अनुमति देंगी, यह आवश्यक नहीं था और द्वितीय अगर राजभवन से मुक्त हुए तो जायेंगे कहाँ? ऐसा विचार सत्यधन के मन में उत्पन्न हुआ। सत्यधन के पास स्वयं का गृह नहीं था। पुनः आश्रमपद में

वापस आने के अतिरिक्त कोई मार्ग नहीं था। अतः सत्यधन ने आश्रमपद में अध्यापन-कार्य करने का निर्णय लिया।

एतदर्थ आवश्यक था माताश्री एवं परमाचार्य का आशीर्वाद तथा सहमति, तदुपरान्त विद्वत्परिषद् से अनुमति प्राप्त होना। सत्यधन ने सर्वप्रथम आश्रमपद पहुँच कर आचार्याणी को साष्टांग प्रणाम किया। 'यशस्वी भव' का आशीर्वाद आचार्याणी ने देते हुए सत्यधन के आश्रम आने पर अत्यन्त प्रसन्नता व्यक्त की तथा आगमन का कारण पूछा।

"मैं स्थायी रूप से आपके चरण कमलों की सेवा हेतु आश्रम में आना चाहता हूँ माते"–सत्यधन ने कहा।

"यह तो अत्यन्त प्रसन्नता का विषय है परन्तु क्या तुमने महामात्य का पद त्याग दिया, वत्स। महामात्य जैसे पद को रिक्त करने का कारण क्या है? आश्रम पद में अपने पद और कार्य का सुनिश्चितीकरण कर लिया है। यहाँ किस पद को अलंकृत करने वाले हो पुत्र", आदि जिज्ञासाएँ, एक साथ माताश्री ने प्रकट की।

"और किसी पद की रिक्ति का ज्ञान तो मुझे नहीं है परन्तु एक पद की रिक्ति मुझे ज्ञात है, माताश्री। वह पद है आपके शुश्रूषक का। माताश्री आपकी शुश्रूषा करने के पद से बड़ा कोई पद नहीं हो सकता और मैंने विनिश्चय किया है कि अब मैं यही पुनीत कार्य करूँगा।"–सत्यधन ने कहा।

"श्रेष्ठ विचार किया है वत्स तुमने। आचार्यश्री भी अब अत्यधिक व्यस्त रहते हैं। मैं एकाकी अनुभव करती हूँ। यद्यपि कई छात्राएं मेरी सेवा में तत्पर रहती हैं परन्तु तुम आश्रम में आ जाओगे तो मेरा जीवन सरल हो जाएगा।"

"बिल्कुल माताश्री मैं शीघ्र ही शुश्रूषक के दायित्व का निर्वहन प्रारम्भ कर दूँगा। इसके साथ ही परमाचार्य यदि आश्रम पद के किसी अन्य कार्य में लगाना चाहैं तो मुझे प्रसन्नता होगी। आज ही मैं अनुरोध करने के लिए उनके समक्ष उपस्थित होऊँगा।"

"हाँ वत्स, मेरी संस्तुति की आवश्यकता हो तो मुझे अवगत कराना, मैं भी परमाचार्य से तुम्हारे लिए अनुरोध कर लूँगी।"

"अवश्य माते! आपकी संस्तुति के बिना मेरा कोई भी कार्य सम्पन्न हो ही नहीं सकता। अतः आप अवकाश एवं उचित अवसर पर मेरे लिए परमाचार्य से अवश्य कहियेगा। मैं पूर्व से ही उनके संज्ञान में ला दूँगा।"

महामात्य सायं परमाचार्य के आश्रम पहुँचे। आचार्य प्रवर को परिचयपूर्वक अभिवादन कर आशीर्वाद प्राप्त किया। आगमन का हेतु पूछे जाने पर सत्यधन ने महामात्य पद परित्याग कर आश्रम में सेवा करने की अपनी इच्छा प्रकट की।

परमाचार्य ने सत्यधन की इच्छा का स्वागत किया और कहा "बिल्कुल सत्यधन आपकी भावना का समादर करते हुए आपको आपकी योग्यतानुरूप पद आश्रम पद में प्राप्त होगा। यद्यपि अन्तिम निर्णय तो विद्वत्परिषद् करेगी परन्तु जहाँ तक मैं समझता हूँ विद्वत्परिषद् के सभी सदस्य आपके पाण्डित्य से परिचित हैं अतः आपके विरुद्ध किसी विद्वान् के जाने का प्रश्न ही नहीं है।"

कुछ दिनों के उपरान्त विद्वत्परिषद् की बैठक में सत्यधन को आचार्य पद हेतु नामित कर दिया गया। विशेषाधिकार

प्रास समिति ने भी यथा प्रस्तावित अन्य सभी आचार्यों एवम् उपाचार्यों को भी अनुमोदन प्रदान कर किया। समिति की बैठक में महारानी शुभंवदा भी आश्रम की विशेषाधिकार समिति की विशिष्ट सदस्या थीं। बैठक के उपरान्त कक्ष के बाहर निकलते हुए मार्ग में सत्यधन दिखायी पड़ गये। शुभंवदा ने आचार्य पद पर नियुक्त होने की बधाई सत्यधन को दी, सत्यधन ने कृतज्ञता ज्ञापित की।

"आचार्य आप यह नहीं पूछेंगे कि मैंने समिति में आपका विरोध किया या नहीं, यदि नहीं तो क्यों नहीं किया? शुभंवदा ने कहा।

"मुझे इसमें कोई जिज्ञासा नहीं है परन्तु महारानी यदि अवगत कराना चाहैं तो यह उनका उपकार होगा"–सत्यधन ने कहा।

"विरोध तो करने वाली थी आचार्य, परन्तु अन्ततः विचार किया कि आप के पास कहीं भी कोई आवास नहीं है, कोई संचित धनराशि नहीं है। यदि आप राजभवन के आवास को छोड़ देंगे तो कहाँ जायेंगे? आश्रम के अतिरिक्त कोई आश्रय स्थल आप के पास है नहीं। महामात्य के पद पर स्वयं की इच्छा से आप अवैतनिक कार्य करते रहे हैं, अतःधन संचय भी नहीं कर पाये। समझे, आचार्य सत्यधन"–शुभंवदा ने सस्मित कहा।

"यथार्थ यही है, महारानी"–सत्यधन ने कहा।

"यथार्थ यही नहीं है आचार्य। आप के पास जो ज्ञान रूपी सम्पदा है वह दुर्लभ है और हाँ, मुझे विश्वस्त सूत्रों से ज्ञात हुआ है कि आप को महाराजश्री रूद्रादित्य का राजभवन में आपको–

अपराह्न उपस्थित होने का निमंत्रण प्राप्त होने वाला है, मेरा भी अनुरोध है कि आप तत्समय वहाँ पधारने का कष्ट करेंगे।"

"महारानी आप का आदेश पर्याप्त है, मैं ससमय अवश्य उपस्थित हो जाऊँगा। क्या कोई विशेष आदेश हैं? वैसे महाराजश्री एवम् आपका आदेश शिरोधार्य है।"

* * *

अपराह्न सत्यधन जब राजभवन पहुँचे वहाँ राजकक्ष में महाराजश्री, महारानी एवं सुचरिता पूर्व से ही उपस्थित थीं। अभिवादन पूर्वक स्थान ग्रहण कर "क्या आदेश है महाराजश्री"– सत्यधन ने कहा।

महाराजश्री ने राजमुद्रांकित दो पत्र सुचरिता को प्रदान किये और उन्हें पढ़ने को कहा। सुचरिता ने पत्रों को पढ़ना प्रारम्भ किया। प्रथम-पत्र में राजभवन-परिसर में स्थित अति विशिष्टजन हेतु निर्मित आवासीय भवनों में से एक भवन आजीवन सत्यधन को प्रदान किये जाने का आदेश था तो द्वितीय पत्र में दस सहस्र स्वर्ण मुद्राएं राजकोष से सत्यधन को प्रदान किये जाने का उल्लेख था।

"आचार्य सत्यधन अब आप न तो अनिकेत हैं, न ही अकिञ्चन। आप जब आवश्यकता अनुभव करें अपने भवन में निवास कर सकते हैं।"–महारानी ने कहा।

सत्यधन ने दोनों पत्रों के उपर आपत्ति करते हुए कहा– "महाराजश्री मुझे दोनों की आवश्यकता नहीं है। भवन किसी अन्य को प्रदान कर दिया जाय एवं स्वर्ण मुद्राएं राजकोष में

132

ही सञ्चित रहने दी जायं। मैंने प्रान्त की सेवा लोककल्याण के लिए की है वृत्ति अथवा किसी भी प्रकार की सम्पत्ति के लोभ में नहीं।"

"आचार्य भवन, तो अब आपको महाराज द्वारा प्रदान किया जा चुका है अतः उसका पुनर्ग्रहण सम्भव नहीं है, रही वार्ता स्वर्णमुद्राओं की तो उसे आपके पक्ष में राजकोष मे संरक्षित किया जा सकता है। ज्ञान, दानादि के प्रयोजन हेतु आप इसका उपयोग कर सकते हैं अतः आप इसका स्वीकरण करें।"– महारानी ने कहा।

"यथादेश महाराजश्री" कह कर सत्यधन ने स्वीकृति व्यक्त करते हुए कहा–परन्तु मैं इसका उपयोग लोकाराधन हेतु ही कर सकता हूँ वह भी विशेष रूप से आपद् धर्म के रूप में।"

"उचित है"–महाराजश्री ने कहा।

"भ्राताश्री अब तो आप सम्पत्तिवान हो गये हैं, मैं तो आपको अकिञ्चन ही समझती थी"–सस्मित सुचरिता ने कहा।

"मैं तो अब भी पूर्ववत् हूँ, अकिञ्चन, अनिकेत। मेरा अनुरोध है यह धन एवं भवन राज्य सम्पत्ति ही रहे। इसके उपयोग एवं व्यय में राज परिवार मुझसे विमर्श कर सकता है"–सत्यधन ने अपने विचार रखे।

"इस पर आपका अधिकार है आप जैसे चाहे भवन का उपयोग एवं धनराशि को व्ययीकृत कर सकते हैं, राजपरिवार इसमें हस्तक्षेप नहीं करेगा। यह हमारा अन्तिम निर्णय है"–महारानी ने कहा।

तदुपरान्त महामात्य सत्यधन अपनी रत्नजडित उष्णीष एवं महामात्य के समस्त उपादान महाराजश्री के समक्ष उपस्थापित करते हुए प्रधान न्यायाधिपति को हस्तगत कराकर सामान्य वेश में आश्रम हेतु प्रस्थान किये तथा आश्रम पहुँच कर अध्यापन कार्य करने लगे।

*****

बीसवीं तरंगः अज्ञातवास

आचार्य सत्यधन विद्याश्रम से राजभवन महाराजश्री रुद्रादित्य के यहाँ एक दिन शिष्टाचार भेंट हेतु गये। महाराजश्री ने सत्यधन का हार्दिक स्वागत किया। सामान्य कुशलोपरान्त सत्यधन ने महारानी शुभंवदा का कुशल पूछा। "आचार्य माताश्री तो चातुर्मास हेतु तपोवन गयीं परन्तु उनका राजभवन में पुनरागमन नहीं हुआ। मैंने अनेक सन्देश भेजकर उन्हें बुलाना चाहा। नवागत महामात्य भी उन्हें राजभवन ले आने में असमर्थ रहे। 'शेष जीवन अब वे तपोवन में तपश्चर्यापूर्वक व्यतीत करेंगी, ऐसा दृढ़ निश्चय उन्होंने कर लिया है। अतः राजभवन वे नहीं आयेंगी', ऐसा सन्देश उन्होंने भिजवाया था। वे अनेक वर्षों से राजभवन में निवास कर रही थीं उनका शरीर विशिष्ट प्रकार की सुख-सुविधाओं का अभ्यासी हो गया है, वे उस अरण्य में 'तपस्विनी का जीवन वे कैसे व्यतीत कर रहीं होंगी'–इस विचार मात्र से ही मन दुःखी हो जाता है।–महाराजश्री ने कहा

"ओह यह समाचार मुझे ज्ञात नहीं था। महाराजश्री क्या आप स्वयं वहाँ नहीं गये? एक बार आपको स्वयं जाकर उन्हें

वापस ले आने का प्रयास करना चाहिए था–आप उनके पुत्र हैं।"–सत्यधन ने आश्चर्यपूर्वक कहा।

जब मैंने महामात्य को भेजा था तो माताश्री को यह भी सन्देश दिया था कि "यदि आप महामात्य के साथ वापस नहीं आती हैं तो मैं स्वयं आप को लेने आऊँगा।" महामात्य के ऐसा कहने पर माताश्री ने विरोधपूर्वक कहा था–"नहीं, कदापि नहीं। अब मैं राजभवन नहीं आऊँगी, महाराजश्री से आप स्पष्टतः निषेध कर दीजिएगा। मैंने दृढ़निश्चय से तपोपन में निवास करना सुनिश्चित किया है, मेरे द्वारा महाराजश्री से प्रत्यक्षतः निषेध किये जाने पर उन्हें पीड़ा होगी अतः उनसे मेरा सन्देश कहियेगा कि वे मुझे यहाँ से ले जाने के लिए नहीं आयें"– महाराजश्री ने कहा साथ ही यह भी कहा कि "आचार्यश्री यदि आप प्रयास करें तो शायद माताश्री आपके अनुरोध की उपेक्षा नहीं कर पायेगी। अतः मेरा आपसे निवेदन है कि एक बार आप प्रयास करें सम्भवतः माताश्री आपकी बात मान लें और वापस आ जायं। आपसे उनकी अत्यन्त आत्मीयता है। परमाचार्य के संज्ञान में लाते हुए आश्रम से अवकाश लेकर, एक बार आप भी अवश्य प्रयत्न करें।"

"अवश्य महाराजश्री मैं अन्तःकरण से पूर्ण प्रयास करूँगा और मैं उन्हें राजभवन ले आने के प्रति आशान्वित भी हूँ। महारानी आपके अनुरोध तथा मेरे आग्रह को अवश्य मान लेंगी"–सत्यधन ने कहा।

राजभवन से वापस, आश्रमपद आकर आचार्य सत्यधन परमाचार्य के समक्ष उपस्थित हुए तथा महारानी शुभंवदा द्वारा राजभवन छोड़ने के प्रकरण से उन्हें अवगत कराया। परमाचार्य ने कहा–"वत्स अगर शुभंवदा ने राजभवन न आने का निश्चय

कर लिया हो तो उन्हें हम आश्रमपद में शिक्षिका के पद पर रख सकते हैं। इस प्रकार यहाँ की छात्राओं को वह शिक्षित भी करेंगी तथा आश्रमपद में आवासित भी रहेंगी।"

इस प्रकार आचार्य सत्यधन परमाचार्य से आदेश एवं अवकाश लेकर महारानी शुभंवदा को राजभवन वापस ले आने हेतु दो शिष्यों के साथ तपोवन हेतु प्रस्थान किये। मार्ग में मिले तपोवन के एक प्रवासी ने शुभंवदा जहाँ आवासित थीं, उस वाटिका का पता सत्यधन को बताया था। विन्ध्य के बृहदारण्य के मध्य शुभंवदा की वाटिका अवस्थित थी।

चतुर्दिक ऊँची शिखरों से घिरी एक अधित्यका विशाल वृक्षों से आच्छादित, हिमलयीय सुषमा को भी न्यून करती हुई वाटिका, वाटिका के पार्श्व में शुद्ध जल का एक निर्झर, वाटिका की शोभा को अत्यन्त मनोरम बना रहा था। शताधिक सीढ़ियाँ चढ़कर आचार्य सत्यधन एक कुटी, (जिसमें तीन कक्ष थे जो आधे प्राकृतिक रूप से तथा आधे मानव निर्मित थे) के समक्ष खड़े हुए और बन्द कपाट पर ज्यों ही संकेत दिया एक परिचारिका सदृश स्त्री उपस्थित हुई और बोली–"आप कौन हैं ? और आपके यहाँ आने का उद्देश्य क्या है?"

"मैं काशी के विद्याश्रम का आचार्य हूँ। आचार्य सत्यधन। महारानी से मिलने आया हूँ। आप उन्हें अवगत करा दीजिए।"

"वैसे मैं आपको अवगत करा दूँ। कृपया आप देविश्री को महारानीश्री सम्बोधित नहीं करेंगे, यदि आप उनसे पूर्व परिचित हैं तो उनके नाम से सम्बोधित कर सकते हैं। महारानी यदि आप से मिलना चाहेंगी तभी आप से मिलेंगी। अन्यथा की दशा में उनसे मिलने का दुराग्रह आप नहीं करेंगे, तत्काल वापस

जायेंगे। आप उनसे कोई वैयक्तिक प्रश्न नहीं करेंगे"–इत्यादि शिष्टाचारपरक निर्देश देकर परिचारिका अन्दर गयी और आचार्य के आने की सूचना शुभंवदा को दी।

कतिपय क्षण के उपरान्त–शुभ्रवसना, तपोदीप्त मुख पर अप्रतिम तेज धारित, मन्थर गति से आती शुभंवदा को देखकर आचार्य अभिवादन हेतु अपने आसन से खड़े हुए और "महारानीश्री को सत्यधन का प्रणाम", कहा।

"महारानी नहीं, अब मैं महारानी नहीं हूँ, इस पद का परित्याग मैंने कर दिया है"–शुभंवदा ने कहा।

"शुभे!"

"नहीं–इतनी आत्मीयता भी नहीं।"

"शुभंवदा........।"

"हाँ, आप मुझे मेरे मूल नाम से सम्बोधित कीजिए, आचार्य।"

"फिर तो मुझे भी आचार्य सम्बोधन से सम्बोधित मत कीजिए–शुभंवदा।"

"नहीं, अभी भी आप आश्रम पद में आचार्य पद पर आसीन हैं, सत्यधन।"

"परन्तु मैं आचार्य के रूप में आपसे मिलने नहीं आया हूँ।"

"ठीक है, आप अपने आने का प्रयोजन बताइये।"

"शुभंवदा! महाराजश्री रुद्रादित्य का आपसे सविनय अनुरोध है, आप राजभवन पधारें।"

"परन्तु मैंने महाराजश्री को नवागत महामात्य के माध्यम से सन्देश दिलवा दिया था कि मैं राजभवन नहीं आऊँगी। शेष जीवन इसी वाटिका में तपश्चर्यापूर्वक व्यतीत करूँगी, अतः राजभवन जाने का तो प्रश्न ही नहीं है।"

"यदि आप राजभवन नहीं जाना चाहती हैं तो आश्रमपद में शिक्षिका का पदभार ग्रहण कर सकती हैं"-ऐसा परमाचार्य का आदेश है।

"परमाचार्य से मेरी क्षमा प्रार्थना कहियेगा, मैं आश्रम भी नहीं आऊँगी। अब मैं किसी भी पद का भार वहन करने में स्वयं को सक्षम नहीं पा रही हूँ"-शुभंवदा ने कहा।

"महाराजश्री रूद्रादित्य का अनुरोध, परमाचार्य का आदेश तथा मेरी उत्कट अभिलाषा है कि आपका राजभवन या आश्रम पद में पुनरागमन हो"-सत्यधन ने कहा।

"मेरी स्वयं की इच्छाएं भी हैं आचार्य। मैंने सम्प्रति यही विनिश्चित किया है, शेष जीवन यहीं व्यतीत होगा, तीर्थयात्री या मुमुक्षु के रूप में काशी आऊँगी। शेष भगवान भूतभावन की इच्छा"-शुभंवदा ने दीर्घ उच्छ्वासपूर्वक कहा।

किञ्चित् क्षण मौन रहने के उपरान्त सत्यधन ने कहा- "शुभे! जब हम आश्रम में अध्ययन कर रहे थे तब एक बार आचार्याणी के कक्ष में आपने मुझे वचनपूर्वक कहा था कि जीवन के उत्तर काल में हम सभी मित्रगण समीप रहेंगे ताकि हम परस्पर मिल सकें। शास्त्र-चर्चा करेंगे, यथासाध्य लोकोपकार करेंगे, भगवद्भजन में समय का सदुपयोग करेंगे, ग्रन्थ रचना करेंगे। शुभंवदे! आपको यह सब स्मरण है या विस्मृत कर दिया? इस वचन की पूर्ति का श्रेष्ठ स्थान आश्रम पद ही है,

मैं वहीं निवासित हूँ आप भी प्रारम्भ में शिक्षिका तदनन्तर आचार्याणी के पद को सुशोभित करती हुई शेष जीवन व्यतीत कर सकती हैं।"

"बाल्यकाल एवं कैशोर्य के वचनों का इस अवस्था में कोई अर्थ नहीं होता। सब विस्मृत कर दीजिए, आचार्य।"

"क्या आपने सब विस्मृत कर दिया? देवि"–सत्यधन ने कहा।

"हाँ, हाँ मैंने सब विस्मृत कर दिया। अपना अतीत मैं अपने पीछे छोड़ आयी हूँ। यही वनिका मेरी वर्तमान है। यहाँ की परिस्थितियों में ही मुझे रहना हैं। अनुकूल या प्रतिकूल।"

"ओह, आपने अपने स्मृति पटल से सब मिटा दिया, आश्रमपद को, आचार्य को, सुचरिता को, विश्वबन्धु को, राजभवन को, महाराजश्री रूद्रादित्य को और......."

"और, और क्या? सब कह डालिए, सबका उत्तर एक साथ ही देना चाहती हूँ"।

"और, और सत्यधन को भी, शुभे! सत्य बोलना, असत्य बोलने के लिए किसी अपवाद का आश्रय मत लेना, हाँ।"

"ओह, सत्यधन आप मुझे क्षीण कर रहे हैं। आचार्य अब आप को जाना चाहिए"–शुभंवदा ने कहा।

"मेरा प्रश्न अनुत्तरित है शुभे"–सत्यधन ने आसन से खड़े होते हुए कहा।

"मैं आपके प्रत्येक प्रश्न का उत्तर देने के लिए बाध्य नहीं हूँ, आचार्य। मेरे सन्ध्या-वन्दन का समय हो गया है, कृपया यहाँ से प्रस्थान करें।"

"मैं आशान्वित था कि आपका पुनरागमन होगा। इसी विश्वास के साथ मैंने महाराजश्री एवं परमाचार्य को एक प्रकार से आश्वासन ही दे रखा था। इतनी निर्मम मत बनिए शुभे! परन्तु जैसी आप की इच्छा।"

"आप मेरे निर्णय से दोनों को अवगत करा दीजिएगा। आप का मार्ग प्रशस्त हो" (शिवास्ते पन्थानः सन्तु) कह कर शुभंवदा ने तीव्र गति से अपने कक्ष में प्रवेश कर कक्ष के कपाट बन्द कर लिये और–"सत्यधन, बाल्यावस्था के मित्र, तुम्हें कैसे विस्मृत कर सकती हूँ।"–स्वगत कहा जिसे किसी ने नहीं सुना। उसके नेत्रों से कुछ अश्रु-बिन्दु गिरे, जिसे किसी ने नहीं देखा।

और उधर सत्यधन भारी हृदय से वनिका की सीढियाँ एक-एक कर उतरे तथा अत्यन्त कठिनतापूर्वक तपोवन की अतिथिशाला पहुँचे। अतिथिशाला में उन्होंने दो पत्र लिखे–एक महाराजश्री रूद्रादित्य को, इस आशय से कि महारानी शुभंवदा राजभवन नहीं आयेंगी तथा दूसरा परमाचार्य को शुभंवदा के आश्रम पद आने से मना किये जाने विषयक था–साथ ही परमाचार्य के पत्र में स्वयं को भी प्रधान आचार्य के पद से मुक्त किये जाने का अनुरोध किया गया था।

दोनों पत्र क्रमशः महाराजश्री एवं परमाचार्य को प्रदान किये जाने की आज्ञा देकर सत्यधन ने शिष्यों को लौटने का आदेश दिया। शिष्यों द्वारा उनके आश्रम पद वापस आने की तिथि

विषयक जिज्ञासा किये जाने पर सत्यधन ने कहा–"यह निश्चित नहीं है, अभी मैं यहाँ से दस क्रोश दूर पहाड़ी पर स्थित "कण्व-आश्रम" जाऊँगा तदुपरान्त भविष्य के निर्णय निश्चित करूँगा। एक शिष्य द्वारा साथ चलने के अनुरोध पर सत्यधन ने कहा–"वत्स मेरा आगे अज्ञातवास रहेगा। वैसे महादेव की जैसी इच्छा।" इसके साथ सत्यधन अज्ञातवास पर चले गये।

*****

इक्कीसवीं तरंगः अरण्यवास

काशी नगर के दक्षिण दिशा में तीस क्रोश दूर विन्ध्याटवी के प्रारम्भिक छोर पर काशी के कोटिपति नगर-श्रेष्ठि लक्ष्मीनन्दन का एक विशाल भवन निर्मित था जिसे 'आनन्द-वन' कहते थे। लक्ष्मीनन्दन अपने व्यापार के अवकाश काल में स्वयं को सभी कार्यों से मुक्त रखते हुए कभी एक पक्ष, तो कभी मास पर्यन्त यहाँ समय व्यतीत करते थे। काशी के अति विशिष्ट जन में लक्ष्मीनन्दन की गणना होती थी। माँ लक्ष्मी की कृपा इनके परिवार पर परम्परा से चली आ रही थी।

'आनन्द-वन' में निवास कर रहे लक्ष्मीनन्दन, एक दिन प्रातः भ्रमण पर निकले। लक्ष्मीनन्दन ने मुख्य द्वार पर मात्र एक द्वारपाल को देखकर अन्य द्वारपालों के विषय में पूछा तो द्वारपाल ने अवगत कराया कि "श्रेष्ठि कल सान्ध्य बेला में द्वार के बाहर मुख्य मार्ग के पार्श्व में अश्वत्थ वृक्ष के मूल में निर्मित चबूतरे पर कोई यात्री अस्वस्थ होकर निश्चेष्ट पड़ा था। सुदूर से यात्रा करके आने के कारण उसका शरीर कृश हो गया है, जब द्वारपाल उसके समीप गया तो उसकी

दयनीय दशा देखकर उसे मुख्य द्वार के समीप बने कक्ष में ले आया।"

"अच्छा तो यात्री का स्वास्थ्य अब कैसा है"–श्रेष्ठि ने पूछा।

"रात्रि की अपेक्षा अब ठीक तो है परन्तु उसे अभी भी पूर्णतः सुध नहीं आयी है। स्वयं के विषय में वो कुछ भी नहीं बता रहा है। हम लोगों ने उसके अभिज्ञान का बहुत प्रयास किया परन्तु सफल नहीं हो सके"–द्वारपाल ने अवगत कराया।

"उसके पास से कोई सामग्री या अन्य कोई अभिज्ञानपरक वस्तु प्राप्त हुई।"

"कुछ विशेष नहीं"–द्वारपाल ने कहा। एक पोटली पास में पड़ी थी उसमें नित्य उपयोग की वस्तुएं यथा–"वस्त्र, पगड़ी बाँधने का वस्त्र, अंगरखा आदि सामान्य आवश्यक वस्तुएं ही थीं। हाँ, उसके अन्तर में एक वस्त्र में लिपटी लेखनी, भूर्ज-पत्र पर अर्द्धलिखित कोई पुस्तिका भी थी।"

"अच्छा, तुम लोगों ने उसे पढ़ने की चेष्टा नहीं की?" श्रेष्ठि ने साश्चर्य पूछा।

"नहीं, मैं तो निरक्षर ठहरा स्वामी! परन्तु आपके साथ काशी से आया द्वारपाल कुछ अस्पष्ट सा पढ़ रहा था।"

"क्या पढ़ रहा था?"

"अर्थशास्त्र, टीका पता नहीं क्या? क्या?"

"अरे, अर्थशास्त्र की टीका? अर्थशास्त्र पर टीका लिखना सरल कार्य नहीं है, यह कार्य तो कोई विद्वान् ही कर सकता है। कहीं

वो यात्री आचार्य सत्यधन तो नहीं हैं? आचार्य सत्यधन ऐसे भी स्वतः अज्ञातवास में हैं। द्वारपाल तत्काल मुझे उस यात्री के समीप ले चलो।”

“यथा–आज्ञा” कह कर द्वारपाल श्रेष्ठि को रुग्ण यात्री के कक्ष में ले गया।

कक्ष में प्रवेश करते ही श्रेष्ठि ने देखा एक व्यक्ति अर्द्ध चेतनावस्था में पड़ा है। लक्ष्मीनन्दन ने उस व्यक्ति के पार्श्व में पड़ी नाम मात्र की सामग्री का अवलोकन किया। नैत्यिक आवश्यकता की वस्तुओं के अतिरिक्त भूर्ज पत्र पर लिखित एक पुस्तिका भी वेष्टन में लिपटी रखी थी। उसे खोलकर देखते ही पढ़ा–‘कौटिलीय अर्थशास्त्रम्’ अग्रिम पृष्ठों पर मङ्गलाचरण, प्रारम्भिक श्लोकों की लिखी टीका की पाण्डुलिपि थी। उस समय कौटिलीय अर्थशास्त्र पर टीका लिखने में सक्षम काशी के विद्वानों के गणना प्रसङ्ग में प्रथम विद्वान् आचार्य सत्यधन ही थे–तदनन्तर अन्य।

आचार्य सत्यधन द्वारा काशिराज के यहाँ से महामात्य का पद त्यागने तथा आश्रम छोड़ने के उपरान्त उनके विषय में किसी को भी ज्ञात नहीं था कि वे कहाँ हैं? लक्ष्मीनन्दन का अनुमान था कि यह रुग्ण सम्भवतः आचार्य सत्यधन है परन्तु उस व्यक्ति के दुर्बल शरीर एवं बढ़े हुए बालों तथा मलिन वस्त्रों के कारण भ्रम हो रहा था। “आचार्य”-श्रेष्ठि लक्ष्मीनन्दन ने कहा।

लक्ष्मीनन्दन के आचार्य कहते ही व्यक्ति ने आँखें खोलीं। पुनः श्रेष्ठि ने कहा–“सत्यधन!”

अपना नाम सुनते ही सत्यधन पूर्ण चेतनावस्था में आ गये और बैठते हुए पूछा–"अरे श्रेष्ठि लक्ष्मीनन्दन!"

"मैं किस स्थान पर हूँ? यहाँ कैसे आ गया। मेरा शरीर इतना शिथिल क्यों है? ओह, पूरे शरीर में तीव्र पीड़ा है।"

सत्यधन का परिचय प्राप्त होते ही श्रेष्ठि ने परिचारकों को मुख्य भवन से वैद्य जी को तत्काल बुलाने का आदेश दिया तथा सत्यधन से आनन्द वन के पश्चिमी भाग में निर्मित भवन में चलने का अनुरोध किया। सत्यधन एवं लक्ष्मीनन्दन दोनों आश्रम में सहाध्यायी थे, दोनों में मैत्री थी। अतः लक्ष्मीनन्दन ने सत्यधन से आनन्द वन के पश्चिमी भवन में उनके पूर्णतया स्वस्थ होने तक रहने को कहा।

सत्यधन ने अपनी शारीरिक स्थिति को देखते हुए इसे मौन भाव से स्वीकार भी किया। वैद्य ने सत्यधन का परीक्षण कर बताया कि अत्यधिक यात्रा करने तथा ससमय भोजन नहीं करने के कारण इनका शरीर अत्यन्त कृश हो गया है, एतत्कारण इन्हें ज्वर आ रहा है अतः इन्हें भेषज के साथ पर्याप्त विश्राम करने की आवश्यकता है। अन्यथा की दशा में पूर्ण स्वस्थ होना अत्यन्त दुष्कर होगा।

इतना सुनते ही लक्ष्मीनन्दन ने अधिकारपूर्वक आदेशात्मक भाव से कहा–"देखो सत्यधन! अब तुम यहाँ से कहीं नहीं जाओगे। यहीं रहो। तुम्हारी सारी आवश्यकताओं की सम्पूर्ति हमारे लोग करेंगे। यहाँ पर तुम्हारी सेवा के लिए चार परिचारक रहेंगे। वैद्य जी तुम्हारे स्वास्थ्य का प्रतिदिन परीक्षण करेंगे। पूर्णतया स्वस्थ होने तक तुम किसी प्रकार का मानसिक या शारीरिक श्रम नहीं करोगे। पौष्टिक भोजन तथा प्रतिदिन प्रातः

एवं रात्रि में गोदुग्ध का सेवन करोगे। पूर्णतया स्वस्थ होने के उपरान्त 'कौटिलीय अर्थशास्त्र' नी टीका भी यहीं रह कर पूर्ण करोगे।"

"आपको कैसे पता कि मैं अर्थशास्त्र पर टीका लिख रहा हूँ?" सत्यधन ने पूछा।

लक्ष्मीनन्दन ने उनकी पोटली की सामग्री देखने की बात बतायी।

सत्यधन ने स्वयं की शारीरिक स्थिति को देखते हुए लक्ष्मीनन्दन के अनुरोध पर पुनः अपनी मौन स्वीकृति जतायी। लक्ष्मीनन्दन ने यह भी बताया कि आपकी सेवा हेतु चार परिचारक अहर्निश इस भवन में स्थायी रूप से रहेंगे। इसी मध्य लक्ष्मीनन्दन की पत्नी पद्मालया को ज्ञात हुआ कि आचार्य सत्यधन मुख्य भवन के पार्श्व में स्थित भवन में आये हुए हैं तो वह भी तत्काल वहाँ पहुँची और नमस्कार कर उपालम्भपूर्वक कहा–"आचार्य! बहुत दिनों बाद दर्शन दिये।"

सत्यधन ने संयोग न बनने का उल्लेख किया और साथ ही यह भी कहा कि–"सम्भवतः यहाँ मैं कतिपय मास व्यतीत करूँ। अतएव आप जब तक यहाँ रहेंगी, आप से साक्षात् होता रहेगा।"

"यहाँ आपकी शुश्रूषा हेतु आदेश तो श्रेष्ठि ने कर ही दिया होगा?" पद्मालया ने कहा।

"हाँ, इन्होंने चार परिचारकों हेतु आदेश दिया है परन्तु एक भी परिचारिका को आदेशित नहीं किया है, यह कुछ उचित

प्रतीत नहीं हो रहा, न्यूनतम एक या दो परिचारिकाएं तो होनी ही चाहिए थीं, न भाभीश्री"–कह कर सत्यधन ने ठहाका लगाया।

"बिल्कुल होगी देवर जी, परिचारिकाओं की व्यवस्था तो ये नहीं, मैं करूँगी। जितने परिचारक रहेंगे उतनी परिचारिकाएं भी आपकी शुश्रूषा में रहेंगी। आप कहें तो एक स्थायी परिचारिका भी नियुक्त कर दूँ", मन्दस्वर में सस्मित पद्मालया ने कहा। काशी प्रान्त की कन्याओं की सुन्दरता जगप्रसिद्ध है, विवाह करा दूँ आपका? आप मात्र स्वीकृति दीजिए, अग्रिम सारी व्यवस्थाएं मेरी। जब आपके ऊपर पत्नी रूपी अंकुश लग जायगा, तब आपका यायावर की भाँति वन-वन विचरण भी समास हो जायगा।"

"अरे नहीं, भाभीश्री मैं तो लक्ष्मीनन्दन से परिहास मात्र कर रहा था"–सत्यधन ने कहा।

"परन्तु मैं यथार्थ कह रही हूँ, आचार्य, विचार कर लीजिए"– पद्मालया ने कहा।

इस तरह हास-परिहास चलता रहा। आचार्य सत्यधन ने 'आनन्द वन' में ही कतिपय माह व्यतीत करने का निर्णय लिया ताकि पूर्ण स्वस्थ हो सकें और अपनी कौटिलीय अर्थशास्त्र की टीका लिखने का कार्य पूर्ण कर सकें।

* * *

आचार्य सत्यधन आनन्दवन में सुखपूर्वक कई मास रहे। नगर श्रेष्ठि एवं उनकी पत्नी पद्मालया पूर्व में ही काशी वापस जा चुके थे। एक दिन आचार्य ने विचार किया, 'उनका शरीर अब

सुख-सुविधाओं का अभ्यासी होता जा रहा है, वे सामान्य कार्यों हेतु भी परिचारकों पर आश्रित होते जा रहे हैं, यह उचित नहीं है।' अतः एक दिन आनन्दवन के प्रबन्धक को अपना कक्ष रिक्त करने की सूचना देते हुए सत्यधन अज्ञात गन्तव्य हेतु विन्ध्याटवी के मध्य जाने वाले मार्ग पर निकल पड़े।

*****

बाईसवीं तरंगः योगी

❈

काशिराज रुद्रादित्य ने अपने गुप्तचरों को सत्यधन का आवास ज्ञात करने का निर्देश दिया। एक वर्ष के उपरान्त भी गुप्तचर सत्यधन के विषय में निश्चित जानकारी एकत्रित नहीं कर सके। एक गुप्तचर ने यह बताया कि विन्ध्य के बृहदारण्य क्षेत्र में एक योगी वेशधारी व्यक्ति प्रायः विचरण करते हुए दृष्टिगत होता है जिसके साथ हिंस्र पशु भी मैत्रीभाव रखते हैं। अरण्यजन कई बार उसे पकड़ना चाहे परन्तु उस योगी को कोई बन्धन में बाँध नहीं सका अस्त्र-शस्त्र तो वह स्वयं नहीं चलाता मगर आत्म रक्षार्थ उसके पास इतने उपाय हैं कि सभी शस्त्रास्त्रों से किये गये प्रहार को वह अपनी रक्षा बड़ी त्वरा से करते हुए उन्हें निष्फल कर देता है। यद्यपि उसके विषय में आधिकारिक ज्ञान किसी को नहीं है परन्तु गुप्तचरों की अनुमिति थी कि वह आचार्य सत्यधन ही योगी वेश में विचरण करते हैं। उस योगी का विवरण सुनने के उपरान्त महाराजश्री ने मन में निश्चय किया कि वह योगी सत्यधन के अतिरिक्त कोई अन्य नहीं है।

* * *

कनक कुण्ड में स्नान करने गयी परिचारिका जब विलम्ब से वनिका वापस पहुँची तब शुभंवदा ने उससे देर से आने का कारण पूछा। परिचारिका ने बताया—"देवि! जब मैं कुण्ड से स्नान कर कुटिया के लिये वापस आ रही थी तब देखा—विशाल वट-वृक्ष के नीचे बैठे एक योगी के समक्ष दशाधिक स्थानीय अरण्यजन स्त्रियाँ बैठी प्रवचन सुन रहीं थीं। जिज्ञासावश योगी से अनुमति लेकर मैं भी उनका प्रवचन सुनने बैठ गयी। योगी धारा प्रवाह प्रवचन कर रहे थे। भक्ति को परम प्रेमरूपा बता कर उसकी जो व्याख्या उनके द्वारा की जा रही थी, वह अतुलनीय थी। देवि! ऐसे गूढ विषय की ऐसे सरल शब्दों में व्याख्या मैंने पूर्व में नहीं सुनी थी। देवि! अगर आप साथ होतीं तो भक्ति के मर्म को मुझसे अधिक आत्मसात् करतीं। दो घड़ी कैसे और कब व्यतीत हुई, ज्ञात ही नहीं हुआ। भक्ति की ऐसी व्याख्या तो काशी का कोई प्रकाण्ड विद्वान् ही कर सकता है।"

"अच्छा ऐसा है तो कल प्रातः उनके प्रवचन सुनने मुझे भी साथ ले चलना"—शुभंवदा ने कहा।

"परन्तु देवि वे तो मेरे समक्ष ही अन्य स्थान के लिये प्रस्थान कर गये थे, जब मैंने उनके विषय में स्थानीय स्त्रियों से पृच्छा की तो उन्होंने बताया—योगी बहुत दिनों के अन्तराल पर मात्र एक दिन के लिये यहाँ आते हैं, विश्राम करते हैं परन्तु यहाँ रात्रि निवास नहीं करते हैं। हम लोगों ने बहुशः अनुरोध पर किया कि कुछ कन्दमूल फल ग्रहण करें परन्तु उन्होंने विनम्रतापूर्वक मना कर दिया और अन्यत्र चले गये।"

इस प्रकार योगी के लक्षण एवं उपलक्षणों के ज्ञान के उपरान्त शुभंवदा ने मनसा निश्चय किया कि योगी के रूप में वह अवश्य सत्यधन हैं।

* * *

उसी दिन सायंकाल तपोवन के कतिपय सन्यासी शस्त्रास्त्र (खड्ग, धनुषादि) संचालन का अभ्यास, अभ्यास क्षेत्र में कर रहे थे। वहाँ से जाते हुए एक योगी की दृष्टि उनके त्रुटिपूर्ण अभ्यास पर पड़ी। योगी वहीं रुक कर देखने लगे। तभी एक युवा सन्यासी ने कहा–"योगिराज! आप अपना मार्ग लीजिए। अपनी यात्रा कीजिए। यह शस्त्रास्त्रों के प्रशिक्षण का केन्द्र है कोई भक्ति मार्गीय उपदेश स्थल नहीं।"

"भक्ति मार्ग सरल नहीं है, यह मार्ग भी असिधारवत् है", योगी ने सस्मित सन्यासी से अभिवादनपूर्वक कहा।

"पुनरपि, आप अपने गन्तव्य को जाइये",–युवा सन्यासी ने कहा।

"मुझे आप की आत्मरक्षा में एक सामान्य त्रुटि दिखी, इस हेतु मैं यहाँ रुक गया। आपके प्रशिक्षक एक साथ कई सन्यासियों को प्रशिक्षित कर रहे हैं अतः उनकी दृष्टि स्यात् इस त्रुटि पर नहीं पड़ी।"

"अच्छा, अगर आप खड्ग संचालन में निपुण हैं तो जरा इसका प्रदर्शन कीजिए, हम लोग भी थोड़ा ज्ञान प्राप्त कर लें", युवा सन्यासी ने व्यंग्य भाव से कहा।

"यदि आपके प्रशिक्षक की अनुमति हो तो मैं प्रदर्शन कर सकता हूँ"–योगी ने कहा।

प्रशिक्षक सन्यासी ने विनम्रतापूर्वक कहा–"अवश्य योगिराज इन्हें अपना कौशल दिखाइये। ये युवा सन्यासी शायद आपसे कुछ ज्ञान प्राप्त कर सकें।"

तदुपरान्त योगी ने अपने गुरु का स्मरण कर सन्यासियों के समक्ष धनुष से लक्ष्य संधान एवं खड्ग संचालन का ऐसा प्रदर्शन किया कि सभी आश्चर्यचकित, अपलक, मन्त्रमुग्ध देखते रह गये। योगी का आत्मरक्षात्मक प्रदर्शन अत्यन्त उच्चकोटि का था। प्रदर्शन पूर्ण कर योगी अपने वस्त्रों एवं आवश्यक वस्तुओं की पोटली समेटते हुए चल पड़े। तभी एक वरिष्ठ सन्यासी ने कहा–"योगी जी आप शस्त्रास्त्र संचालन के विशिष्ट ज्ञाता हैं। यदि आप तपोवन में कुछ दिन रुक जायें और हमारे युवा सन्यासियों को प्रशिक्षित करने का कष्ट करें तो यह हमारा सौभाग्य होगा।"

"नहीं, सन्यासी यह आपका नहीं, मेरा सौभाग्य होगा परन्तु मैं यात्रा पर हूँ अतः यहाँ रुक नहीं सकता। तपोवन के प्रधान को मेरा प्रणाम कहियेगा। कभी अवसर मिला तो प्रणाम करने हेतु अवश्य उपस्थित होऊँगा"–ऐसा कहकर योगी वहाँ से प्रस्थान कर गये।

योगी के चले जाने पर सभी सन्यासी, क्या युवा, क्या वृद्ध स्तब्ध रह गये। सन्यासियों को प्रशिक्षण देने वाले योगी सीधे तपोवन के प्रधान सिद्धारुढ़ानन्द जी के पास पहुँचे तथा आज प्रशिक्षण के समय योगी के आने एवं धनुष खड्गादि के संचालन के प्रदर्शन के अद्वितीय कौशल को विस्तार से बताया। तपोवन के प्रधान सिद्धारुढ़ानन्द जी ने कहा–"आपने उनसे रुकने का अनुरोध नहीं किया?"

प्रशिक्षक सन्यासी ने कहा–"मैंने बहुत प्रयास किया कि रुक जायं परन्तु वे आपको प्रणाम निवेदित कर शीघ्रता से प्रस्थान कर गये। सम्भवतः वे आपसे भली भाँति परिचित हैं।"

सिद्धारुढानन्द जी ने मन में विचार किया वो निश्चयेन आचार्य सत्यधन थे जो स्वतः अज्ञातवास में विचरण कर रहे हैं।

* * *

उसी रात्रि, रात्रि के अन्तिम प्रहर में शुभंवदा ने एक स्वप्न देखा। उसने देखा कि जब वह कनक कुण्ड में स्नान कर वापस अपनी वनिका आ रही थी तो मन्दिर के समीप एक योगी, योग-साधना में निमग्न हैं। शुभंवदा ने योगी को प्रणाम किया। उसी समय योगी ध्यान-विरत हुए और दृष्टि उठा कर शुभंवदा की ओर देखकर 'स्वस्ति' कहा।

शुभंवदा ने योगी से उनका नाम तथा जन्म स्थल जानने की जिज्ञासा की। योगी ने स्वयं का नाम एवं जन्म स्थान बताने में असमर्थता व्यक्त की परन्तु इतने में ही उनके स्वर से शुभंवदा ने ज्ञात कर लिया, वे योगी कोई अन्य नहीं, अपितु सत्यधन हैं।

शुभंवदा ने योगी के स्वल्पाहार की व्यवस्था हेतु परिचारिका को वनिका भेजा। एकान्त में शुभंवदा ने कहा—"सत्यधन, आप अपने उपलक्षणों से समस्त जन के समक्ष अज्ञात अभिज्ञान रह सकते हैं परन्तु शुभंवदा से नहीं यह रूप कब से धारण कर लिया?"

देवि! जब मैं महारानीश्री को राजभवन अथवा आश्रमपद वापस ले आने में असमर्थ रहा तो विचार किया कि जब महारानी शुभंवदा के अभाव में राजकीय व्यवस्था चल सकती है तो मेरे बिना आश्रम पद भी चल सकता है, किसी के अभाव में कार्य अवरुद्ध नहीं होता है। कालचक्र निरन्तर स्वयं की गति से गतिमान रहता है न मन्द, न ही तीव्र, अपितु समान गति से। अतः मैंने योग साधना का विनिश्चय किया और तब योगी

वेश में विभिन्न स्थानों में योग साधना करता हूँ, गतिशील रहता हूँ, परन्तु आपकी भाँति मैं अपने अतीत को विस्मृत नहीं कर सका।

बाल्यावस्था एवं किशोरावस्था की बाँतें प्रायः मस्तिष्क में विद्युत की भाँति कौंधती रहती हैं। एक समय आपने कहा था–"जीवन के उत्तर काल में हम मित्रगण सभी पद त्याग कर एक स्थान पर रहने का प्रयास करेंगे। अन्य मित्र तो स्वयं के रचित संसार में निमग्न हो गये, आपने उसे नकार दिया परन्तु मैं अपने उस अतीत के वचन का निर्वहन यथासाध्य करूँगा"– सत्यधन ने कहा। आपके समीपस्थ इसी तपोवन, बृहदारण्य सहित समग्र विन्ध्याटवी में विचरण करता रहूँगा। अभी यह स्वप्न चल ही रहा था कि स्वप्न के मध्य महाराजश्री वैभवादित्य दृष्टिगत हुए। शुभंवदा द्वारा प्रणाम किये जाने के अनन्तर उन्होंने कहा शुभे! तुमने अपने अनन्य हितैषी तथा परम मित्र सत्यधन की उपेक्षा कर, उन्हें खोकर, स्वयं की बड़ी हानि की है। ऐसा कहते हुए महाराजश्री शून्य में विलीन हो गये।"

उषःकाल होने को आया शुभंवदा की निद्रा टूटी। समस्त शरीर स्वेद कणों से स्नात था। उसके गले से दबे स्वर में अस्पष्ट स्वर निकला सत्यधन, तभी परिचारिका ने व्यग्र होकर पूछा देवि! क्या आपने कोई दुःस्वप्न देखा है ? निश्चेष्ट शुभंवदा ने कहा–"हाँ दुःस्वप्न ही था और प्रातः तुम जिस योगी की बात कर रही थी ना, वो कोई और नहीं वरन् आचार्य सत्यधन थे।"

*****

तेईसवीं तरंगः रानीघाट

विन्ध्याटवी स्थित शुभंवदा की कुटिया के पार्श्व में एक निर्झर था, शुभंवदा की प्रिय सहायिका स्वस्तिका निर्झर के कुण्ड से जल लेने गयी थी। कुण्ड के समीप स्थित छोटे से विश्राम-स्थल पर कतिपय अरण्य-जन स्त्रियां विश्राम कर रही थीं। स्वस्तिका द्वारा 'कहाँ की यात्रा की जा रही है', विषयक जिज्ञासा किये जाने पर उन स्त्रियों ने अवगत कराया कि वे तीर्थ यात्री हैं और काशी तीर्थ-यात्रा पर जा रही हैं। आज यहाँ विश्राम कर कल प्रातः काशी के लिए प्रस्थान करेंगी। स्वस्तिका उन तीर्थ-यात्रियों से वार्ता करने के उपरान्त घड़े में पानी भरकर अपनी कुटिया पहुँची। शुभंवदा द्वारा विलम्ब का कारण पूछे जाने पर स्वस्तिका ने तीर्थ-यात्री स्त्रियों से हुई वार्ता का उल्लेख किया।

"मेरी भी मनोकामना काशी विश्वनाथ के दर्शन एवं जलाभिषेक की है, स्वस्तिका परन्तु देखो कब पूर्ण होती है। होती भी है या नहीं। महादेव की इच्छा", उच्छ्वासपूर्वक शुभंवदा ने कहा।

"देवि! यदि आप की इच्छा हो तो मैं समीप के ग्राम से शिबिका की व्यवस्था हेतु प्रधान से अनुरोध करूँ"–स्वस्तिका ने कहा।

"नहीं स्वस्तिका, शिबिका से नहीं, तीर्थ यात्रा तो पदयात्रा से ही सम्पन्न की जानी चाहिए। ज्ञात करो तीर्थ-यात्रियों का समूह कल प्रातः कब प्रस्थान करेगा। हम लोग भी उन्हीं के साथ प्रस्थान करेंगे।"

"परन्तु देवि, काशी की यहाँ से दूरी अधिक है। अधिक पद-यात्रा आपके स्वास्थ्य के प्रतिकूल होगी"–स्वस्तिका ने कहा।

"हाँ, तुम्हारा कथन सत्य है परन्तु पदयात्रा कर ही हम काशी चलेंगे। तुम सामान्य व्यवस्था कर लो। हम लोग भी इन्हीं अरण्य-जनस्त्रियों के साथ काशी तक की यात्रा करेंगे।"

"यथादेश, देवि!" कह कर स्वस्तिका यात्री समूह के साथ चलने की सूचना देकर प्रातः यात्रा की व्यवस्था में संलग्न हो गयी। समस्त आवश्यक वस्तुओं की व्यवस्था कर प्रातः तीर्थयात्री समूह के साथ स्वस्तिका एवं पौर्णिका को साथ लेकर शुभंवदा काशी के लिए चल पड़ी।

यात्री समूह दिन में यात्रा करता, मार्ग में आये तीर्थ स्थानों में पूजा अर्चना करते हुए नियत विश्राम-स्थलों पर रात्रि-निवास करता हुआ पाँचवें दिन काशी पहुँचा। सर्वप्रथम दशाश्वमेध घाट पर गंगा स्नान कर शुभंवदा ने काशी विश्वनाथ का जलाभिषेक एवं माता अन्नपूर्णा की अर्चना की। तद्दिनांक माघ शुक्ल पंचमी तिथि थी जिसे "वसन्त पञ्चमी" भी कहते हैं। काशी में वसन्त

पञ्चमी पर्व के रूप में मनायी जाती है और उस दिन वसन्त पञ्चमी पर्व की धूम थी। मनुष्यों में तो उमंग, उल्लास तथा नवीन ऊर्जा का संचार हो ही रहा था, प्रकृति नटी भी इन्द्रधनुषी रंगों से अपने को सराबोर कर अपने मनभावन रूप को चतुर्दिक प्रकट कर, नर्तन कर रही थी। अपनी पाण्डित्य परम्परा पर गौरवान्वित काशी, वाग्देवी की उपासना का केन्द्र थी। सम्पूर्ण नगर में अनेक स्थानों पर माँ सरस्वती की चल एवं अचल प्रतिमाओं की स्थापना तथा पूजा हो रही थी। माँ सरस्वती के उपासक यहाँ गली गली में थे। 'नहि बन्ध्या सरस्वती' को अपना आदर्श मानने वाला प्रत्येक काशी-वासी गृहस्थ, अपने पुत्र, पौत्रादिक को शिक्षित कराना अपना दायित्व समझते हुए ऋषि ऋण से मुक्त होने का प्रयास करता था।

मन्दिर में उमड़े जनसमूह के मध्य पूजा अर्चना करते हुए शुभंवदा एवं शेष तीर्थ-यात्रियों को मध्याह्न हो गया। पुनः दशाश्वमेध घाट आकर विश्राम स्थल में व्रताहार ग्रहण कर समूह की स्त्रियाँ विश्राम कर रही थीं। उसी समय नागरिकों का जन समूह उत्तर दिशा की ओर जाता दिखायी दिया। जनसम्मर्द महाराजश्री रुद्रादित्य की प्रशंसा तथा 'हर-हर महादेव' का उद्घोष करता हुआ जा रहा था। जिसे देखकर शुभंवदा ने स्वस्तिका से पूछा "स्वस्तिका नगर में कोई विशेष आयोजन है क्या ? इतना जनसमूह घाटों, गलियों तथा मुख्य मार्गों से उत्तर दिशा की ओर बढ़ा चला जा रहा है।"

"ज्ञात करती हूँ देवि!"–स्वस्तिका ने कहा।

तीव्र गति से जनसमूह के साथ जाने वाली एक स्त्री को रोक कर स्वस्तिका ने पूछा "देवि! ये समस्त जन कहां जा रहे हैं,

किस आयोजन में जा रहे हैं, स्थान विशेष पर कोई आयोजन है क्या?"

स्त्री ने रुक कर पूछा–"क्या तुम अन्य जनपद से आयी हो? सम्भवतः तुम तीर्थ-यात्री हो।"

"हाँ भगिनी, हम तीर्थ-यात्री हैं और विन्ध्य क्षेत्र से आये हैं"–स्वस्तिका ने कहा।

"इसी कारण तुम्हें ज्ञात नहीं है"–स्त्री ने कहा।

"हाँ देवि, हम तो कल ही रात्रि में यहाँ पहुँचे हैं अतः यहाँ के किसी आयोजन का ज्ञान नहीं है।"

ऐसा है भगिनी, महाराजश्री रुद्रादित्य ने महारानी शुभंवदा की कीर्ति को चिरस्थायी रखने हेतु 'शुभंवदेश्वर महादेव' की स्थापना एवं मन्दिर तथा गंगा जी के तट पर बृहद् परिमाप के घाट का निर्माण कराया है। आज उसी मन्दिर में महादेव एवं माँ पार्वती के विग्रह की प्राण-प्रतिष्ठा है तदुपरान्त नवनिर्मित घाट का लोकार्पण भी होना है। मन्दिर आज प्रथम बार सामान्यजन के दर्शन के लिए सुलभ होगा साथ ही नवनिर्मित घाट का नामकरण 'रानी-घाट' महाराजश्री द्वारा किया जायगा। कहते हैं भगिनी कि "शुभंवदेश्वर मन्दिर का निर्माण प्रान्त के प्रधान शिल्पी विश्वबन्धु के निर्देशन में सम्पन्न हुआ है। विश्वबन्धु ने वास्तुशास्त्र के अपने समस्त ज्ञान को सजीव रूप में प्रतिस्थापित कर दिया है। मन्दिर में स्थापित सभी विग्रहों का निर्माण शिल्पी ने स्वयं किया है। अतः आज यह जन-समुदाय वहीं जा रहा है। नवनिर्मित मन्दिर के दर्शन कर सभी अपने जीवन को कृतकृत्य करना चाहते हैं। महारानी शुभंवदा को यहाँ की जनता अपार प्रेम करती है। अतः उनकी कीर्ति हेतु निर्मित घाट का

अवलोकन करने के लिए सभी तत्पर हैं। मन्दिर में विग्रहों की प्राण-प्रतिष्ठा में आज महाराजश्री स्वयं यजमान होंगे। प्राण-प्रतिष्ठा के उपरान्त वे सामान्यजन को दर्शन देंगे तथा घाट का लोकार्पण भी करेंगे। अतः कोई भी काशीवासी इस दुर्लभ अवसर पर स्वयं को पुण्य का भागी न बना पाने के दुःख से दुःखी नहीं होना चाहता। मैं तो कहूँगी "भगिनी तुम लोग भी चलो। वहाँ के दर्शन से प्राप्त पुण्य किसी भी तीर्थ में स्नान-दान से प्राप्त पुण्य से न्यूनतर नहीं होगा।"

स्वस्तिका ने शुभंवदा की ओर देखा। शुभंवदा ने अपना वास्तविक परिचय न दिये जाने का संकेत किया परन्तु स्वस्तिका ने मन्द स्वर में कहा "देवि आपसे अनुरोध है कि क्यों न हम लोग भी वहाँ चलें। हम अपना परिचय कहीं प्रकट नहीं करेंगे। आप की कीर्ति हेतु स्थापित मन्दिर में भगवान के दर्शन-पूजन, नूतन घाट का अवलोकन तथा दूर से ही महाराजश्री के दर्शन कर स्वयं को कृतार्थ कर लें।"

शुभंवदा ने कहा "नहीं, स्वस्तिका–नहीं। हमें प्रातः अपने आश्रम को प्रस्थान करना है। मैं वहाँ जाकर किसी विवाद या मोह में नहीं पड़ना चाहती, अपनी तपश्चर्या में अन्तराल नहीं चाहती, यदि किसी ने हमारा अभिज्ञान कर लिया तो स्थिति विपरीत हो सकती है। मोह-बन्ध का उच्छेद बहुत दुष्कर होता है स्वस्तिके।"

परन्तु स्वस्तिका एवं पौर्णिका ने वहाँ चलने का पुनः आग्रह किया, जिसका शुभंवदा निषेध नहीं कर सकी। उसी समय उस स्त्री ने पुनः उच्च स्वर में कहा–'भगिनी विचार मत करो, मेरा अनुगमन करो, आओ शीघ्र, आओ।'

ऐसा सुनते ही सभी स्त्रियाँ उसके पीछे चलने लगीं साथ ही स्त्री स्वभावानुसार परस्पर वार्ता भी करने लगीं। तभी आगे चल रही स्त्री ने पूछा–"तुम लोग विन्ध्य क्षेत्र से आयी हो परन्तु बहुत मन्द-गति से चल रही हो। तुम्हारे साथ यह अवगुण्ठन वाली स्त्री (शुभंवदा) तो और भी मन्द गति से चल कर अपनी सुकुमारता प्रकट कर रही है। वार्ता में विषयान्तर करने के लिए स्वस्तिका ने पूछा–"भगिनी, महारानी स्मृति शेष तो नहीं हो गयीं?"

"अरे नहीं भगिनी हमारी महारानी शतायु हों, यह घाट उनकी कीर्ति विस्तार के लिए निर्मित हुआ है।"

"महारानी तो राजभवन में रहती होंगी", अज्ञानता प्रकट करते हुए स्वस्तिका ने पूछा।

"हाँ, महारानी राजभवन में ही रहती हैं परन्तु अभी वे किसी अनुष्ठान को पूर्ण करने हेतु विन्ध्याटवी में किसी अज्ञात स्थान पर तपस्या में लीन हैं। इस समारोह में वे अनुपस्थित रहेंगी। राज-घोषणा से ऐसा सामान्य-जन को अवगत कराया गया है।

"भगिनी ऐसा तो नहीं है कि महारानी, महाराजश्री से रुष्ट होकर तपस्या के ब्याज से अन्यत्र चली गयी हों ?"

"नहीं, नहीं तुम ऐसा क्यों कह रही हो, भगिनी महाराजश्री पर सन्देह करके तुम पाप की भागी बनोगी, ऐसा कदापि नहीं कहना, न सोचना। महाराजश्री, महारानी के प्रति अपनी श्रद्धा को प्रकट करने के लिए ही तो 'शुभंवदेश्वर महादेव' की स्थापना एवं विशाल घाट का निर्माण कराये हैं।"

"और भगिनी यदि महारानी कभी काशी प्रान्त वापस ही न आयीं तो ?"

"आएंगी, क्यों नहीं, अवश्य आयेंगी",

"काशीवासियों का उनके प्रति अपार स्नेह उन्हें आकर्षित कर वापस ले आयेगा। महाराजश्री स्वयं उन्हें वापस लाने का पूर्ण प्रयास करेंगे।"

"यदि उन्होंने वापस न आने का प्रण ले रखा हो या वचन दे रखा हो तो"-स्वस्तिका ने पूछा।

"तुम तो भगिनी, ऐसे कह रही हो जैसे तुम देवि की वैयक्तिक सहायिका हो और तुम्हें उनकी हर बात ज्ञात हो। वैसे भी वो ऐसा प्रण क्यों लेंगी या किसी को ऐसा वचन क्यों देंगी।" तुम्हारी वार्ता से तो यही लग रहा है कि तुम विन्ध्य क्षेत्र की निवासिनी हो। "शायद-तुम्हें ज्ञात नहीं है कि काशी का निवासी बहुत दिनों तक काशी नगरी से दूर नहीं रह सकता। ऐसे भी मोक्ष हेतु इस नगरी में आना है। अतः हम सभी नागरिक आश्वस्त हैं कि महारानी काशी में पुनः अवश्य आयेंगी!" ऐसी बातें कहती हुई स्त्री आगे बढ़ती जा रही थी।

स्वस्तिका ने महारानी की ओर देखा तथा मन्द स्वर में कहा-"देवि आपके प्रति काशी के नागरिकों का प्रेम अनन्य है। कुछ देर चलने के उपरान्त नगर के अन्तिम छोर पर नवनिर्मित घाट दिखायी दिया। घाट विशाल क्षेत्र को परिव्यास कर, शताधिक सीढ़ियों वाला, गंगा जी को स्पर्श करता हुआ, निर्मित कराया गया था। घाट के ऊपर दक्षिण भाग में उच्च शिखर वाला शिवालय जिसे 'शुभंवदेश्धर महादेव' नाम दिया गया था, निर्मित था।"

वे सभी तीर्थयात्री स्त्रियां प्रथमतः नवीन प्रतिष्ठित शुभंवदेश्वर महादेव का दर्शन कर नवनिर्मित घाट पर खड़ी हो गयीं। विशाल जन समूह चतुर्दिक् एकत्र था। सभी महाराजश्री के आगमन की प्रतीक्षा कर रहे थे। प्राण-प्रतिष्ठा के उपरान्त महाराजश्री मंच पर आये, उनके मंच पर आते ही विशाल जन समूह ने 'हर-हर-महादेव' का गगनभेदी उद्घोष कर महाराजश्री का अभिवादन किया। महाराजश्री ने भी करबद्ध प्रत्यभिवादन किया साथ ही नवनिर्मित रानी घाट के लोकार्पण की कार्यवाहीपूर्ण की। प्रसन्न जन समुदाय ने 'महाराजश्री की जय हो' का नारा लगाया।

जनसमूह के मध्य महारानी शुभंवदा अपनी सहायिकाओं स्वस्तिका एवं पौर्णिका के साथ खड़ी होकर कभी–नवनिर्मित शिवालय, घाट तथा कभी महाराजश्री रुद्रादित्य को देख रहीं थीं। महाराज, संक्षिप्त संबोधन कर वापस राजभवन चले गये। अपार भीड़ धीरे-2 छँटने लगी। तभी शुभंवदा ने स्वस्तिका से कहा–"स्वस्तिके! हमें यहाँ से अतिशीघ्र चलना चाहिए।" स्वस्तिका ने पूछा–"क्या हुआ देवि।"

"मैंने भीड़ में सत्यधन को प्रच्छन्न वेश में देखा है उन्होंने भी मुझे देखा परन्तु स्यात्–वे मेरा अभिज्ञान नहीं कर पाये। इस जनसमुदाय में वे मुझे ढूँढने का प्रयास करें, इसके पूर्व हमें यहाँ से प्रस्थान कर जाना चाहिए।"

"ओह देवि, यहाँ से हमें शीघ्र चलना होगा। आपकी अनुमिति सही सिद्ध हुई।" सभी स्त्रियाँ तीव्र गति से सीढ़ियाँ चढ़ने लगीं तभी पीछे मन्दस्वर में किसी ने कहा–"अभिवादन देवि!"

स्वर सत्यधन का था। शुभंवदा अनायास पीछे मुड़ गयी। पीछे देखा, सत्यधन सीढ़ियां चढ़ रहे थे। शुभंवदा समझ गयी सत्यधन ने उसका अभिज्ञान कर लिया है। तभी पुनः स्वर गूँजा "क्षण मात्र रुकिये देवि।" शुभंवदा रुक गयी। स्वस्तिका, पौर्णिका एवं अन्य स्त्रियाँ थोड़ी दूरी बनाकर खड़ी हो गयीं।

सत्यधन ने पूछा "कैसी हैं देवि! स्वास्थ्य अनुकूल तो है। काशी में कब से हैं। यदि आप काशी मैं हैं तो आपका स्थान मंच पर महराजश्री के पास होना चाहिए था। हमने सुना था आप को इस समारोह में सम्मिलित कराने हेतु महाराजश्री ने आप के विन्ध्याटवी के आश्रम पर अपने दूत तथा सहायकों को भेजा था परन्तु आप वहाँ नहीं थी। स्यात् आप तीर्थ-यात्रा पर पूर्व से ही निकल चुकी थीं।"

शुभंवदा ने कहा–"हाँ हम लोग तीर्थ-यात्रा पर काशी आये हुए हैं। हमारी सहायिका स्वस्तिका ने इस समारोह को देखने की इच्छा प्रकट की, अतः मुझे यहाँ भी प्रच्छन्न वेश में आना पड़ा। परन्तु आप भी तो छद्म वेश में ही है सत्यधन, हमने तो सुना था आप भी विन्ध्याटवी के अरण्य-जन को शिक्षित करने के साथ ही वहीं कहीं तपश्चर्या मे संलग्न हैं। पुनः यहाँ कैसे?"

"हाँ देवि। मैंने लोकाराधन का जो व्रत ले रखा है, उसी की सम्पूर्ति वहाँ से कर रहा हूँ। यहाँ तो मैं माघ मास पर्यन्त गंगा स्नान एवं काशी विश्वनाथ के दर्शन तथा पूजन हेतु तट पर एक कुटिया में रह रहा हूँ। मास की समाप्ति के उपरान्त पुनः विन्ध्याटवी को लौट जाऊँगा और आप की तपस्या तो निरापद चल रही है ना?"

"बिल्कुल, निरापद। आप का माघ मास में काशी-प्रवास का कार्यक्रम कैसे बना?"

मैं क्या बताऊँ देवि, मैं तो मन्द-भाग्य, क्षीण-पुण्य, अनिकेत तथा समय द्वारा परास्त हूँ। विचार किया थोड़ा पुण्यार्जन का प्रयास करूँ। मेरे पास आप की तरह संचित पुण्य नहीं है।"

"काशी विद्याश्रम में जिसने प्रधान आचार्य तथा काशी प्रान्त के महामात्य के पद को सुशोभित किया हो, वह मन्दभाग्य कैसे हो सकता है। जो लोकाराधन में सदैव तत्पर हो, वह क्षीण-पुण्य कैसे हो सकता है? जिसकी काशी में वियद् गंगा के तट पर पर्ण-कुटी हो वह अनिकेत कैसे हो सकता है, जिसके बुद्धि-वैभव से काशी प्रान्त की चतुर्दिक सामीएँ सुरक्षित हुई हों, वह परास्त कैसे हो सकता है। आप का स्वयं को न्यूनतर मूल्यांकित करना उचित नहीं है आचार्य।"

इसी के मध्य आचार्य ने कहा–

"आप सभी से अनुरोध है देवि, मेरी कुटिया पर आज मेरा आतिथ्य स्वीकार करने की कृपा करें।"

"नहीं, आचार्य नहीं। हमें वापस जाना है।"–शुभंवदा ने कहा।

"मेरा अनुरोध था देवि, पता नहीं भविष्य में पुनः परस्पर साक्षात् कब हो।

इसी मध्य स्वस्तिका ने कहा–"विलम्ब हो रहा है देवि, समूह की शेष स्त्रियाँ विश्रामालय में प्रतीक्षा कर रही होंगी। कल प्रत्यूष में प्रस्थान करना है वहाँ ससमय उपस्थिति वाञ्छित है।"

स्वस्तिका का कथन सुनते ही शुभंवदा ने कहा–"आचार्य हमें यहाँ से शीघ्र चलना चाहिए और आप भी अपने गन्तव्य को प्रस्थान करें।"

"मुझे ज्ञात था देवि, आप मेरा अनुरोध स्वीकर नहीं करेंगी। मस्तिष्क निषेध कर रहा था परन्तु मन.......? कोई बात नहीं देवि, आप ने मेरी बात कब मानी है। मेरी इच्छाओं के विरूद्ध ही आप ने निर्णय लिये हैं। वैसे मैंने आप के अधीन रह कर प्रान्त की सेवा की है अतः आज भी मैं स्वयं को आप का सहायक ही मानता हूँ और सहायक तो अनुरोध ही कर सकता है, शेष आप की इच्छा।"

"ये महत्त्वहीन एवं अप्रासंगिक बाते हैं आचार्य। अब कौन स्वामी, कौन सहायक, सम्प्रति हम दोनों का मैत्री सम्बन्ध तो है। मित्र वही जो परस्पर की रक्षा करे। कोई भी आपात् काल आया तो मैं आपका स्मरण करूँगी तद् वत् आप भी किसी विषम परिस्थिति में मुझे स्मरण कर सकते हैं। इत्यलम्"– ऐसा कहते हुए शुभंवदा घाट की कुछ और सीढ़ियाँ चढ गयीं। सत्यधन ने उनका अनुगमन किया। पीछे मुड़ कर शुभंवदा ने देखा और रूक कर कहा–"आचार्य, आप मेरा अनुगमन मत कीजिए। आप अपनी प्रज्ञा से मुझे शिथिल कर देंगे और मैं ऐसा होने देना नहीं चाहती।"

"ओह", दीर्घ श्वास लेकर सत्यधन ने कहा। कुछ और सीढ़ियाँ चढते हुए सत्यधन ने कहा 'देवि', शब्द का उच्चारण शुभंवदा ने सुना, पर रुकी नहीं। स्वस्तिका ने पलट कर देखा सत्यधन सीढ़ियाँ चढते हुए ऊपर आ रहे थे परन्तु शुभंवदा ने स्वस्तिका से उच्च स्वर में कहा, "शीघ्र चलो" और वे तीनों अपने विश्रामालय चली गयीं।

रात्रि विश्राम के समय स्वस्तिका ने शुभंवदा से पूछा देवि! आप अत्यन्त कोमलहृदया, ममता की मूर्ति, करुणामयी हैं परन्तु आप आचार्य सत्यधन के साथ इतना निर्मम, करुणाहीन, तथा कठोर हृदय वाली क्यों हो गयीं, यदि उन्होंने निवेदन किया था तो कुछ क्षण उनकी कुटिया पर चल कर स्वल्पाहार ग्रहण कर भी, यहाँ वापस आ सकती थीं परन्तु देवि आपने किस हेतु ऐसा नहीं किया। मेरी समझ से परे रहा, आपका यह व्यवहार।"

"स्वस्तिके! तू सरल हृदया है। अरे सरले! तुम सत्यधन को नहीं जानती वो हमें अपनी कुटिया पर ले जाते और किसी ब्याज से महाराजश्री को सूचित कर देते, यदि महाराजश्री वहाँ स्वयं आते फिर तो मेरा वापस आना दुष्कर हो जाता। यदि ऐसा नहीं करते तो स्वयं अपने वाग्जाल में उलझा कर वहाँ रुकने हेतु हमें सहमत कर लेते। मुझे अभी अपनी निर्धारित अवधि की तपश्चर्या पूर्ण करनी है, इसमें मैं किसी प्रकार का व्यवधान नहीं चाहती।"

"यदि वे ऐसा करते तो वचन उल्लंघन के अपराध हेतु आप उन्हें दण्डित कर सकती थीं, देवि"–स्वस्तिका ने कहा।

"सत्यधन को, और मेरे दण्ड की चिन्ता, कदापि नहीं, तुमने सुना नहीं था जब विजयगढ़ नरेश की हत्या हुई थी तो वे कैसे मृत्यु दण्ड का वरण के लिए तत्पर हो गये थे। अतः उन्हें दण्ड की चिन्ता कथमपि नहीं रहती।" वैसे स्वस्तिका, हमें कल प्रातः से एक घड़ी पूर्व ही यहाँ से प्रस्थान कर देना चाहिए। सभी सह-यात्री स्त्रियों को सूचित कर दो। सम्भावित है, सत्यधन प्रातःकाल हमसे मिलने एवं हमें रोकने का पुनः प्रयास करें।

"ऐसा ही होगा, देवि"–स्वस्तिका ने कहा।

दूसरे दिन प्रातःकाल सत्यधन शुभंवदा द्वारा बताये गये विश्रामालय पर पहुँचे परन्तु वहा कोई भी तीर्थ-यात्री नहीं था। वहाँ के सहायक से जब पूछा तो उसने बताया कि विन्ध्य क्षेत्र की दशाधिक स्त्रियाँ यहाँ रुकी थीं परन्तु वे सभी प्रत्यूष में ही चली गयीं, अब यहाँ कोई नहीं है।"

दुःखी सत्यधन ने मन ही मन नेत्र बन्द कर कहा–"तुम्हारा मार्ग प्रशस्त हो शुभे!"

सत्यधन ने बन्द नेत्रों से देखा शुभंवदा ने पलट कर देखते हुए सस्मित कहा–"धन्यवाद, सत्यधन।"

तदुपरान्त चलने हेतु तत्पर सत्यधन जब मुड़े तभी किसी ने उनका हाथ पकड़ कर कहा–"आइये आचार्य, इधर से चलते हैं।" आश्चर्यचकित सत्यधन ने देखा पार्श्व में भद्रबाहु खड़े थे।

आचार्य ने पूछा–"भद्रबाहु तुम मेरा अनुगमन कर रहे हो? और कब से कर रहे हो? तुमने मेरा अभिज्ञान कब से किया हुआ है।"

"आइये आचार्य आप की कुटिया पर चलते हैं, वहीं वार्ता करेंगे"–भद्रबाहु ने कहा।

"भद्रबाहु जब आपने मुझे पहचान ही लिया है तो चलिए वहीं वार्ता करेंगे"–आचार्य ने कहा।

मार्ग में ही सत्यधन ने भद्रबाहु को अवगत कराया कि वे माघ की पूर्णिमा तक यहाँ निवास करेंगे। पूर्णिमा-स्नान

के उपरान्त पुनः विन्ध्याटवी जा कर अज्ञातवास व्यतीत करेंगे।

पूर्णिमा को मध्याह्न में भद्रबाहु जब सत्यधन से मिलने पहुँचे तो देखा कुटिया रिक्त पड़ी थी। सत्यधन वहाँ से जा चुके थे।

*****

चौबीसवीं तरंगः ग्राम प्रधान बिसेसर

नौगढ़ क्षेत्र के अत्यन्त सघन वन के मध्य एक गाँव था माणिकपुर। उस गाँव में आदिवासी रहते थे। उन्होंने अपनी संस्कृति, आचार-विचार, रहन-सहन पुरातन ही रखा था। वे किसी भी बाह्य परिवर्तन से अछूते थे, तथाकथित विकास से कोसों दूर। अपनी प्रतिदिन की आवश्यकताओं को सीमित रखते हुए प्रकृति प्रदत्त सामग्रियों पर आधृत अपना जीवन व्यतीत कर रहे थे। गाँव के चारों ओर घने वृक्ष थे, जिनमें कुछ प्राकृतिक रूप से उगे हुए तथा कुछ वनवासियों द्वारा लगाये गये। दूर से देखने पर गाँव का अस्तित्व ही ज्ञात नहीं होता था। उस गाँव में लगभग सौ घर रहे होंगे। इन वनवासियों का प्रधान बिसेसर नामक वनवासी था, जो पूरे गाँव की देखभाल करता था। यदा-कदा जब ग्राम से बाहर जाना होता तो वही आवश्यक वस्तुओं की व्यवस्था के लिए अपने सहयोगियों के साथ जाता था और रात्रि से पूर्व ही लौट आता था। वनवासियों की आवश्यकताएं अत्यन्त न्यून थी अतः गाँव से बाहर नगर में

जाने की आवश्यकता भी इन्हें यदा-कदा पड़ती थी। वस्तुओं को प्राप्त करके, बदले में ये वन में उत्पन्न होने वाली वस्तुएं प्रदान करते थे। जगत् के बाह्य परिवर्तनों से अनभिज्ञ, अपने संसार में व्यस्त रहते थे। गाँव के सभी घर मिट्टी एवं लकड़ी से निर्मित थे। प्राकृतिक जल स्रोत ही उनके लिए जल प्राप्त करने के साधन थे। बाह्य जगत् के मनुष्यों से स्वयं को दूर रखते हुए वे वनवासी अपने यहाँ किसी बाह्य व्यक्ति को गाँव में प्रवेश नहीं करने देते थे। एक दिन सायंकाल दो वनवासी एक व्यक्ति को बलपूर्वक पकड़े हुए प्रधान बिसेसर के समक्ष आये और बोले–"प्रधान, यह व्यक्ति निषिद्ध क्षेत्र के बाहरी भाग में लगे अवरोध को हटाकर अन्दर प्रवेश की कुचेष्टा कर रहा था। उसी समय इसे रक्षकों ने पकड़ कर नायक को हस्तगत कर दिया। नायक ने इसे आपके समक्ष प्रस्तुत करने का आदेश हमें दिया है।"

"तुम कौन हो? कहाँ से आये हो? तुम राजपुरुष या गुप्तचर तो नहीं हो? तुम्हारा नाम क्या है?" गुरु गम्भीर स्वर में प्रधान ने अज्ञात व्यक्ति से पूछा।

"मैं एक यात्री हूँ, यात्रा करते हुए मार्ग भटक गया हूँ। इस सघन वन में मार्ग का ज्ञान नहीं होने के कारण, इतःस्ततः घूम रहा था। हिंसक पशुओं के भय से मैं निषिद्ध क्षेत्र में स्वयं की रक्षा के लिए प्रवेश करने का प्रयास कर रहा था। मैंने कोई अपराध नहीं किया है। यदि अज्ञानता वश मुझसे कोई त्रुटि हुई हो तो मुझे क्षमा करें"–यात्री ने कहा।

प्रधान ने अपने सहयोगियों से व्यक्ति की देह निरीक्षा करने को कहा–साथ ही इसके पास कोई मुद्रिका, शासनाधिकार आदि न होने की आश्वस्ति चाही।

सहयोगियों ने प्रधान को अवगत कराया कि इस व्यक्ति के पास दैनन्दिन आवश्यक वस्तुओं के अतिरिक्त कुछ भी नहीं है।

'यह संदिग्ध व्यक्ति नहीं है', ऐसा सुनिश्चित होने पर प्रधान ने उसे गाँव से बाहर छोड़ने का आदेश दिया परन्तु यात्री ने अनुरोध किया कि "आप मुझे यहीं रात्रि व्यतीत करने की अनुमति दीजिए। यदि मैं इस समय बाहर जाऊँगा तो कोई हिंस्र पशु मुझे अपना ग्रास बना सकता है। अतः प्रधान मुझ पर दया कीजिए।"

"अच्छा ठीक है, इस व्यक्ति को प्राथमिक विद्यालय की अतिथि शाला में ले जाओ। वहाँ के परिचारकों से इस पर ध्यान देने हेतु कहना और अपरिचित तुम प्रातः फिर अपना मार्ग लोगे, इस गाँव के आप-पास भी दिखाई नहीं दोगे"–उच्च स्वर में प्रधान ने व्यक्ति की ओर उन्मुख होकर कहा।

"कृपा, प्रधान आप की, मैं ऐसा ही करूँगा।"

इस प्रकार उस यात्री को दोनों अरण्यवासी प्राथमिक विद्यालय ले गये। विद्यालय नव-निर्मित था जिसमें दो बड़े कक्ष, एक बैठक कक्ष तथा एक अतिथि- शाला मिट्टी एवं लकड़ी से निर्मित थी। अतिथि-शाला के पार्श्व में एक छोटा कक्ष और बना था जिसमें सम्भवतः कोई शिक्षक रहता था। जो वहाँ के बालकों को शिक्षा देता था।

प्राथमिक विद्यालय के परिचारक को यह निर्देश देते हुए दोनों वनवासी चले गये कि "यह व्यक्ति रात्रि पर्यन्त यहीं निवास करेगा, इसके भोजनादि की व्यवस्था तुम कर देना। प्रातः काल इसे गाँव की बाह्य सीमा के बाहर जाना है।"

'ऐसा ही होगा', कह कर परिचारक उन्हें आश्वस्त करते हुए बाह्य व्यक्ति की ओर उन्मुख होकर कहा—"देखो तुम इस विद्यालय के परिसर में ही रहोगे। इससे बाहर जाने की चेष्टा किये तो तुम दण्डित किये जाओगे। तुम्हारी आवश्यक, आवश्यकताएं यहीं पूर्ण की जाएंगी। तुम हमारे अतिथि हो"—ऐसा कह कर परिचारक आवश्यक व्यवस्था में व्यस्त हो गया।

सायं काल होने को था। बाह्य व्यक्ति ने सोचा विश्राम करने से पूर्व परिसर का भ्रमण ही कर लें। विद्यालय के पूर्व भाग में एक छोटा शिवालय था जिसमें उसने एक व्यक्ति को पूजा करते हुये देखा तथा स्तुति-पाठ करते सुना। स्तुति-पाठ करने वाला अत्यन्त शुद्ध उच्चारण कर रहा था। अपरिचित व्यक्ति को आश्चर्य हुआ। यहाँ पर कौन हो सकता है, यह तो कोई उच्च शिक्षा प्राप्त व्यक्ति होना चाहिए। इस प्रकार विचार करता हुआ अपरिचित शिवालय के बाहर खड़े होकर पूजा समाप्ति की प्रतीक्षा करने लगा। अल्प समय में ही पूजा पूर्ण कर पुजारी पीछे मुड़ा।

अरण्यजन की वेश भूषा में अत्यन्त सादगी से जीवन व्यतीत कर रहा पुजारी और कोई नहीं, आचार्य सत्यधन थे, जिसे अपरिचित व्यक्ति ने तत्काल अभिज्ञान कर कहा—आचार्य आप?

आचार्य ने भी तत्काल प्रत्युत्तर किया—"भद्रबाहु आप?"

दोनों ने एक दूसरे का अभिवादन किया।

भद्रबाहु ने पूछा आचार्य—"आप यहाँ कब से हैं? इस अत्यन्त सघन वन में क्या कर रहे हैं? आप और इस वेश में मैं तो कल्पना भी नहीं कर सकता।" दोनों परस्पर के प्रति जिज्ञासात्मक प्रश्न पूछते रहे। तदनन्तर आचार्य ने कहा—"स्थिर

चित्त बैठो भद्रबाहु, मैं आपको अपने विषय में अवगत कराता हूँ। लोक-सेवा का व्रत तो मैंने पूर्व से ही ले रखा है। अज्ञातवास काल में मैं अरण्य के मध्य यायावर की तरह घूमता रहा। एक दिन मैंने विचार किया कि कुछ माह स्थिर रह कर कार्य किया जाना चाहिए। नगरीय एवं ग्रामीण क्षेत्र में अनेक संस्थाएं लोगों को शिक्षित एवं संस्कारित करने का कार्य कर रही हैं परन्तु सघन अरण्य क्षेत्र में अभावों के मध्य, कोई कार्य करने को तत्पर नहीं दिखता था। अतः मैंने निश्चय किया कि मैं अरण्य-जन की सेवा तथा इन्हें शिक्षित करने का कार्य करूँगा। इन्हें स्वच्छता, संस्कार एवं शिक्षा, इनकी आवश्यकताओं तथा इनकी मूल संस्कृति को संरक्षित करते हुए प्रदान करूँगा। अतः मैं इस ग्राम में आ पहुँचा। प्रारम्भ में इन्होंने मुझे स्वीकार नहीं किया मेरे द्वारा पुनःपुनः अनुरोध करने पर ग्राम प्रधान तैयार हुए परन्तु कई शर्तों के उपरान्त। यथा–'मैं ग्राम के अन्दर नहीं जाऊँगा। किसी भी बालक को औपचारिक शिक्षा हेतु बाध्य नहीं करूँगा। इन्हें अपने नियमों में चलने से रोकूँगा नहीं' इत्यादि। मैंने इनकी शर्ते स्वीकर करते हुए यहाँ रहना सुनिश्चित किया। प्रारम्भ में मुझे भी अनेक परेशानियों का सामना करना पड़ा परन्तु मैं इन सभी व्यवस्थाओं का अभ्यासी हो गया हूँ। जहाँ तक वेश की बात है तो "यथा देश तथा वेश" पुरानी लोकोक्ति है। अतः यहाँ मैं इसी वेश में स्वयं को अच्छा अनुभव करता हूँ। यहाँ पर मेरा मन लगता है। यहाँ का सुरम्य वातावरण किसी भी व्यक्ति को अपने से पृथक् न होने के लिए बाध्य करता है। जो एक बार यहाँ आकर कतिपय दिवस व्यतीत कर लेता है, वह यहाँ से जाना नहीं चाहता। अतः मैंने भी यहीं रहने का निश्चय किया। यहाँ के बालकों एवं युवाओं को मैं शिक्षित करता हूँ। इस ग्राम का प्रत्येक बालक प्रातःकाल इस विद्यालय में आता है।

यहाँ कोई औपचारिक शिक्षा नहीं दी जाती वरन् इन्हें खेलकूद, मृगया, कन्दुक-क्रीड़ा, आदि का अभ्यास कराया जाता है। इनके समाज में व्याप्त कुरीतियों के विषय में इन्हें अवगत कराया जाता है। यहाँ रहते हुए मैंने दो योग्य शिष्याध्यापकों को तैयार कर रखा है। जो बालकों की संख्या अधिक होने पर या मेरे द्वारा प्रवास पर चले जाने पर ये इन्हें शिक्षा देने का कार्य करते हैं"–सत्यधन ने कहा। तत्पश्चात् सत्यधन ने भद्रबाहु से अपने समस्त परिचितों का समाचार पूछा।"

भद्रबाहु ने सबका कुशल बताया तथा स्वयं के विषय में कहा कि–"उन्होंने भी गुप्तचर का पद छोड़ दिया है। सम्प्रति इसी तरह यतस्ततः घूमते रहते हैं। कहीं भी निवास नहीं बनाया।" भद्रबाहु ने आगे कहा–"एक दिन मैं महाराजश्री रूद्रादित्य से मिलने गया। महाराजश्री ने मुझसे समस्त परिचितों का समाचार पूछते हुए आप का समाचार पूछा, जिस पर मैंने आपके विषय में अद्यतन जानकारी नहीं होने की बात कही तो महाराजश्री ने हँसते हुए कहा–"यदि गुप्तचर भद्रबाहु को आचार्य के विषय में अद्यतन जानकारी नहीं होगी तो फिर उनका कुशल किससे ज्ञात होगा। ज्ञात कीजिए, भद्रबाहु। आचार्य तो आपके मित्र भी हैं।" महाराजश्री के ऐसा कहने पर मैंने मन में विनिश्चय किया कि किसी भी भाँति मुझे आचार्य सत्यधन के विषय में अद्यतन तथ्य जुटाना है और मैं पुनः सिद्धाश्रम आ गया। वहाँ कई दिनों से रात्रि निवास करता हूँ और दिन में आप का अनुसन्धान।"

एक दिन पूर्व मैं वन में भ्रमण कर रहा था तभी मुझे इस गाँव के बाह्य क्षेत्र में दो बालक दिखायी पड़े जो आम्र वृक्ष के नीचे छोटी-छोटी लकड़ियाँ इकट्ठी कर रहे थे मैंने उनसे पूछा–"वे क्या कर रहे हैं, इतनी छोटी लकड़ियाँ किस कार्य हेतु

संकलित कर रहे हैं, इनका उपयोग तो भोजन बनाने या अलाव जलाने में होगा नहीं, फिर इनका संचयन क्यों? दोनों बालक एक दूसरे को देखकर मुस्कुराये और मुझे अज्ञानी समझते हुए बोले–"इसे हम समिधा हेतु इकट्ठी कर रहे हैं। इसका उपयोग अग्निहोत्र हेतु होता है। हम अपने गुरू के पास जा रहे हैं और गुरू के समीप रिक्त-हस्त नहीं जाना चाहिए, अतः समिधा संकलित कर गुरू को समर्पित करेंगे।"

तत्पश्चात् मैंने उनसे पूछा–"तुम्हारे गुरू कौन हैं तो उन्होंने अवगत कराया कि हमारे गुरू माणिकपुर ग्राम में रहते हैं, वहीं उन्होंने विद्यालय की स्थापना कर रखी है, हम उन्हीं के छात्र हैं। मेरे द्वारा गुरू का नाम पूछे जाने पर वे दोनों बालक पुनः हँसे और कहा आप तो मूर्ख हैं आपको ज्ञात नहीं है "शिष्य, गुरू का नाम नहीं लेते हैं।" मैंने उनसे कहा–"बहुत अच्छा" और आगे बढ़ गया। मैंने अनुमान लगाया कि इस वन क्षेत्र के सभी ग्रामों में मैं भ्रमण कर चुका हूँ किसी में आपके निवास का कोई प्रमाण नहीं मिल रहा था। अतः मैंने इस गाँव में आने का निर्णय लिया। मुझे ज्ञात था कि यहाँ के अरण्यजन किसी भी बाह्य व्यक्ति को ग्राम में प्रवेश नहीं करने देते हैं और यदि कोई बाह्य व्यक्ति दिख जाए तो ये हिंसक हो जाते है परन्तु आप के विषय में जानकारी प्राप्त करने के लिए मैंने अपने जीवन का भी मोह नहीं किया। इस प्रकार मैं आप तक पहुँच सका हूँ।"

"आप मेरे आत्मीय हैं भद्रबाहु। आपने मेरी चिन्ता की, एतदर्थ हम आपके आभारी हैं।" इस प्रकार की वार्ता करते-करते सत्यधन ने अपने सभी परिचितों का कुशल पूछ लिया।

भद्रबाहु ने अवगत कराया कि "आपका कुशल जानने के लिए महाराजश्री रूद्रादित्य, नगरश्रेष्ठि लक्ष्मीनन्दन, निषादराज

रूपचन्द्र हमेशा उत्सुक रहते हैं। जब भी मुझसे मुलाकात होती है सभी पहले आपका कुशल पूछते है तदनन्तर किसी अन्य का।"

"मुझे ज्ञात है"–सत्यधन ने कहा।

"देवि शुभंवदा से कभी मुलाकात हुई क्या, भद्रबाहु?"

"नहीं, सुना है वे भी सिद्धाश्रम के बाह्य भाग में निर्मित किसी आश्रम में रहती हैं परन्तु मुझसे साक्षात् नहीं हो पाया। वे किसी पुरूष से नहीं मिलती हैं, अपनी तपस्या में लीन रहती हैं।"

इस प्रकार दोनों देर रात्रि तक वार्ता करते रहे। आचार्य के दोनों शिष्यों ने रात्रि-भोजन की व्यवस्था की। स्वपाकी आचार्य ने भोजन बनाया, भद्रबाहु के साथ भोजन किया और विश्राम करने लगे।

प्रत्यूष में आचार्य ने भद्रबाहु को शय्या त्यागने का संकेत किया। नित्य क्रिया से निवृत्त होकर भद्रबाहु ने आचार्य से पूछा कि "क्या आदेश है आचार्य?"

"भद्रबाहु आप को अरूणोदय से पूर्व इस ग्राम की सीमा के उस पार चले जाना है।" सत्यधन ने सानुरोध कहा।

"आचार्य क्या मैं यहाँ कतिपय दिवस आप के सान्निध्य में व्यतीत कर सकता हूँ।"

"क्षमा कीजिए भद्र। आप ऐसा नहीं कर सकते। आपके लिए तत्काल यह स्थान छोड़ देना उचित होगा।"

"अन्यथा?"

"अन्यथा की दशा में ग्राम प्रधान एवं यहाँ के निवासियों को यह सन्देह हो जायेगा कि आप मेरे पूर्व परिचित हैं। इन्हें यह आशंका रहती है कि मैं किसी भी दिन इस विद्यालय को छोड़ कर चला जाऊँगा। ये लोग नहीं चाहते कि मैं इनके बालक, बालिकाओं की शिक्षा मध्य में छोड़ कर अन्यत्र चला जाऊँ। मेरी समस्त सुख सुविधा का ये विशेष ध्यान रखते हैं। आप से मेरी आत्मीयता देखकर, ये आपके प्रति दुराग्रही हो सकते हैं। अतः आप यहाँ से तत्काल प्रस्थान करने का कष्ट करें।"

"ठीक हैं आचार्य। जो उचित हो वही करणीय है। आपका आदेश मेरे लिए सर्वोपरि है।" अत्यन्त दीनभाव से भद्रबाहु ने कहा और तत्काल अपने कक्ष से बाहर निकल कर चलने को तत्पर हुए।

आचार्य, भद्रबाहु को विद्यालय परिसर के बाहर तक छोड़ने आये। चलते हुए भद्रबाहु ने आचार्य से कहा–"आचार्य क्या मैं आप से एक निवेदन कर सकता हूँ?"

"निःसंकोच भद्र, आप कहिए।"

"क्या मैं आप के कुशल एवं निवास स्थान से आचार्याणी, महाराजश्री रूद्रादित्य, नगरश्रेष्ठि लक्ष्मीनन्दन एवं देवि शुभंवदा को अवगत करा सकता हूँ।"

"अवश्य भद्र। परन्तु ध्यान रहे उनके द्वारा जिज्ञासा किये जाने पर ही, स्वयमेव नहीं।"

"एक अन्तिम प्रश्न और आचार्य।"

"हाँ, कहिए।"

"क्या उपर्युक्त में से किसी का भी कोई आवश्यक संदेश यदि आप तक पहुँचाना हो तो, पुनः आप की सेवा में मैं उपस्थित हो सकता हूँ?"

"अवश्य भद्र, परन्तु जब भी आइयेगा, सावधानीपूर्वक, इन वनवासियों को अपनी व्यवस्था में किसी भी प्रकार का बाह्य हस्तक्षेप सह्य नहीं है। वैसे आप जब भी आना चाहें ग्राम्य सीमा के बाह्य अवरोध पर मेरा नामोल्लेख कर आ सकते हैं।"

"बहुत अच्छा आचार्य। मैं प्रस्थान करता हूँ"–कह कर भद्रबाहु त्वरा से आगे बढ़े। कुछ दूर चलने पर उन्होंने पीछे मुड़ कर देखा तो आचार्य के दो शिष्याध्यापक उनसे थोड़े अन्तराल पर उनका अनुगमन कर रहे थे। भद्रबाहु ने जब सघन वन की सीमा पार की तो, वे दोनों माणिकपुर लौट गये।

*****

पच्चीसवीं तरंग: श्री सौध

काशी नगर के मध्य, नगरश्रेष्ठि लक्ष्मीनन्दन का विशाल भवन 'श्री सौध' निर्मित था। इसमें अनेक कक्ष, यथा बैठक-कक्ष, कोष-कक्ष, कोषाधिकारी-कक्ष तथा कार्यालय निर्मित थे। अतिथियों की सेवा में इस परिवार का काशी में विशेष नाम था। किसी भी बाह्य व्यक्ति को जब रात्रि निवास हेतु कहीं स्थान नहीं मिलता तो वह 'श्री सौध' की अतिथि शाला में पहुँच कर रात्रि व्यतीत करता। नगर के अन्दर तथा नगर के बाह्य भाग में अनेक धर्मशालाएं, अतिथिशालाएं, वापी, कूप, तडागादि का निर्माण लक्ष्मीनन्दन के पूर्वजों ने काशी में करवाया था। लक्ष्मी परम्परा से इनके परिवार के पास स्थायी भाव से निवास कर रही थीं। व्यापार के नियमों के अनुपालन से उनके कोष में दिनानुदिन वृद्धि भी हो रही थी।

एक वर्ष पूर्व लक्ष्मीनन्दन ने परिवारीजन की एक बैठक अपने आवास के बैठक कक्ष में बुलायी थी। स्वयं तथा दो पितृव्य एवं उनके सहयोगियों के साथ वार्ता कर यह सुनिश्चित किया था कि स्मृतिशेष अपनी माता महामाया के नाम को चिर स्थायी रखने हेतु एक 'महामाया स्मृति-सदन' की स्थापना

की जाय।जिसमें अतिथिशाला कतिपय, अतिविशिष्ट जन हेतु कुछ भवन, सहाध्यायी मित्रों हेतु अन्य भवन तथा उपवन की व्यवस्था रहे। सदन के परिसर में कृषि योग्य भूमि भी रहे, जिससे कृषि कार्य कर उसमें निवासित व्यक्तियों के लिए खाद्यान्न भी उत्पादित किये जा सके। जल हेतु कूप, कृषि कार्य हेतु तथा स्नान हेतु सरोवर आदि के निर्माण का विधान भी किया गया था। काशी के प्रसिद्ध अभियन्ता ने इसका आकल्प तैयार किया था। उसी बैठक में यह कार्य शीघ्र पूर्ण कराने का निर्णय लिया गया था।

ठीक एक वर्ष के उपरान्त 'महामाया स्मृति -सदन' के निर्माण की पूर्णता के सम्बन्ध में बैठक आहूत की गयी। बैठक में नगर-श्रेष्ठि लक्ष्मीनन्दन उनकी पत्नी पद्मालया, कोषाधिकारी, अभियन्ता तथा धर्माधिकारी उपस्थित थे। उपस्थित अभियन्ता ने 'महामाया स्मृति -सदन' की पूर्णता की सूचना दी। जिस पर कोषाधिकारी एवं धर्माधिकारी ने सहमति व्यक्त की। तदनन्तर बैठक समाप्त कर दी गयी।

बैठक समाप्ति के उपरान्त बैठक-कक्ष में ही लक्ष्मीनन्दन एवं पद्मालया ने परस्पर वार्ता कर यह सुनिश्चित किया कि इस सदन एवं उपवन के उद्घाटन के अवसर पर एक भव्य धार्मिक कार्यक्रम का आयोजन किया जाय। जिसमें गणमान्य व्यक्तियों की उपस्थिति के साथ ही आश्रम में उनके साथ तत्समय पढ़े हुए छात्रों को भी आमन्त्रित किया जाय और यह प्रयास रहे कि वे सभी उद्घाटन के अवसर पर उपस्थित हों। लक्ष्मीनन्दन ने अपने सहाध्यायियों में विशेष उल्लेख सत्यधन, भद्रबाहु, निषादराज, शक्तिभद्र का किया तो पद्मालया ने शुभंवदा, सुचरिता आदि का।

यहाँ प्रश्न यह उपस्थित था कि इन्हें आमन्त्रित कैसे किया जाय। शुभंवदा एक निश्चित अवधि तक सिद्धाश्रम के समीप अपनी कुटिया में तपस्यारत थीं। उन्होंने परस्पर विचार किया कि "यदि हम दोनों साथ चलकर उनसे निवेदन करें तो महारानी शुभंवदा निषेध नहीं कर पायेंगी"–ऐसा लक्ष्मीनन्दन ने पद्मालया से कहा।

"इसी प्रकार आचार्य सत्यधन अज्ञातवास में हैं। किसी भी व्यक्ति को ज्ञात नहीं है कि वे कहाँ हैं। पहले तो यह समाचार मिलता था कि वे विन्ध्याटवी में ही भ्रमण करते हैं परन्तु लगभग एक वर्ष से कुछ भी ज्ञात नहीं है कि वे कहाँ हैं"– लक्ष्मीनन्दन ने कहा।

"भद्रबाहु को ज्ञात होगा, सत्यधन कहाँ हैं। वे प्रायः भ्रमण करते रहते हैं। दोनों का पारस्परिक स्नेह भी जग प्रसिद्ध है।"

"भद्रबाहु ही कौन स्थिर रहने वाले हैं, उन्हें ढूँढना भी कम श्रमसाध्य है क्या?"–पद्मालया ने कहा।

"परन्तु उनके कतिपय स्थान हैं जहाँ वे निरन्तर जाते रहते हैं अतः उनका पता तो ज्ञात हो जायेगा"–लक्ष्मीनन्दन ने कहा।

संयोगवशात् भ्रमणशील भद्रबाहु उसी समय 'श्री सौध' में आ गये। अभिवादनपूर्वक लक्ष्मीनन्दन ने निवेदन किया कि "भद्रबाहु आप को आचार्य सत्यधन कहाँ हैं? इसका ज्ञान है।"

"क्यों, क्या हुआ बन्धु? सत्यधन का ध्यान इस समय कैसे आ गया। वे तो एक वर्ष से अज्ञातवास में हैं। उनके विषय में किसी को कुछ भी ज्ञात नहीं है"–भद्रबाहु ने कहा।

"किसी को भी नहीं, परन्तु भद्रबाहु को तो ज्ञात है कि आचार्य इस समय कहाँ आवासित हैं?"

बिना किसी उत्तर के भद्रबाहु ने सस्मित निषेधपूर्वक सिर हिलाया।

"भद्रबाहु को मुस्कुराते देख लक्ष्मीनन्दन को सन्देह हुआ कि सम्भवतः उन्हें आचार्य के विषय में ज्ञान है। अतः पुनः पृच्छा की, भद्रबाहु शीघ्र बताइये–सत्य बोलिए।"

"मुझे ज्ञात तो है परन्तु वहाँ जाना प्राणोत्सर्ग हेतु तत्पर होकर जाना है। अतः मैं तो जाने से रहा और अन्य कोई अपरिचित व्यक्ति वहाँ प्रवेश नहीं पा सकता"–भद्रबाहु ने कहा।

लक्ष्मीनन्दन एवं पद्मालया ने संयुक्त रूप से अनुरोध किया कि "भद्रबाहु आप किसी उपाय से वहाँ जाइये और महामाया स्मृति -सदन तथा उपवन के उद्घाटन में निश्चित तिथि पर सम्मिलित होने के आमन्त्रण के साथ तद्दिनांक उनकी उपस्थिति भी सुनिश्चित कीजिए।"

"भाभीश्री आप कह रही हैं तो मैं विचार कर सकता हूँ। श्रेष्ठि के कहे पर तो मैं जाने से रहा।"

"मार्ग-व्यय के साथ आप को आनुषंगिक व्यय भी दिया जायगा"–लक्ष्मीनन्दन ने कहा।

"अच्छा, आपने कभी एक पण भी दिया है। भाभीश्री न रहें तो मेरा जीवन-यापन दुष्कर हो जाय। इन्हीं के दिये धन से मेरी जीविका चलती है। आप का वश चले तो वह भी बन्द करवा दें। भाभीश्री मैं आप के समक्ष कह रहा हूँ। सत्य बोल रहा हूँ। एक बार तो मैं आप के सौध से निकल रहा था, तब तक ये

सामने मार्ग में मिल गये। इन्होंने अनुमान लगाया कि मैं आप से मिलकर आ रहा हूँ, अतः ये पूछने लगे–"भद्रबाहु कितनी मुद्राएं तुम हमारे यहाँ से लेकर आ रहे हो। मुझे बताओ। मेरे द्वारा निषेध किये जाने पर इन्होंने मेरे वस्त्रों की निरीक्षा की।"

"ओह, आप ऐसा व्यवहार भद्रबाहु से करते हैं"–पद्मालया ने कहा।

"अरे भाभीश्री इतना ही नहीं अन्त में तो ये कहने लगे इन मुद्राओं में मेरा भाग भी मुझे दो। अपना भाग मुझसे माँगने लगे। ऐसा अपमानजनक व्यवहार कोई अपनों से करता हैं क्या? भाभीश्री। परन्तु इन्होंने मेरे साथ किया"–भद्रबाहु ने कहा।

"भद्रबाहु अब बस भी करो। ऐसा मैंने कब किया।"– लक्ष्मीनन्दन ने कहा।

"इसका अभिप्राय है मैं असत्य बोल रहा हूँ, देखा भाभीश्री अब मैं इनके समक्ष असत्य भाषी हो गया। हे गंगा मैया, अब तुम्हीं देखना। तुम्हारे समक्ष ये बातें हुई थीं।"

"तुम सत्य कह रहे हो भद्रबाहु। इन्हें क्या? ये तो मेरे सभी प्रियजन एवं सम्बन्धियों से ईर्ष्या भाव रखते हैं। मैं सब समझती हूँ। देखो गंगा जी के समक्ष घटना होने की बात कह रहे हैं,–भद्रबाहु।"

"अरे सौभाग्यवती ये भद्रबाहु हैं, गंगा जी के किनारे क्या, ये गंगा जी में आवक्ष खड़े होकर हाथ में गंगा जल लेकर कोई बात संकल्पपूर्वक कहें तब भी विश्वास न किया करो"–लक्ष्मीनन्दन ने कहा।

"सुना भाभीश्री आप ने। मैं इतना अविश्वसनीय व्यक्ति हूँ। अरे नगरश्रेष्ठि! मेरा विश्वास परमाचार्य करते हैं, महाराजश्री रूद्रादित्य करते हैं, आचार्य सत्यधन करते हैं, निषादराज करते हैं, विश्वबन्धु करते हैं, परन्तु नगरश्रेष्ठि नहीं करते हैं। क्या वैशिष्ट्य है,–नगरश्रेष्ठि का। अरे देवि! मैं तो आप के हेतु श्री सौध में आता हूँ, न ही अगर मात्र ये हों तो मैं इस सौध में पाँव भी न रखूँ"–भद्रबाहु ने दुःखी भाव से कहा।

"जाने दीजिए भद्रबाहु, आप व्यय की चिन्ता मत कीजिए। जो भी आवश्यकता होगी मैं दूँगी, आप किसी भाँति कार्यक्रम में आचार्य सत्यधन की उपस्थिति सुनिश्चित कीजिए"–पद्मालया ने कहा।

"ठीक है देवि, आप का आदेश तो मैं मस्तक पर रखता हूँ। परन्तु नगरश्रेष्ठि को एकान्त में समझा अवश्य दीजिएगा मेरे साथ सम्मान जनक व्यवहार किया करें।"

"बिल्कुल समझा दूँगी"–भद्रबाहु।

चलने को तत्पर भद्रबाहु ने नगरश्रेष्ठि का हाथ पकड़, एक ओर ले जा कर कहा–"श्रेष्ठि भाभीश्री से मुद्राएं द्विगुणित कराने का मार्ग मुझे ज्ञात है। जहाँ तक गंगा जी में गंगा जल लेकर असत्य बोलने की बात है तो मैं हाथ में जल लेकर असत्य बोल रहा हूँ कि अर्घ्य दे रहा हूँ किनारे पर खड़ा व्यक्ति सुनता है क्या?। अब मैं चलता हूँ। पूर्ण प्रयास करूँगा कि आचार्य सत्यधन कार्यक्रम में सम्मिलित हों।"

श्रेष्ठि को भद्रबाहु की सामर्थ्य पर जितना विश्वास था, उतना ही उनके विनोदी स्वाभव द्वारा किये गये परिहास का ज्ञान भी था, जिससे पद्मालया अपरिचित थी।

भद्रबाहु लम्बी यात्रा कर पुनः माणिकपुर ग्राम पहुँचे। ग्राम के बाहर अवरोध पर अपना परिचय बता कर, आचार्य के समीप पहुँचे। अभिवादन के उपरान्त आने का हेतु बताया। आचार्य ने प्रथमतः स्पष्ट निषेध किया परन्तु भद्रबाहु ने पुनः पुनश्च मैत्री सम्बन्ध का उल्लेख कर कार्यक्रम में सम्मिलित होने हेतु आचार्य को तैयार कर लिया। आचार्य ने सहमति तो दे दी परन्तु वे अपने छात्रों एवं स्थानीय निवासियों के विषय में चिन्तित थे, उन्हें यह विश्वास था कि उनके यहाँ से चले जाने पर उनके छात्रों की शिक्षा बाधित होगी। अतः उन्होंने अपने शिष्याध्यापकों को बुलाकर अपनी परिस्थिति समझाते हुए पुनः आगमन का आश्वासन देकर काशी के लिए प्रस्थान किया।

* * *

एक दिन अपराह्न में शुभंवदा अपनी कुटिया में विश्राम कर रही थीं तभी परिचारिका ने आकर सूचित किया देवि! लक्ष्मीनन्दन एवं पद्मालया नाम का युगल आप के दर्शनार्थ आया हुआ है, वे आप से मिलना चाहते हैं। शुभंवदा को उनके आगमन की बात सुनकर आश्चर्य हुआ। "उन्हें ससम्मान ले आओ"–शुभंवदा ने कहा।

परिचारिका उन्हें कुटी में ले आयी। दोनों ने शुभंवदा का अभिवादन किया। शुभंवदा ने सभी परिचितों का क्रमेण कुशल पूछा। सभी सकुशल हैं, ऐसा सुनकर आश्वस्त शुभंवदा ने प्रसन्नता व्यक्त की।

"यहाँ आने का कोई विशेष हेतु है तो बताइये, नगरश्रेष्ठि", शुभंवदा ने पूछा।

186

“हेतु तो विशेष ही है देवि! श्रेष्ठि-परिवार ने पूर्व में यह निश्चित किया था कि माताश्री महामाया की स्मृति में एक सदन, जिसमें अनेक स्वतन्त्र भवन होंगे, अतिथि शाला होगी एवं उपवन, वापी तथा एक तड़ाग होगा का निर्माण कराया जाय, जो अब पूर्ण हो चुका है। उसमें निर्मित कतिपय भवनों, कूप एवं सरोवर का लोकार्पण किया जाना है। हमारी अभिलाषा है कि उसका लोकार्पण एवं पट्टिका का अनावरण आप के कर कमलों द्वारा हो”–लक्ष्मीनन्दन ने कहा।

“आपने अत्युत्तम कार्य किया है श्रेष्ठि! आप के विचार का मैं सम्मान करती हूँ परन्तु मैंने सार्वजनिक जीवन से सन्यास ले लिया है। सार्वजनिक स्थानों पर मैं नहीं जाती हूँ। अतः मुझे क्षमा करें”–शुभंवदा ने कहा।

“यह कार्यक्रम सार्वजनिक एवं वैयक्तिक भी होगा। इसमें हमने अपने साथ अध्ययन किए हुए अपने सहाध्यायियों को आमन्त्रित किया है इसमें नितान्त आत्मीय लोग सम्मिलित होंगे और कतिपय अन्य कार्यक्रम भी सम्पादित होंगे जो सर्वजन हेतु होंगे। आप की उपस्थिति से ही हम सभी धन्य भाग्य होंगे। आप मात्र वैयक्तिक कार्यक्रम में सम्मिलित रहियेगा। शेष कार्यक्रम में अन्य लोग रहेंगे”–श्रेष्ठि ने कहा।

तभी पद्मालया ने कहा–“देवि बड़ी अभिलाषा से मैं भी आपकी सेवा में उपस्थित हुई हूँ कि आप तद्दिनांक दर्शन दें। विश्वास है देवि! आप मेरे अनुरोध को स्वीकार करेंगी।”

“आप लोगों ने हमें धर्म संकट में डाल दिया है, श्रेष्ठि”– शुभंवदा ने कहा। कतिपय क्षण मौन रह कर शुभंवदा ने पुनः कहा–“श्रेष्ठि! राजपरिवार को भी आपने आमन्त्रित किया होगा?”

"महाराजश्री रूद्रादित्य को मैंने कार्यक्रम की सूचना तो दी है परन्तु उन्हें औपचारिक आमन्त्रण नहीं दिया है। आगे आप का जैसा निर्देश होगा वैसा मैं करूँगा"–लक्ष्मीनन्दन ने कहा।

"यह तो आप की इच्छा पर आधृत है आप किसे आमन्त्रित करते हैं, किसे नहीं।"

"नहीं देवि, आप की उपस्थिति सुनिश्चित करने के लिए आपकी इच्छा हमारे लिए प्रधान है, आप के निर्देशानुसार ही राज परिवार को आमन्त्रण जाएगा, अन्यथा नहीं।"

"राजपरिवार के साथ बहुत सारे शिष्टाचारों का निर्वहन करना पड़ता है, श्रेष्ठि। जब हम सभी प्राचीन छात्र मिलेंगे तो मैं नहीं चाहती कि कोई औपचारिकता हमारे ऊपर प्रभावी रहे। जब तक हम कार्यक्रम में रहें कम से कम उतनी देर हम पुनः अतीत के सुखमय क्षणों का स्मरण कर, आनन्दित हों।"

"सत्य है देवि। मैं आप का भाव एवं अकथ निर्देश समझ गया। आप के निर्देश का अनुपालन होगा।"

"ठीक है श्रेष्ठि। मैं आप के अनुरोध को एक बार मना भी कर सकती हूँ परन्तु पद्मालया की इच्छा का हनन नहीं कर सकती। मैं कार्यक्रम में सम्मलित होऊँगी। मेरी सहमति है"–शुभंवदा ने कहा।

"हम दोनों धन्य हुए देवि।" आपके यहाँ कार्यक्रम से तीन दिवस पूर्व तीन शिबिकाएँ आ जायँगी। आप को मार्ग में कोई असुविधा न हो, एतदर्थ अतिरिक्त परिचारक भी रहेंगे।

"नहीं श्रेष्ठि, किसी तपस्विनी का किसी व्यक्ति के कन्धे पर आरूढ होकर यात्रा पूर्ण करना श्रेयस्कर नहीं है–शुभंवदा ने कहा।

"देवि इतनी दीर्घ दूरी की यात्रा कैसे सम्भव है। आप पद-यात्रा करें, शारीरिक कष्ट उठायें, ऐसा पाप मैं अपने शिर नहीं ले सकता। आप कोई और रास्ता बतायें"–लक्ष्मीनन्दन ने कहा।

"मैं यहाँ से चरणाद्रि दुर्ग तक पद-यात्रा करूँगी वहाँ गंगा जी में जलमार्ग द्वारा काशी तक यात्रा कर सकती हूँ। आप चरणाद्रि दुर्ग के समीप नौका की व्यवस्था करवा दीजिएगा"–शुभंवदा ने कहा।

"यथादेश देवि, ऐसा ही होगा"–श्रेष्ठि ने कहा।

इस प्रकार कार्यक्रम में शुभंवदा की उपस्थिति सुनिश्चित कर नगरश्रेष्ठि एवं पद्मालया वापस काशी आ गये।

*****

छब्बीसवीं तरंगः महामाया स्मृति-सदन

गंगा तट के ऊपरी भाग पर बृहद् क्षेत्र को आवृत्त कर महामाया स्मृति- सदन का नवनिर्माण नगर-श्रेष्ठि लक्ष्मीनन्दन ने अपनी माँ की स्मृति में करवाया था। स्मृति-सदन का विशाल द्वार दूर से ही दृष्टिगोचर होता था। मुख्य मार्ग में प्रवेश करते ही सामने महामाया की कांस्य निर्मित आवक्ष प्रतिमा स्थापित थी। उसके दक्षिण भाग में अति विशिष्ट जन हेतु स्वतन्त्र आवास बने थे। प्रत्येक आवास एक दूसरे से पृथक् अपनी सीमा से घिरा हुआ था। उसी प्रकार वाम भाग में भी अति विशिष्ट जन हेतु कुछ आवास बने थे। एतदतिरिक्त शताधिक कक्षों वाली एक अतिथि शाला निर्मित थी, जिसमें विद्याश्रम के पूर्व छात्र बिना शुल्क रह सकते थे। भवनों के आगे के भाग में पर्याप्त खुला स्थान था। इसी प्रकार पिछले भाग में प्रत्येक अति विशिष्ट जन-आवास में वाटिकाएं भी थी। सदन में एक सरोवर, दो कूप, एक यज्ञशाला निर्मित थी। सदन के अन्तिम भाग में कृषि योग्य भूमि थी,

जिसमें सदन की आवश्यकतानुसार शाक एवं अन्न उत्पादित किया जा सके।

सदन का परिसर अत्यन्त मनोहारी, स्वच्छ, प्रकृति के साथ सामञ्जस्य स्थापित करता हुआ, अत्यन्त चिताकर्षक था। कोई भी व्यक्ति एक बार इसका अवलोकन कर ले तो वह आजीवन यहीं आवासित होना चाहेगा। इसे श्रेष्ठ बनाने में नगरश्रेष्ठि ने कोई न्यूनता नहीं छोड़ी थी। पर्याप्त धनराशि व्यय की थी–जो दर्शकों के समक्ष परिलक्षित भी हो रही थी।

पूर्व निश्चित दिवस पर शुभ मुहूर्त में सदन का लोकार्पण, शिलापट्ट तथा नाम-पट्टिकाओं का अनावरण किया जाना था। ज्योतिषियों द्वारा कार्तिकी पूर्णिमा का विनिश्चयन किया गया। तद्दिन वैदिक ब्राह्मणों द्वारा मन्त्रोच्चार एवं पौराणिक स्तुतियों का वाचन हो रहा था। पीतपरिधानधारित एकविंश बटुओं द्वारा वैदिक मन्त्रों का पृथक् स्थल पर सस्वर पाठ तथा यज्ञशाला में यज्ञ चल रहा था। अग्निदेव को समर्पित घृत एवं समिधा की सुगन्ध से सुगन्धित एवं धूम्र से परिसर धूमायित था। सब के समन्वय से वातावरण अलौकिक रूप को प्राप्त हो रहा था।

इस कार्यक्रम में सम्मिलित होने वाले प्रायः सभी अतिथि, दिवस की पूर्व सन्ध्या पर ही पधार कर काशी की विभिन्न अतिथिशालाओं एवं धर्मशालाओं में रुके थे, जो प्रातः ही सदन के समीप एकत्रित हो रहे थे। मुख्य अतिथि महारानी शुभंवदा को लेने हेतु निषादराज रूपचन्द्र स्वयं नौका लेकर चरणाद्रि घाट गये थे। आचार्य सत्यधन, सुचरिता-विश्वबन्धु, मैत्रेयी-रूपचन्द्र, पद्मालया-लक्ष्मीनन्दन तथा अन्य पूर्व से उपस्थित थे। दूर से ही महारानी शुभंवदा की नाव देखते ही सभी विशिष्ट

जन घाट पर एकत्रित हो गये। स्त्रियों के हाथ में माल्य था तो पुरुषों के हाथ में पुष्प-स्तबक। महारानी के नौका से उतरते ही सभी ने उन्हें माल्य एवं पुष्प-स्तबक समर्पित कर उनका हार्दिक स्वागत किया। स्वागत से अभिभूत शुभंवदा ने श्रेष्ठि से कहा–"नगरश्रेष्ठि मैं ऐसे स्वागत की योग्यता नहीं रखती, यहाँ तो हमसे भी योग्य, विद्वान् उपस्थित हैं। मुझसे पूर्व वे स्वागत के अधिकारी हैं। मेरे कारण आप द्वारा उनकी उपेक्षा तो नहीं हो रही है।"

"ऐसा नहीं है देवि। पहले तो मैं और पद्मालया ही आप के स्वागत के लिए घाट तक आने वाले थे परन्तु बाद में यहाँ आये सभी अतिथियों ने आप के स्वागत में सम्मिलित होने का अनुरोध किया, मैं इन्हें मना नहीं कर पाया, अतः ये सभी स्वयं की इच्छा से आपके स्वागत हेतु उपस्थित हुए है"–लक्ष्मीनन्दन ने कहा।

इस प्रकार महारानी शुभंवदा ने प्रारम्भ में द्वार पर, अतिथिशाला, कूप तथा सरोवर पर लगे शिलापट्टों का अनावरण किया। अन्त में अति विशिष्ट जन हेतु निर्मित भवनों पर लगी पट्टिकाओं को क्रमशः अनावृत किया। जिसमें प्रथम स्वयं इनके नाम की पट्टिका थी–महारानी शुभंवदा। तदनन्तर आचार्य सत्यधन, सुचरिता-विश्वबन्धु, मैत्रेयी-रूपचन्द्र, पद्मालया–लक्ष्मीनन्दन।

वाम भाग में भी कतिपय अति विशिष्ट जन हेतु आवास तो बने थे मगर सम्भवतः उन पर अभी पट्टिकाएं नहीं लगी थी अथवा उनका आवण्टन अभी नहीं हुआ था। अतः उनका अनावरण नहीं हुआ।

अनावरण कार्यक्रम सम्पन्न होने के उपरान्त लक्ष्मीनन्दन ने शुभंवदा के साथ ही सभी अतिथियों से स्वल्पाहार ग्रहण करने का अनुरोध किया। सभी सहर्ष आकर अल्पाहार ग्रहण कर रहे थे। उसी के मध्य भद्रबाहु ने खड़े होकर शुभंवदा से कहा–

"देवि! आपने सभी पूर्व छात्रों के लिए निर्धारित पट्टिकाओं को अनावृत किया परन्तु मेरे नाम से आवंटित किसी भवन की पट्टिका का अनावरण नहीं किया। यह मेरे साथ न्याय नहीं है देवि ? आपको ज्ञात है मेरे पास कोई आवास नहीं है। अब तक मैं यायावर की भाँति इतस्ततः भ्रमणशील रहा। सम्प्रति मैंने सोचा था नगरश्रेष्ठि इतना उत्तम कार्य कर रहे हैं, एक आवास मुझे भी आवण्टित कर देंगे, मैं भी इनका सतीर्थ्य रहा हूँ परन्तु श्रेष्ठि ने ऐसा नहीं किया। यह तो मेरे साथ अन्याय है, देवि। आप इसमें हस्तक्षेप कीजिए, नगरश्रेष्ठि को इस सन्दर्भ में निर्देश दीजिए"–भद्रबाहु ने कहा।

"देखिए भद्र, मेरा इन भवनों के निर्माण में कोई योगदान नहीं हैं, मैं भी आप की भाँति अतिथि के रूप में ही यहाँ आयी हूँ। मैं श्रेष्ठि को कैसे निर्देश दे सकती हूँ। आप ही पृथक् से इनसे अनुरोध कर सकते हैं"–शुभंवदा ने कहा।

"भाभीश्री आपने भी मेरा ध्यान नहीं रखा। आप चाहतीं तो मुझे भी आवास आवण्टित हो सकता था"–भद्रबाहु ने पद्मालया से कहा।

"मैंने पूर्व में आप का पूर्ण सहयोग किया है भद्र, मगर वो अल्पराशि की बात थी। भवननिर्माण पर धनराशि व्यय करना मेरे सामर्थ्य से बाहर की बात है अतः मैं कुछ भी नहीं कर

सकती। आप चाहें तो किसी के आवास में साथ रह सकते हैं। आप मुझे क्षमा करें।"–पद्मालया ने कहा।

तदनन्तर भद्रबाहु ने निषादराज रूपचन्द्र की ओर देखा। रूपचन्द्र ने कहा–"मैं तो सपत्नीक अब यहीं रहूँगा। अतः आपको साथ रखने का प्रश्न ही नहीं है। आचार्य सत्यधन को एकाकी रहना है आप चाहें तो इनकी अनुमति से इनके साथ रह सकते हैं।"

"अरे निषादराज, आप को स्मरण है न, जब हम नौका विहार हेतु गये थे तो मुझे देखकर भद्रबाहु ने कहा था 'जब सत्यधन जायेंगे तो मैं नौका पर नहीं जाऊँगा।' सोचिए भला, जो व्यक्ति मेरे साथ दो घड़ी नहीं रह सकता वो अहर्निश मेरे साथ कैसे रह सकता है। मुझे यह प्रस्ताव स्वीकार्य नहीं है"– आचार्य सत्यधन ने कहा।

इसी मध्य दर्शक की भाँति चुपचाप बैठे विश्वबन्धु ने सुचरिता से मन्द स्वर में कहा–"सुचरिता भद्रबाहु को भी एक आवास आवण्टित किया जाना चाहिए था परन्तु पता नहीं क्यों श्रेष्ठि ने इन्हें आवास नहीं प्रदान किया। मैं सोच रहा हूँ कि श्रेष्ठि से अनुरोध कर हमें जो आवास आवण्टित है, क्यों न उसे हम भद्रबाहु को दिलवा दें।"

"आप शान्त बैठे रहिये"–सुचरिता ने कहा।

"मुझे यह उचित नहीं लग रहा है। हमारे पास तो एक आवास है ही। काशी में दो आवासों का क्या करना है, एक ही पर्याप्त है। तुम इस पर विचार करो।"

"आप यहाँ दर्शक हैं, निर्णायक नहीं। दर्शक की भाँति केवल देखते जाइये।" विश्वबन्धु को चिन्तित देखकर सुचरिता ने पुनः कहा–"देखिए यहाँ उपस्थित कोई भी व्यक्ति गम्भीर नहीं है। जो गम्भीरता, सभी अपने मुख पर आरोपित कर रहे हैं वो बलात् की है। इसमें कोई अन्तर्कथा होगी, जिससे हम अज्ञात हैं।"

ऐसी वार्ता हो ही रही थी कि सदन के सहायक प्रबन्धक ने विनम्रभाव से शुभंवदा से अनुरोध किया–"देवि! दक्षिण भाग के भवनों की पट्टिकाओं का अनावरण तो हो गया, वाम भाग की शेष भवन पट्टिकाओं को अनावृत करने की कृपा करें।" शुभंवदा ने अनुमतिपूर्वक कहा–"अवश्य।" तदनन्तर सभी पुनः महारानी का अनुगमन करते हुए पट्टिका अनावरण में सहयोग करने लगे। मुख्य द्वार के वाम भाग में निर्मित भवनों के अन्त से अनावरण प्रारम्भ हुआ, किसी पर भद्रबाहु का नामोल्लेख नहीं था, दुःखी भद्रबाहु कार्यक्रम में भाग ले रहे थे। एक मात्र अवशेष भवन के पास सभी पूर्व छात्र जो भी इतस्ततः थे, एकत्रित हो गये। शुभंवदा ने ज्यों ही पट्टिका को अनावृत किया सभी ने देखा स्पष्ट अक्षरों में लिखित था–भद्रबाहु-प्रबन्धक। सभी ने करतल ध्वनिपूर्वक स्वागत किया। भद्रबाहु की प्रसन्नता का पारावार नहीं रहा। सभी ने अट्टहास किया। भद्रबाहु को अब ज्ञात हुआ उसका सबने मिलकर उपहास किया है। इस प्रकरण से देवि शुभंवदा एवं विश्वबन्धु अनभिज्ञ थे। शेष सबको नगरश्रेष्ठि ने पूर्व में ही इस अनुरोध के साथ अवगत कराया था कि कोई भी इसे भद्रबाहु को नहीं बतायेगा।

शान्ति पाठ कर रहे बटुओं ने उच्चारित किया–

द्यौः शान्तिः, अन्तरिक्ष शान्ति..... शान्तिः शान्तिः शान्तिः।

इस प्रकार सभी ने उत्साहपूर्वक समारोह में भाग लिया। रात्रि में भोजन के उपरान्त शयन से पूर्व सभी ने कल के कार्यक्रम सुनिश्चित किये। प्रातः भगवान् विश्वनाथ एवं भगवती अन्नपूर्णा के दर्शन के उपरान्त 'विद्याश्रम' भी जाने का कार्यक्रम बनाया। इस प्रकार 'महामाया शुश्रूषा-सदन' के लोकार्पण का कार्यक्रम सम्पन्न हुआ।

*****

सत्ताईसवीं तरंगः आचार्याणी गौतमी

लघु समूहों में विभक्त पूर्व छात्र क्रमेण विद्याश्रम पहुँचने लगे। परिसर के भ्रमण के उपरान्त सभी पूर्व छात्र परमाचार्य का दर्शन एवं आशीर्वाद प्राप्त कर आचार्याणी के आशीर्वाद हेतु उनकी कुटिया में भी अवश्य जाते। आचार्य सत्यधन भी सर्व प्रथम परमाचार्य की कुटिया में गये। परमाचार्य ने हार्दिक प्रसन्नता व्यक्त की। तदुपरान्त प्रधान आचार्य के समीप गये। उन्होंने कुशल पूछा और आचार्याणी से मिलने की बात भी कही। सत्यधन ने कहा—"अवश्य पूज्य गुरुदेव मैं उनके यहाँ कतिपय दिवस व्यतीत करके ही अन्यत्र जाऊँगा।" इस प्रकार प्रधान आचार्य से आशीर्वाद प्राप्त कर सत्यधन आचार्याणी गौतमी की कुटिया में पहुँचे। वहाँ पूर्व से उपस्थित भद्रबाहु आचार्याणी के प्रक्षालित वस्त्र धूप में सूखने हेतु फैला रहे थे। इस कार्य को करने की अनुमति माता किसी को नहीं देती थीं। आश्रम में रहते हुए सत्यधन ही इसके अपवाद थे सम्प्रति यहाँ भद्रबाहु

को गुरुमाता के विशेष कृपा पात्र होने को, देखकर सत्यधन को ईर्ष्या हुई।

आगे बढ़कर सत्यधन ने कुटिया के द्वार से अन्दर आने की अनुमति माँगी। आचार्याणी ने पूछा–"कौन?"

सत्यधन ने कहा–"मैं हूँ माते! सत्यधन।"

"आइये, आइये सत्यधन। मैं आप को किस पद से संयुक्त कर आप का नामोच्चारण करूँ–आचार्य सत्यधन, महामात्य सत्यधन, प्रधान आचार्य सत्यधन या रणछोड़ सत्यधन।"

"अपराध क्षमा हो माते। आप इस जीवन में मुझे जैसे स्वर देती थीं, वही रहने दीजिए। आप की कृपा होगी।"

अच्छा वत्स जैसा तुम्हें उचित लगे। वैसे मुझे तो तुम्हारे लिए अन्तिम सम्बोधन ही उचित लग रहा है–"रणछोड़। बड़ा प्रिय नाम है भगवान श्रीकृष्ण का। कहते हैं, वे जरासन्ध के मित्र से युद्ध के भय से भाग गये थे। तभी से उनका नाम रणछोड़ पड़ गया। आपने भी उन्हीं का अनुगमन किया। पहले राजभवन छोड़ा, पुनश्च विद्याश्रम।" आप शुभंवदा को वापस ले आने हेतु विन्ध्याटवी गये। तपस्यारत शुभंवदा को वापस कहाँ ले आते? आप तो स्वयं भी वहीं तपस्यालीन हो गये। कहाँ तो आश्रम में जीवन का बड़ा लक्ष्य 'सर्वजन हिताय' का था और आप 'स्वान्तः सुखाय' में तल्लीन हो गये"–आचार्याणी ने कहा।

तभी शुभंवदा ने कुटिया में प्रवेश की अनुमति माँगी आचार्याणी ने प्रसन्नता पूर्वक अनुमति दी और कहा–"पुत्री अभी तुम्हारी ही चर्चा हो रही थी।"

"किस हेतु माते?" शुभंवदा ने पूछा।

यही चर्चा हो रही थी कि विद्याश्रम के पूर्व छात्र जो समावर्तन के दिन 'सर्वजन हिताय' का संकल्प लेकर आश्रम से बाहर जा रहे हैं वे 'स्वान्तः सुखाय' की साधना में लीन होते जा रहे हैं।

"मेरी धृष्टता के लिए मुझे क्षमा करें देवि! मेरी परिस्थितियां सर्वथा भिन्न हैं। राजभवन………."–शुभंवदा ने कहा।

"आगे कुछ मत कहो पुत्री मुझे सब ज्ञात है। राजभवन, राजपरिवार, तुम्हारा वैधव्य और तुम्हारा दुःख, सब ज्ञात है पुत्री। ओह, मेरी पुत्री"–कहते हुए आचार्याणी ने शुभंवदा को अत्यन्त आत्मीयता से गले लगाया। पुनः अपने आसन पर आसीन हुईं।

"मैं तुम्हारी यहाँ की परिस्थितियों से अवगत हूँ पुत्री परन्तु तुम्हारा यह शरीर इतने कठोर तप के लिए, नहीं बना है। वन की परिस्थितियों से तुम्हारे शरीर का अनुकूलन नहीं हो पायेगा। इतने दिनों में ही तुम्हारी यह काया कितनी क्षीण हो गयी है। पुत्री, इतनी कठोर तपस्या मत करो। पुनः आश्रम में आ जाओ। यहाँ विद्याश्रम में छात्रों को ज्ञान-दान करो। यदि तुम्हें यह लगता है कि अध्यापन कार्य नहीं करना है तो कोई बात नहीं, यहीं किसी कुटी में रहकर तपश्चर्या पूर्वक जीवन व्यतीत करो। तुम्हारे स्वास्थ्य के प्रति महाराज रुद्रादित्य एवं परमाचार्य चिन्तित रहते हैं।"–आचार्याणी ने कहा।

"ठीक है माते! मैं आपके आदेश का पालन करूँगी। शीघ्र वापस आऊँगी।"–शुभंवदा ने कहा।

"हाँ, पुत्री यह मेरा सुझाव हैं, आदेश नहीं। अन्तिम रूप से तुम्हें जो सुखकर हो, वही करो। तुम्हारे अभिभावक, शुभचिन्तक, हितैषी, सम्बन्धी सभी की चिन्ता तुम्हारे प्रति है। अतः अपने निर्णय पर पुनः विचार करना, पुत्री।"

"यथादेश माते"–शुभंवदा ने कहा।

"मुझे क्या आदेश है, माते!" इसी मध्य सत्यधन ने आचार्याणी से पूछा।

"आप को क्या आदेश है? आप तो सघन वन के मध्य माणिकपुर में सुखपूर्वक जीवन व्यतीत कर रहे हैं। मनोनुकूल व्यवस्था है, आपकी वहाँ। प्रकृति की गोद में स्थित ग्राम में प्राकृतिक संसाधनों पर आधृत आप का जीवन किसी भी बाह्य व्यक्ति के लिए ईर्ष्या का विषय हो सकता है, जिस ग्राम की बाह्य सीमा को भी कोई स्पर्श नहीं कर सकता, वहाँ आप सबके पूज्य बने बैठे हैं। मनुष्य को एतदतिरिक्त और क्या चाहिए? जो भी व्यक्ति का प्रासव्य है, सब कुछ वहाँ आपको प्रास है। अतः आप वहीं सुखपूर्वक रहिए। हमारी शुभकामनाएँ आप के साथ हैं। क्यों शुभे! मैं सत्य कह रही हूँ ना"–आचार्याणी ने शुभंवदा की ओर उन्मुख होकर कहा।

शुभंवदा मौन रही। वह समझ रही थी माताश्री के एक-एक वाक्य सत्यधन को किसी बाण से कम नहीं चुभ रहे हैं। गुरुमाता के व्यञ्जना पूर्वक कहे गये वाक्य किसी भी शिष्य को लज्जित करने के लिए पर्यास थे और ये तो सत्यधन को प्रत्यक्ष कहे जा रहे थे और सत्यधन सिर झुकाये बैठे रहे।

"सत्यधन के लिए आप स्पष्ट आदेश कीजिए गुरुमाता। ये आप के आदेश का पालन करेंगे इनकी ओर से मैं आपको आश्वस्त करती हूँ"–शुभंवदा ने कहा।

इसी मध्य भद्रबाहु एवं शुभंवदा स्वल्पाहार की व्यवस्था हेतु पाकशाला गये, वहीं भद्रबाहु ने शुभंवदा से कहा–"आज तो मैंने सत्यधन के प्रति आपका सर्वथा पृथक् रूप देखा।"

"वो क्या भद्रबाहु?"–शुभंवदा ने पूछा।

"देवि, यथा आप सत्यधन के पक्ष में माताश्री को साधिकार आश्वासन दे रही थीं, मेरे द्वारा प्रथम बार ऐसा आपसे सुना गया।"

'हाँ भद्र, मुझे सर्वदा लगता था कि मैं सत्यधन पर विशेषाधिकार रखती हूँ, परन्तु इसका हेतु मुझे ज्ञात नहीं है'–शुभंवदा ने कहा।

'परन्तु देवि, आपने अनेक अवसरों पर सत्यधन के प्रति पूर्वाग्रह पूर्ण निर्णय लिये हैं जिसमें आपकी सत्यधन के प्रति, प्रतिद्वन्द्विता या ईर्ष्या परिलक्षित होती रही है।'

'निस्सन्देह भद्र, आपके इस कथन को मैं बिना आपत्ति के स्वीकार करती हूँ' आपका यह कथन सत्य है। जब हम विद्याश्रम में गुरुमाता के सान्निध्य में अध्ययन कर रहे थे तब माताश्री सत्यधन द्वारा किये गये किसी भी त्रुटिपूर्ण कार्य हेतु उन्हें तत्काल सावधान करतीं, डाँटतीं तथा कार्य समुचित रीति से करने का निर्देश देतीं। परन्तु यदि मैं कोई भी कार्य त्रुटिपूर्ण करती तो मुझे कभी भी डाँटती नहीं थी, मुझे प्रेम से समझातीं और कार्य सावधानी से करने का निर्देश देतीं, बस।

मुझे प्रतीत होता कि गुरुमाता सत्यधन के प्रति मुझसे अधिक प्रेमभाव रखती हैं, इससे मुझे ईर्ष्या होती। एक बार तो मैंने खीर का पात्र प्रमादवश गिरा दिया था, जिससे सारी खीर भूमि पर बिखर गयी। मैं चाहती थी माताश्री मुझे सत्यधन की भाँति डाँटें परन्तु माताश्री ने इसे देखा और मात्र कहा—'पुत्री तुम्हें चोट तो नहीं आयी? कोई बात नहीं, खीर पुनः बन जाएगी।' माताश्री का कथन सुनकर मुझे लगा, वे सत्यधन की भाँति मुझसे आत्मीयता नहीं रखती हैं। मुझे सत्यधन से ईर्ष्या होती।

"यह तो माताश्री का आपके प्रति अतिशय स्नेह था, देवि"— भद्रबाहु ने कहा।

"निस्सन्देह अतिशय स्नेह था, भद्रबाहु। कई बार अतिशयता भी हानिकारक हो जाती है। मेरे साथ यही हुआ। मुझे सामान्य से विशेष होने का आभास होने लगा, यही मेरे लिए अच्छा नहीं हुआ, सत्यधन के प्रति मुझको ईर्ष्यालु बना दिया। सत्यधन की योग्यता, विद्वत्ता तथा प्रत्युत्पन्नमतित्व के प्रति रंचमात्र भी सन्देह कभी नहीं रहा। मुझको यह भी ज्ञात है कि किसी भी कार्य हेतु यदि मैं सत्यधन से आग्रहपूर्वक अनुरोध करूँ तो वे मेरे वचन का उल्लंघन नहीं करेंगे। इसी विश्वास के बल पर मैंने माताश्री को सत्यधन की ओर से आश्वस्त किया है। इस प्रकार जब दोनों स्वल्पाहार की व्यवस्था कर वापस माताश्री के कक्ष में लौटे तब माताश्री ने कहना प्रारम्भ किया—

"जानती हो पुत्री हम इनके हित-हेतु कितने चिन्तित रहते हैं? इनके कितने शत्रु है, इन्हें स्वयं ज्ञात नहीं है। विजयगढ़ नरेश के अतिरिक्त वहाँ का प्रत्येक व्यक्ति इन्हें अपना शत्रु मानता है और ये महाराज विजयगढ़ की सीमा से सटे क्षेत्र नौगढ़ के सघन वन के एक ग्राम में अध्यापन कर रहे हैं।

कितने छात्रों को संस्कारित एवं शिक्षित कर रहे हैं? मात्र दस को। आप जानते हैं, यहाँ रहते तो एक वर्ष में शताधिक क्या सहस्राधिक छात्रों को शिक्षित करते। शिक्षित छात्र अपने-अपने क्षेत्र में अन्यों को शिक्षित करते हुए ज्ञानदीप को चतुर्दिक् ज्योतित करते।"

निश्चित रूप से सत्यधन का अरण्यजन को शिक्षित करना प्रशंसनीय कार्य है, उस क्षेत्र में कोई नहीं जाता। वहाँ जाकर उनके मध्य रहते हुए शिक्षित एवं संस्कारित करना दुष्कर है परन्तु पुत्र तुम्हारे द्वारा शिक्षित किये जा रहे छात्रों की संख्या अल्प है यह कार्य किसी अन्य शिक्षक से सम्पन्न करवाओ। यदि तुमने इतने दिनों में कुछ शिष्याध्यापक तैयार किये हों तो उन्हें यह दायित्व देकर आश्रम पद में पुनः आकर छात्रों को शिक्षित करों, स्वाध्याय करो, स्वयं का ज्ञान बढ़ाओ। मुझे ज्ञात है आश्रमपद में परमाचार्य के अतिरिक्त दशाधिक विद्वान् ऐसे हैं जो तुमसे वयोवृद्ध एवं विद्यावृद्ध हैं, वे तुम्हें वर्षों तक ज्ञान प्रदान करने का कार्य कर सकते हैं। माणिकपुर में रह कर तुम अपनी बुद्धि को कुन्द कर रहे हो पुत्र। ज्ञान आजीवन ग्रहण करने की प्रक्रिया है। अभी तुम जो कर रहे हो वह पलायन की श्रेणी में आता है"–आचार्याणी ने कहा।

"मेरा करणीय क्या है? माते! आदेश कीजिए"–सत्यधन ने पूछा।

वत्स तुम प्रथमतः माणिकपुर जाओ वहाँ की व्यवस्था हेतु शिष्याध्यायकों को नियुक्त करो और पुनः आश्रमपद में आकर प्रधान आचार्य के पद पर कार्य करो। यदि तुम्हारा मन आश्रमपद में न लगे तो तुम अपनी इच्छानुसार अन्य व्यवसाय कर सकते हो, तुम्हारे लिए तो राजभवन में एक भवन आजीवन

आरक्षित है, 'महामाया स्मृति -सदन' में भी तुम्हें एक भवन आवण्टित हो चुका है और विद्याश्रम तो तुम्हारा है ही। अतः जो भी तुम्हारे मनोनुकूल स्थान हो, वहाँ निवास करो। परन्तु अपनी प्रतिभा से सभी को लाभान्वित करो। मात्र स्वयं की उन्नति में संलग्न मत हो जाओ पुत्र"—आचार्याणी ने कहा।

"आप का आदेश शिरोधार्य है, माते"—परन्तु मैं अत्यन्त विनम्रतापूर्वक निवेदन करना चाहता हूँ कि माताश्री निश्चित रूप से माणिकपुर में मात्र दशाधिक छात्रों को ही शिक्षित कर रहा था। आगे मैं आपके संज्ञान में लाना चाहता हूँ कि ग्राम माणिकपुर से पूर्व दिशा में अत्यन्त सघन वन में दशाधिक ग्राम और हैं जिनमें वनवासी हैं। वहाँ जाना सामान्य जन के लिए असम्भव सा है। मैंने माणिकपुर के प्रधान के माध्यम से उन ग्रामों के प्रधानों की एक बैठक आयोजित की थी। उन ग्रामों में भी अपने शिष्याध्यापकों के माध्यम से शिक्षा दिलाने का प्रयास मैं कर रहा था। संकल्पानुसार माणिकपुर में मेरे प्रवास का अवशेष काल, मात्र एक पक्ष ही रह गया है।

माणिकपुर से वापस आकर अब मैं राज्यहित से ऊपर राष्ट्रहित हेतु कार्य करने का इच्छुक हूँ। मैंने व्यवहार में यह पाया कि प्रान्तों के राजाओं में परस्पर सौमनस्य नहीं है, यह राष्ट्रहित हेतु उचित नहीं है। राष्ट्र की बाह्य सीमाएँ सुरक्षित नहीं हैं। इस हेतु मैं प्रान्तीय राजाओं का ध्यान आकृष्ट करना चाहता हूँ तथा शस्त्र एवं शास्त्र के माध्यम से राष्ट्र की सेवा करना चाहता हूँ। इसके साथ ही उच्चाध्ययन हेतु मुझे तक्षशिला भी जाना है। काशी विद्याश्रम के आचार्य योग्यता में तक्षशिला के विद्वानों से विद्या में किञ्चित् भी न्यून नहीं हैं परन्तु मैं तक्षशिला की उस पीठ को प्रणाम करना चाहता हूँ जहाँ आचार्य विष्णुगुप्त जैसे

आचार्यों ने शिक्षा ग्रहण कर राष्ट्र को संगठित एवं सुरक्षित किया था। राष्ट्रहित हेतु स्वयं को समर्पित कर मैं आचार्य चाणक्य का अनुगमन करना चाहता हूँ। आचार्य कौटिल्य ने सबल समग्र राष्ट्र का सम्प्रत्यय दिया था परन्तु समकालीन प्रान्तीय राजागण स्वार्थवश अपने प्रान्तों तक ही सीमित रहकर राष्ट्रहित की उपेक्षा कर रहे हैं। मैं पुनः राज्यों को संगठित कर राष्ट्रहित को सर्वोपरि रखने की मान्यता को दृढ़ करना चाहता हूँ। इस हेतु मुझे आपका आशीर्वाद चाहिए, जिससे मैं अपने उच्च लक्ष्य को प्राप्त कर सकूँ"-सत्यधन ने कहा।

"अरे पुत्र, तुम बड़े लक्ष्य की सम्प्राप्ति हेतु कार्य करना चाहते हो, मुझे ज्ञात नहीं था। मुझे तो भद्रबाहु ने जितना बताया था, उतना ही मैं जानती हूँ और वही मैंने तुमसे कहा भी। उसी को मैं तथ्य समझ बैठी थी"-माताश्री ने कहा।

"भद्रबाहु ने जितने प्रश्न मुझसे किये थे उतने का ही उत्तर मैंने उन्हें दिया था। स्वयं से कोई भी जानकारी मैंने उन्हें नहीं दी थी। अतः वे भी इस विषय में निर्दोष हैं।"

"बहुत अच्छा, पुत्र। तुम अपने उच्चतम लक्ष्य को प्राप्त करो। मेरा आशीर्वाद सदैव तुम्हारे साथ है।" - माताश्री ने कहा।

* * *

"शायद तुम लोगों को अभी ज्ञात नहीं है। परमाचार्य पूर्व छात्रों का एक सम्मेलन आयोजित करने वाले हैं। इस सम्मेलन का लक्ष्य, पूर्व छात्रों को पुनः ऊर्जा सम्पन्न किया जाना है। यह सूचना परमाचार्य को प्राप्त हो रही थी कि अनेक पूर्व छात्र लोक-कल्याण की भावना से विरत होकर स्वयं की उन्नति में संलग्न हैं। यह विद्याश्रम के आदर्शों के अनुकूल आचरण नहीं है। जो

205

प्रकाश गुरुजन से विद्यार्थियों ने प्राप्त किया है उसको प्रसारित किया जाना आवश्यक है। वैयक्तिक उन्नति भी आवश्यक है परन्तु यह द्वितीयक है। सम्मेलन में परमाचार्य द्वारा उद् बोधन भाषण दिया जायगा। सम्मेलन का काल एवं तिथि, सभी पूर्व छात्रों को विद्याश्रम के अधिष्ठाता द्वारा शीघ्र अवगत करायी जायगी। स्थान पूर्व से निर्धारित है–रानीघाट''–आचार्याणी ने कहा। सम्मेलन का कार्यक्रम सुन कर सभी पूर्व छात्र अतीव प्रसन्न हुए तथा निश्चित तिथि एवं समय पर रानीघाट पर पुनः एकत्रित होना सुनिश्चित कर, अपने गन्तव्य को चले गये।

*****

अट्ठाईसवीं तरंगः पुनश्च रानीघाट

राजघाट से संलग्न, महाराजश्री रुद्रादित्य द्वारा बनवाया गया 'रानीघाट' काशी के पूर्व निर्मित घाटों में विशिष्ट स्थान रखता था। गंगा जी के ऊपरी तट से जल को स्पर्श करता यह घाट अत्यन्त मनोहारी था। घाट के ऊपरी भाग में अत्यन्त कलापूर्ण निर्मित शिवालय था। जिसमें 'शुभंवदेश्वर महादेव' स्थापित थे। घाट के ऊपरी भाग पर शिवालय के समीप बड़े भू-भाग पर प्रस्तर लगा हुआ था। मुख्य भाग के मध्य एक मण्डप बना था। किसी भी धार्मिक कृत्य का आयोजन, प्रवचन या भाषण उसी मण्डप से सम्बन्धित विद्वानों द्वारा दिया जाता था। इसी मण्डप से परमाचार्य अपने पूर्व छात्रों को सम्बोधित करने वाले थे।

प्रातःकाल परमाचार्य के उद्बोधन के समय से पूर्व ही दूरस्थ स्थानों से पूर्व छात्र यहाँ एकत्रित होने लगे थे। अपनी पूर्व स्मृतियों को संजोये ये लोग परस्पर मिलने तथा वार्ता करने में तल्लीन थे। धीरे-धीरे वे सभी छोटे-छोटे समूह बना कर परस्पर वार्ता में लग गये। सूचना मिली थी कि परमाचार्य के उद् बोधन में अभी विलम्ब है।

छोटे समूहों में से एक समूह में सत्यधन, रूपचन्द्र, लक्ष्मीनन्दन तथा अन्य पूर्व छात्र बैठे हुए थे। तभी उन्हें भद्रबाहु समीप आते दिखायी दिये। उन्हें समीप आता देखकर अनदेखा करते हुए लक्ष्मीनन्दन ने कहा–"आचार्य सत्यधन, आप तो अनेक विद्याओं के, ज्ञान-विज्ञान के, ज्ञाता हैं। क्या आप हस्तरेखा विज्ञान का ज्ञान भी रखते हैं?"

"नहीं तो, मुझे हस्तरेखा विज्ञान का ज्ञान, न्यून भी नहीं है।"–सत्यधन ने कहा।

"परन्तु वार्ता क्या है, अभी आपको हस्तरेखा दिखाने की आवश्यकता क्यों पड़ गयी"–सत्यधन ने कहा।

"मुझे लगता है मेरे हाथ से किसी व्यक्ति की हत्या होनी है और शीघ्र होनी है, इसीलिए जानकारी करना चाहता था कि वास्तव में मेरी हस्तरेखाएं क्या कहती हैं?"

"ऐसी क्या आवश्यकता पड़ गयी, लक्ष्मीनन्दन कि आप इतने बड़े पाप के दोषी बनना चाहते हैं। आप ने कभी पिपीलिका भी मारी है? मैं समझता हूँ, ज्ञानवश तो नहीं मारी होगी फिर हत्या का विचार आप के मन में कहाँ से उत्पन्न हो रहा है"–सत्यधन ने पूछा।

"है ना, एक व्यक्ति है–मैं समझता हूँ यदि मैं उसकी हत्या कर दूँ तो मुझे कोई दोष, पाप नहीं लगेगा"–लक्ष्मीनन्दन ने कहा।

लक्ष्मीनन्दन का लक्ष्य कौन था, वहाँ उपस्थित सभी समझ गये थे।

तभी निषादराज रूपचन्द्र ने कहा "लक्ष्मीनन्दन यह कार्य आप से नहीं होगा। इस कार्य हेतु मुझे आज्ञा दीजिए, मैं इसे सरलता से सम्पन्न कर दूँगा।"

"किसकी हत्या की बात हो रही है, बन्धुओं। शिव, शिव, शिव। यह वियद् गंगा का पवित्र तट, शुभंवदेश्वर महादेव का शिवालय, इतना पुनीत स्थान और यहाँ हत्या और प्रपंच की बातें। 'शिव', 'शिव', 'शिव'–समीप पहुँचे भद्रबाहु ने कहा।

"आओ भद्र बैठो, तुम्हारी ही न्यूनता थी"–सत्यधन ने कहा। पुनः लक्ष्मीनन्दन की ओर उन्मुख होकर पूछा–"हाँ तो प्रकरण क्या है, विस्तार से समझाइये हमें–नगरश्रेष्ठि।"

"क्या बताऊँ आचार्य, मैंने और पद्मा ने महामाया स्मृति -सदन में कल रात्रि व्यतीत करने का निश्चय किया। अतः दोनों वहाँ अपने भवन में रुके थे। रात्रि का प्रथम प्रहर था। भ्रमण करते हुए मैं भद्रबाहु के भवन पहुँचा, वहाँ भवन की देहरी पर दीप जल रहा था मगर अन्दर अन्धकार था। अतः मैंने भीतर प्रवेश किया तो देखा भद्रबाहु विश्राम कर रहे हैं। मैंने भोजन के विषय में पूछा तो महाशय ने कहा–"आज भोजन बनाने की इच्छा नहीं है एक ही परिचारक था वह आज अवकाश पर है और मुझे पाक कला का विशेष ज्ञान भी नहीं है।"

अतः मैंने कहा कि कोई बात नहीं, हमारे यहाँ चलिए, वहीं भोजन कर लीजिए। ये महाशय तो पूर्व से ही तैयार बैठे थे साथ चल लिए। मेरे आवास पर जैसे ही पहुँचे पद्मा ने पूछा क्यों–"भद्रबाहु आपने भोजन कर लिया है या अभी नहीं" तो इन्होंने कहा–"भोजन कैसे कर लेता। भोजन तो मुझे आप के यहाँ करना है। नगरश्रेष्ठि ने मुझे सायंकाल ही रात्रि भोजन हेतु

आमन्त्रित किया था और मैंने इनका आमन्त्रण सहर्ष स्वीकार भी कर लिया था।"

"लेकिन इन्होंने तो मुझे अवगत नहीं कराया था"–पद्मालया ने कहा।

"अरे भाभीश्री विस्मृत कर दिये होंगे। इन्हें मुद्राओं की गणना मात्र का ध्यान रहता है। बतलाइये भला कोई किसी को भोजन का आमन्त्रण देकर विस्मृत कर दे फिर तो भोजनार्थी बिना भोजन किये ही रात्रि पर्यन्त रहे, विचारिये यह कितने बड़े दोष की बात है"–भद्रबाहु ने पद्मालया से कहा।

"बिल्कुल, भद्रबाहु आप उचित कह रहे हैं, भला ऐसा कोई करता है क्या? कितने बड़े पाप के भागी बनने वाले थे और इन्हें मैं क्या कहूँ। वाह रे स्मरण शक्ति, पर कोई वार्ता नहीं आप भोजन यहीं कीजिएगा।"

"अवश्य भाभीश्री–भद्रबाहु ने कहा।

"मैं अवाक् सुनता रहा। मैं पद्मा से कह रहा था कि मैंने भद्र को कोई आमन्त्रण नहीं दिया था, मैं तो अकस्मात् इनके आवास पर चला गया। बिना भोजन सोते देखकर इस व्यक्ति को घर लाया और यह व्यक्ति। अरे भद्र, कितना असत्य बोलते हो, ऐसा कहते हुए मैंने बहुशः अपना पक्ष रखा परन्तु पद्मा को इन्हीं पर विश्वास रहा, मुझ पर नहीं"–लक्ष्मीनन्दन ने कहा।

"अरे, भद्रबाहु ऐसा करते हैं, भला"–सत्यधन ने कहा।

"इतना ही नहीं, यह भद्रपुरुष तो हाथ में अग्नि लिये भ्रमण करता है–किस गृह को अग्निसात् करना है। इस हेतु

सदैव तत्पर रहता है।" आप को मेरी बातों में अविश्वास हो तो रूपचन्द्र से पूछ लीजिए।

"मैं नगरश्रेष्ठि की बातों का अक्षरशः समर्थन करता हूँ"– रूपचन्द्र ने कहा।

"ऐसा क्यों करते हैं भद्रबाहु"–सत्यधन ने पुनः पूछा।

इसलिए ऐसा करते हैं आचार्य कि एक दिन मैंने नगरश्रेष्ठि से कहा–"अपने व्यय पर मेरे यहाँ एक और परिचारक लगा दीजिए परन्तु उन्होंने मितव्ययिता का उपदेश देते हुए परिचारक पर धनराशि व्यय करने से सर्वथा मना कर दिया। परन्तु कल के प्रकरण के उपरान्त पद्मालया ने एक अतिरिक्त परिचारक नगरश्रेष्ठि के व्यय पर आदेशित कर दिया। अतः प्रातःकाल से ही एक और परिचारक मेरे आवास पर आ गया। एक के अवकाश पर चले जाने पर कम से कम एक तो मेरी सेवार्थ रहेगा। इस प्रकार मेरा कार्य सिद्ध हो गया।"

"और हाँ, आप मेरी हत्या की बात कर रहे थे"–नगरश्रेष्ठि ?

"मैंने किसी का नामोल्लेख नहीं किया"–लक्ष्मीनन्दन ने कहा।

"नाम न भी लिया हो परन्तु आशय तो सभी समझ रहे हैं।"

"इसी स्थान पर दोनों भाभियाँ उपस्थित हैं मैं तनिक उनका अभिवादन करके आता हूँ-आचार्य"–लक्ष्मीनन्दन ने कहा।

अपनी पत्नियों के समीप भद्रबाहु को जाते देख लक्ष्मीनन्दन तथा रूपचन्द्र एक साथ बोल पड़े,–"अरे भद्र, मित्र तुम तो

परिहास भी नहीं समझते, हम तो मात्र परिहास कर रहे थे। तुम तो गम्भीर हो गये।"

"गम्भीर नहीं, बस उनका अभिवादन करके आता हूँ, आप दोनों के कुछ पुराने प्रकरणों पर संक्षिप्त चर्चा भी हो जायेगी।"

"नहीं मित्र, अभिवादन बाद में कर लेना अभी तो हमारे समीप बैठो। जब तक परमाचार्य का आगमन नहीं होता है तब तक हम परस्पर वार्ता करेंगे। भला इतने पुरा छात्रों के साथ मिलन का दुर्लभ संयोग पता नहीं कब बने।" लक्ष्मीनन्दन एवं निषादराज द्वारा संयुक्त रूप से तथा दीनतापूर्वक करबद्ध प्रार्थना करते देख उपस्थित सभी–पूर्व छात्र हँसने लगे।

इसी मध्य विद्याश्रम के परमाचार्य का मण्डप में पदार्पण हुआ। सभी प्रधान-आचार्य, आचार्य, अध्यापक एवं समस्त उपस्थित पूर्व छात्रों ने खड़े होकर परमाचार्य का अभिवादन किया। परमाचार्य ने प्रत्यभिवादन किया।

उपस्थित पूर्व छात्रों में से अनेक छात्र समावर्तन के उपरान्त आज ही परमाचार्य के दर्शन कर रहे थे। राजभवन में पदासीन एवं काशी में आवासित छात्र तो प्रायः परमाचार्य के दर्शनार्थ विद्याश्रम आते रहते थे परन्तु देश के दूरस्थ प्रान्तों में नियुक्त या स्वयं का व्यापार कर रहे पूर्व छात्रों का आगमन दुष्कर होता था। अतः परमाचार्य का दर्शन कर सभी आनन्दित थे। आश्रम के पूर्व छात्रों में से कतिपय छात्रों द्वारा आश्रम में प्रदान की जा रही सैद्धान्तिक एवं आदर्शात्मक शिक्षा को जीवन में कार्यान्वित किये जाने में आने वाली कठिनाइयों तथा शिक्षा को और प्रभावी एवं उपयोगी बनाये जाने विषयक सुझावों पर उनके विचार व्यक्त किये जाने हेतु मंच संचालक ने, परमाचार्य के संकेत पर

सर्वप्रथम भद्रबाहु को आमन्त्रित किया। भद्रबाहु को मंच पर खड़े देखकर सभी पूर्व छात्र हँसने लगे। भद्रबाहु ने भी अपने विचार व्यक्त करना प्रारम्भ किया–'आश्रम में हमें निश्चित रूप से उच्च आदर्शों एवं सिद्धान्तों की शिक्षा दी जाती है। हमारे अन्तर्मन में विद्यमान मानवीय गुणों के उदात्तीकरण हेतु पूर्ण सफल प्रयास किये जाते हैं परन्तु जहाँ तक मेरे विचारों की बात है तो उसमें यथासाध्य आदर्शों के परिपालन के साथ जो व्यवहार्य बाते हैं वे थोड़ी पृथक् हैं।'–मेरा मत है–शठ के साथ शठता कीजिए, अगर शठ व्यक्ति को यह ज्ञान हो गया कि कि आप साधु स्वभाव के हैं तो वह आप का जीवन कठिन कर देगा। इसी तरह धूर्त के साथ धूर्तता करके ही आप उस पर विजय प्राप्त कर सकते हैं। परन्तु मूर्ख के साथ मूर्खता मत कीजिए, बुद्धि का उपयोग कीजिए और उसे प्रणाम कर वहाँ से अन्यत्र चले जाइए क्योंकि वह तो प्रणम्य है। भद्रबाहु के हास्यकारी विचार सुनकर उपस्थित जन मुस्कुराने लगे। तत्समय के गम्भीर वातावरण को भद्रबाहु ने तत्काल सामान्य बना दिया।

मंच संचालक ने वहाँ उपस्थित शुभंवदा को अपने विचार रखने हेतु आमन्त्रित किया परन्तु शुभंवदा ने करबद्ध प्रार्थनापूर्वक क्षमा माँगते हुए कुछ भी कहने का निषेध किया।

पुनः संचालक ने आचार्य सत्यधन से अपने विचार व्यक्त करने का अनुरोध किया। सत्यधन ने परमाचार्य, गुरूजन एवं समस्त उपस्थित पूर्व छात्रों का अभिवादन कर प्रारम्भ में ही हास्य का पुट रखते हुए अपना मन्तव्य व्यक्त करना प्रारम्भ किया–भद्रबाहु को जैसे हम गम्भीरतापूर्वक नहीं लेते हैं उसी प्रकार हमें इनके विचारों को भी गम्भीरता से नहीं लेना चाहिए। हमारी संस्कृति विश्व-बन्धुत्व की है। मानव मात्र की

कल्याणकारिणी है। निश्चित रूप से सिद्धान्त को व्यवहार में परिवर्तित कर कार्य करना अनेकशः अत्यन्त कठिन हो जाता है। आदर्शों का अनुपालक व्यक्ति, लोक में कई बार हास्य का प्रतीक बन जाता है, समाज से उपेक्षित हो जाता है परन्तु मात्र इन कारणों से हमारी संस्कृति के उदात्त मानवीय मूल्यों का वैशिष्ट्य न्यून नहीं हो जाता। हमें इन्हीं आदर्शों एवं सिद्धान्तों को यथासाध्य व्यावहारिक बनाना है, सिद्धान्त एवं व्यवहार में समन्वय स्थापित करना है। हमें स्वार्थ से ऊपर उठकर समाजहित, राज्यहित एवं राष्ट्रहित में कार्य करना है।

सत्यधन के अनन्तर परमाचार्य ने अपना उद् बोधन भाषण प्रारम्भ किया। वहाँ उपस्थित पूर्व छात्रों में से जो उच्च पदों पर आसीन थे उन छात्रों की नामोल्लेखपूर्वक प्रशंसा की। उनके द्वारा कृत कार्यों का उल्लेख करते हुए कहा कि हमें अपने छात्रों पर गर्व है। इनकी उन्नति देख एवं उनके विषय में सुनकर हमें अतीव हर्ष होता है। विद्याश्रम परिवार सभी की उन्नति की कामना करता है। आज हमें आप को देखकर अतीव हर्ष हो रहा है आप लोक कल्याण में लगे हैं। लोक कल्याण हमारा आदर्श है। आप की शिक्षा जन कल्याण हेतु है। आप समष्टि हेतु बने हैं न कि वैयक्तिक उन्नति हेतु। आप अपने आदर्शों का अनुगमन करें आपकी व्यक्तिगत उन्नति स्वतः होगी। आपके जीवन का लक्ष्य बड़ा होना चाहिए। एक लक्ष्य की सम्प्राप्ति के अनन्तर अग्रिम लक्ष्य भी निर्धारित किये रहिए, ध्यान रहे आपको शिथिल नहीं होना है। हमें वैदिक तथा औपनिषदिक मन्त्रों में समाहित शक्तियों का उपयोग करना है। निरन्तर आगे बढ़ना है, विश्राम नहीं करना है। हमें लोकहित, राज्यहित के साथ राष्ट्रहित की भी निरन्तर चिन्ता करने की आवश्यकता है। आवश्यकता पड़ने पर इनके लिए अपना सर्वस्व त्याग करने

हेतु तत्पर रहना है। हमें पूर्ण विश्वास है कि आप लोग कर्तव्य का सम्यक् अनुपालन कर रहे हैं और भविष्य में करते रहेंगे।

आप अपने लक्ष्य का सन्धान करें। विद्याश्रम के गुरुओं की शुभकामनाएं एवं आशीर्वाद आपके साथ है। इस प्रकार अपने सभी पूर्व अन्तेवासियों के अन्दर नवीन ऊर्जा का संचार करते हुए परमाचार्य ने अपना उद् बोधन पूर्ण किया।

तदुपरान्त उपस्थित सभी पूर्व छात्र नवीन संकल्प तथा आश्रमपद में पुनरागमन के विश्वास के साथ अपने-अपने गन्तव्य को प्रस्थान कर गये।

*****

अपने
श्री

www.ingramcontent.com/pod-product-compliance
Lightning Source LLC
Chambersburg PA
CBHW020340180726
47991CB00020B/1879